日本の古典大事典

監修＝加藤康子

あかね書房

日本の古典大事典

もくじ

第一部　奈良《なら》時代の古典

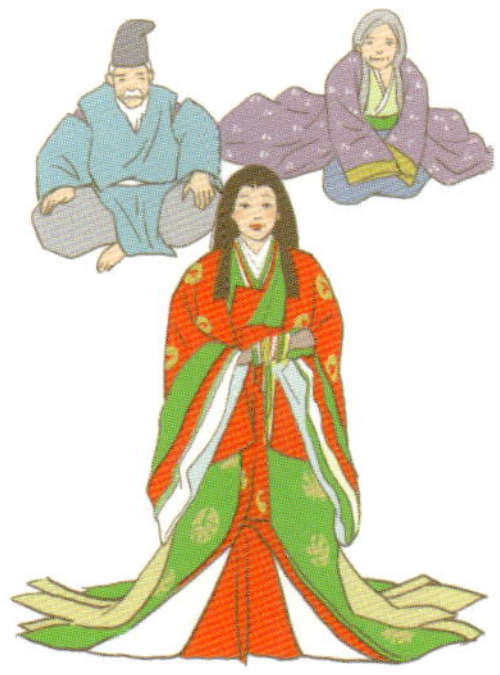

第二部　平安《へいあん》時代の古典

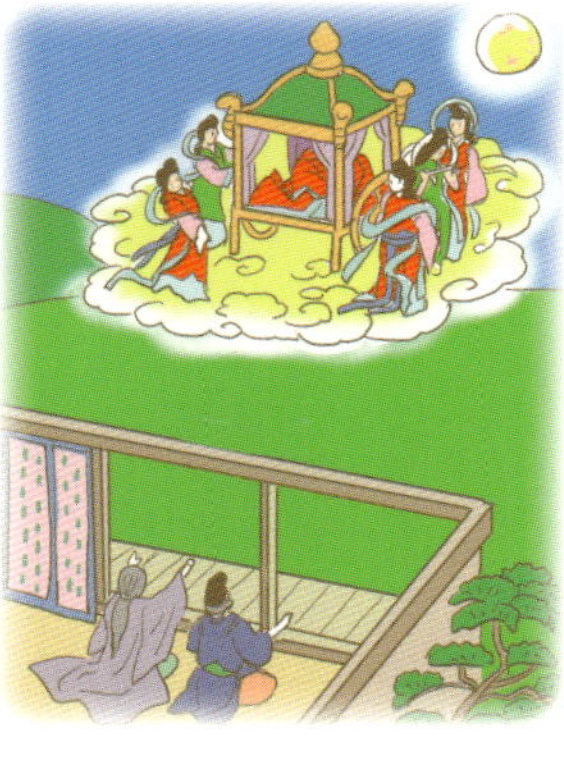

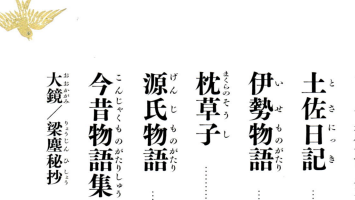

第三部 鎌倉《かまくら》～安土桃山《あづちももやま》時代の古典

第四部 江戸《えど》時代の古典

古典文学とは

「古典文学」とは、どのようなものなのでしょうか。また、私《わたし》たちは、なぜ古典文学を読むのでしょうか。

古典文学って、どんなもの？

「古典」とは、古い時代に書かれた書物をさします。「日本の古典」というと、ふつうは江《え》戸《ど》時代の終わり（一八六七年）までに書かれた書物がふくまれます。

日本にはもともと文字はありませんでしたが、五世紀ごろには中国から漢字が伝わっていました。すると、しだいに漢字を使って文章を書くようになりました。その後、九世紀ごろに、漢字をもとにしてひらがなやかたかなが広まると、漢字とかなを使って文章を書くようになりました。文字が使われるようになってから、たくさんの文章が書かれてきました。これらはすべて「古典」と言ってよいのですが、すべてが「古典文学」とは言えません。

「文学」とは、ことばを使って表現《ひょうげん》した芸術《げいじゅつ》作品をさします。ですから、「古典文学」とは、江《え》戸《ど》時代までに書かれた文学作品ということになります。

文章の中には、単にものごとを記録しただけのものや、用件《ようけん》を伝えるだけの文章もあります。それらは芸術《げいじゅつ》作品とは言えませんから、古典文学にはふくまれません。

芸術《げいじゅつ》作品とは、読んだ人が感動したり、なるほどと思ったり、何かを学んだりする作品を言います。

そのような作品は、価値《かち》があると見なされ、長い間読みつがれます。このような作品を「古典文学」と呼《よ》ぶのです。

古典文学を読むのはなぜ？

何百年、あるいは千年以上も前に書かれた古典文学を読むことに、どんな意味があるのでしょう。

古典文学からは、昔の人々が何を感じ、どう考え、どう生きたかが伝わってきます。暮《く》らしのようすや社会のしくみが現在《げんざい》とはちがうので、今の人々の生き方とちがう点が多いのです。それを知ることもおもしろいことでしょう。しかし、逆《ぎゃく》に、昔の人も案外現在《げんざい》の人と変わらないと思うこともあるはずです。そのようなことから、私《わたし》たちがどう生きればよいのか、いろいろと想像《そうぞう》し、ヒントを得ることができます。

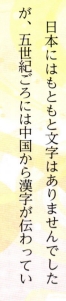

また、古典文学は、現在《げんざい》とはちがうことばや言い回しで書かれています。古典ならではの味わいを感じることができます。これも、古典文学を読む楽しみの一つです。

古典はどんな文章で書かれている？

この本では、各作品の原文の一部を紹介《しょうかい》しています。これを見て、ずいぶん読みづらいと思うかもしれません。

古典の文章は、現在《げんざい》とはちがうかなづかいで書かれています。たとえば、「思う」は「思ふ」、「まず」は「まづ」、「ちょうちょう」は「てふてふ」と書きます。これらは、決まりを覚えてしまえば、声に出して読むことができます。

次に、現在《げんざい》では使わないことばづかいをします。たとえば、「つれづれなるままに、ひぐらしすずりに向かひ《(い)》て～」という文は、現在《げんざい》では「これと言ってすることもなく、一日中すずりに向かって～」の意味です。また、同じことばでも、現在《げんざい》とちがう意味で使われることがあります。たとえば、古典の「あした」は現在《げんざい》の「朝」、「うつくし」は「かわいらしい」を意味します。

古典には、原文ならではのリズムや、ことばのひびきの美しさもあります。声に出して読むことで、それらを感じてみるのも味わい深いものです。

古典文学にはどんな種類がある？

古典文学には、さまざまな種類があります。まず文章の書き方によって大きく分けると、詩や和歌などの韻文学《いんぶんがく》、物語や説話などの散文《さんぶん》学《がく》、能《のう》などの劇文学《げきぶんがく》に分けることができます。また、それぞれ、形式や内容《ないよう》によって、さらに細かく分けることができます。

さまざまな種類の古典にふれることで、古典の世界の広がりを感じられるでしょう。

古典文学の種類

散文学《さんぶんがく》	作り物語、歌物語、日記・紀行文、随筆《ずいひつ》、歴史物語、軍記物語、説話、小説
韻文学《いんぶんがく》	和歌、漢詩、歌謡《かよう》、連歌《れんが》、俳諧《はいかい》（俳句《はいく》）、川柳《せんりゅう》、狂歌《きょうか》
劇文学《げきぶんがく》	能《のう》、狂言《きょうげん》、人形浄瑠璃《にんぎょうじょうるり》、歌舞伎《かぶき》

昔の暦《こよみ》

春夏秋冬の季節のちがいがはっきりしている日本では、古典文学にも、季節感が反映《はんえい》されていることが多く、それに気をつけて読むと、理解《りかい》が深まることがあります。

ただし、昔の暦《こよみ》（旧暦《きゅうれき》）は現在《げんざい》の暦《こよみ》とちがうので、注意が必要です。

季節	月	別の名前	現在《げんざい》のおよその時期
春	一月	睦月《むつき》	二月
	二月	如月《きさらぎ》	三月
	三月	弥生《やよい》	四月
夏	四月	卯月《うづき》	五月
	五月	皐月《さつき》	六月
	六月	水無月《みなづき》	七月
秋	七月	文月《ふみづき》	八月
	八月	葉月《はづき》	九月
	九月	長月《ながつき》	十月
冬	十月	神無月《かんなづき》	十一月
	十一月	霜月《しもつき》	十二月
	十二月	師走《しわす》	一月

日本の古典文学の歴史

日本の古典文学は、千年以上にわたり、さまざまな形式で受けつがれてきました。日本の古典文学の移《うつ》り変《か》わりを追ってみましょう。

世紀	8	9	10	11	12	13
時代	奈良《なら》	平安《へいあん》				鎌倉《かまくら》

散文学《さんぶんがく》（物語など）

地方誌《ちほうし》
風土記《ふどき》 ▼22

史書
古事記《こじき》 ▼10
日本書紀《にほんしょき》 ▼11

説話
日本霊異記《にほんりょういき》 ▼61
今昔物語集《こんじゃくものがたりしゅう》 ▼60
宇治拾遺物語《うじしゅういものがたり》 ▼80
古今著聞集《ここんちょもんじゅう》 ▼81

随筆《ずいひつ》
枕草子《まくらのそうし》 ▼48
方丈記《ほうじょうき》 ▼68

作り物語
竹取物語《たけとりものがたり》 ▼24
宇津保物語《うつほものがたり》 ▼27
落窪物語《おちくぼものがたり》 ▼57
源氏物語《げんじものがたり》 ▼54

歴史物語
大鏡《おおかがみ》 ▼66

歌物語
伊勢物語《いせものがたり》 ▼42
大和物語《やまとものがたり》 ▼43

軍記物語
保元物語《ほうげんものがたり》 ▼77
平治物語《へいじものがたり》 ▼77
平家物語《へいけものがたり》 ▼74

日記・紀行文
土佐日記《とさにっき》 ▼36
蜻蛉日記《かげろうにっき》 ▼37
和泉式部日記《いずみしきぶにっき》 ▼37
紫式部日記《むらさきしきぶにっき》 ▼37
更級日記《さらしなにっき》 ▼37

韻文学《いんぶんがく》（詩歌）

和歌
万葉集《まんようしゅう》 ▼16
古今和歌集《こきんわかしゅう》 ▼30
山家集《さんかしゅう》 ▼87
新古今和歌集《しんこきんわかしゅう》 ▼87
金槐和歌集《きんかいわかしゅう》 ▼87
小倉百人一首《おぐらひゃくにんいっしゅ》 ▼86

漢詩
懐風藻《かいふうそう》 ▼22

歌謡《かよう》
和漢朗詠集《わかんろうえいしゅう》 ▼31
梁塵秘抄《りょうじんひしょう》 ▼66

劇文学《げきぶんがく》（芝居《しばい》など）

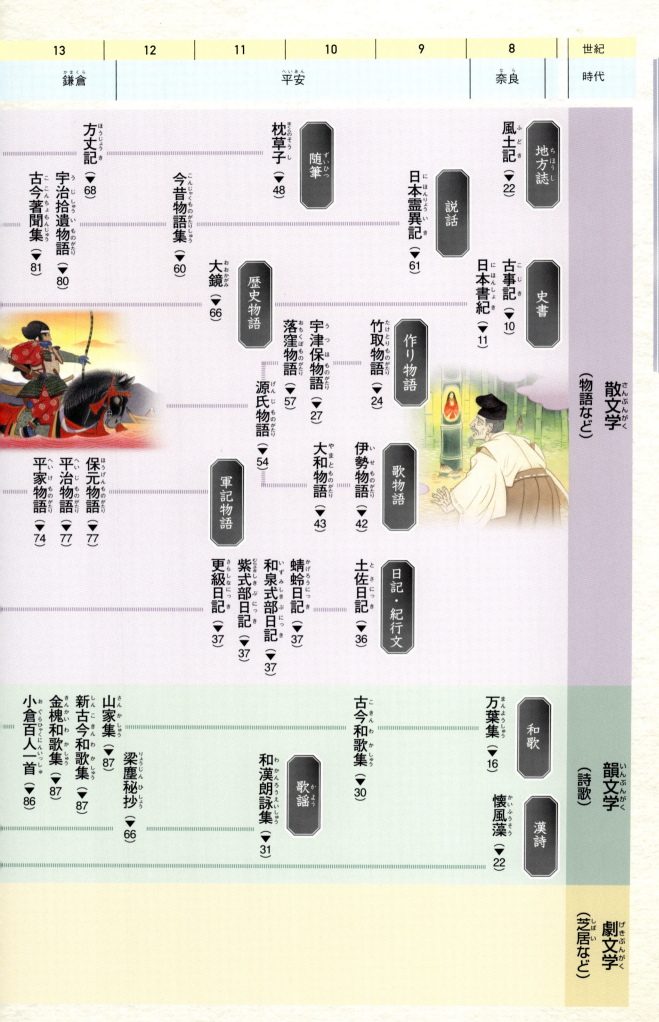

21	20	19	18	17	16	15	14
平成《へいせい》	昭和《しょうわ》 大正《たいしょう》 明治《めいじ》		江戸《えど》		安土桃山《あづちももやま》	室町《むろまち》	

徒然草《つれづれぐさ》 ▼92

小説

日本永代蔵《にっぽんえいたいぐら》 ▼138

東海道中膝栗毛《とうかいどうちゅうひざくりげ》 ▼132

浮世風呂《うきよぶろ》 ▼133

太平記《たいへいき》 ▼104

曽我物語《そがものがたり》 ▼77

義経記《ぎけいき》 ▼77

雨月物語《うげつものがたり》 ▼126

南総里見八犬伝《なんそうさとみはっけんでん》 ▼139

おくのほそ道《みち》 ▼106

俳諧《はいかい》（俳句《はいく》）

松尾芭蕉《まつおばしょう》 ▼106

与謝蕪村《よさぶそん》 ▼112

小林一茶《こばやしいっさ》 ▼113

川柳《せんりゅう》

誹風柳多留《はいふうやなぎだる》 ▼138

能《のう》・狂言《きょうげん》

能《のう》・狂言《きょうげん》 ▼98・103

風姿花伝《ふうしかでん》 ▼104

人形浄瑠璃《にんぎょうじょうるり》

曽根崎心中《そねざきしんじゅう》 ▼114

仮名手本《かなでほん》忠臣蔵《ちゅうしんぐら》 ▼120

歌舞伎《かぶき》

東海道《とうかいどう》四谷怪談《よつやかいだん》 ▼139

＊作品名の後の数字は、この本で紹介《しょうかい》しているページを表します。

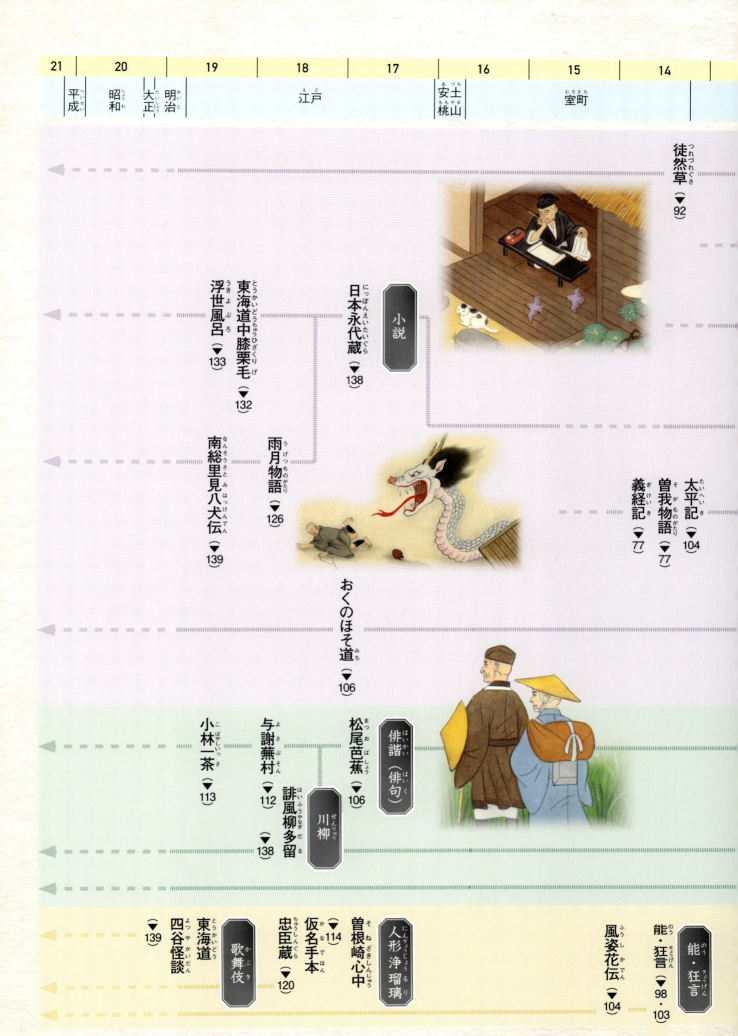

この本の使い方

この本では、主な日本の古典文学を取り上げ、各六ページで解説《かいせつ》しています。一～二ページめでは、作品の内容《ないよう》や特徴《とくちょう》などを、三～六ページめでは、原文とその解説《かいせつ》などをのせています。

一～二ページめ

〈作品の背景《はいけい》〉
その作品がどのようにできたか、どんな特色があるかなどを説明しています。

〈キャラクター図解《ずかい》〉
作品の関連人物や特徴《とくちょう》を取り上げ、作品のあらましを紹介《しょうかい》します。

作品名と、簡潔《かんけつ》な紹介《しょうかい》文です。

作者（編者《へんじゃ》）がどんな人だったかの紹介《しょうかい》です。

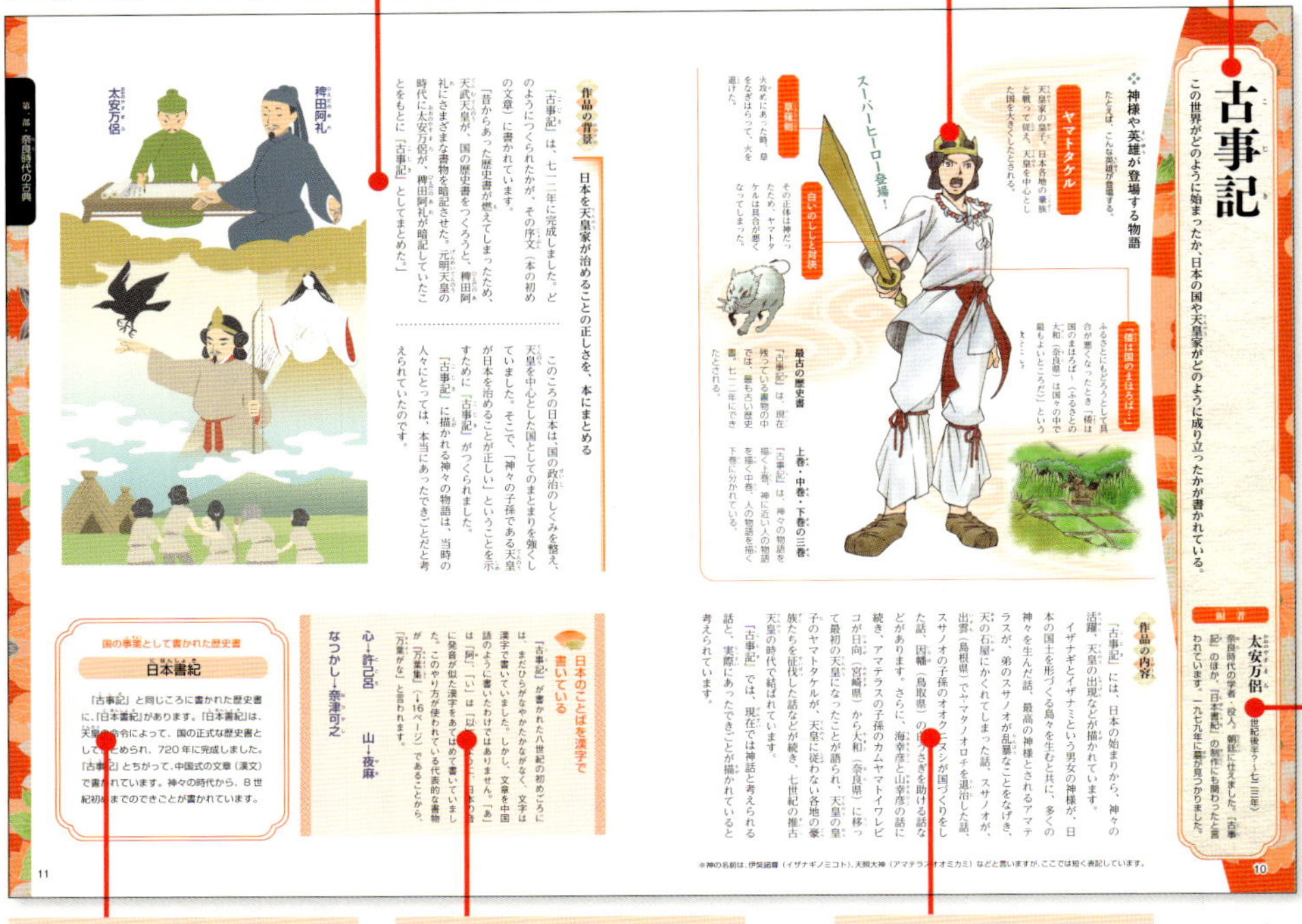

〈関連作品〉
同じころの、内容《ないよう》が似《に》た作品を取り上げます。

〈コラム〉
作品に関連する興味深い話を紹介《しょうかい》します。

〈作品の内容《ないよう》〉
作品のおよその内容《ないよう》を説明しています。

三～六ページめ

〈作品の解説《かいせつ》〉
右の原文や作品をより深く理解《りかい》し、味わうためのポイントを説明しています。

〈原文〉
絵で原文の場面を想像《そうぞう》しながら原文の一部を味わいます。

〈コラム〉
作品に関連する興味深い話題や情報《じょうほう》を紹介《しょうかい》します。

〈現代語訳《げんだいごやく》と解説《かいせつ》〉
原文の意味を現代《げんだい》語で書き、その前後の物語の流れなどを説明します。

【注意】
- 作品の作者（編者《へんじゃ》）、その作品ができた年代、原文の内容《ないよう》や解説の解釈《かいしゃく》などについては、いろいろな説があります。この本での解説《かいせつ》は、一般《いっぱん》的と考えられる説に基《もと》づきました。しかし、他の説を否定《ひてい》するものではありません。
- 古典の原文は「新日本古典文学大系《たいけい》」「日本古典文学大系《たいけい》」（岩波書店）、「新編《しんぺん》日本古典文学全集」（小学館）をもとにし、漢字、送りがななどの表記、句読点のつけ方などは読みやすく変えているところもあります。原文の歴史的かなづかいには、現代《げんだい》かなづかいの読みを、かっこ内に表記しています。漢字のふりがなは現代《げんだい》かなづかいでつけています。
- 昔の服装《ふくそう》、道具などは不明な点が多く、絵は想像《そうぞう》を交えてかきおこしています。
- 古典の時代では、現代《げんだい》の価値観《かちかん》では受け入れにくい表現《ひょうげん》などもありますが、その時代を理解《りかい》するためにそのままの表現《ひょうげん》にした場合があります。

第一部

奈良《なら》時代の古典

奈良《なら》時代には、中国へ使節が送られ、
さまざまな文化が取り入れられました。
それまで、神話などは口伝えで受けつがれていましたが、
「万葉《まんよう》がな」(→11ページ)がつくられたことなどにより、
文字で記録するようになりました。
天皇《てんのう》が国を治めるしくみを強くするために、
神話なども取り入れた歴史書がつくられました。
また、さまざまな人々がよんだ和歌を集めた
『万葉集《まんようしゅう》』(→16ページ)が
まとめられました。

主な作品

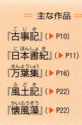

古事記《こじき》

この世界がどのように始まったか、日本の国や天皇《てんのう》家がどのように成り立ったかが書かれている。

編《へん》者《じゃ》

太安万侶《おおのやすまろ》（七世紀後半?～七二三年）

奈良《なら》時代の学者・役人。朝廷《ちょうてい》に仕えました。『古事《こじ》記』のほか、『日本書紀《にほんしょき》』の制作《せいさく》にも関わったと言われています。一九七九年に墓《はか》が見つかりました。

❖神様や英雄《えいゆう》が登場する物語

たとえば、こんな英雄《えいゆう》が登場する。

スーパーヒーロー登場！

ヤマトタケル

天皇《てんのう》家の皇子《おうじ》。日本各地の豪族《ごうぞく》と戦って従《したが》え、天皇《てんのう》を中心とした国を大きくしたとされる。

草薙剣《くさなぎのつるぎ》

火攻《ぜ》めにあった時、草をなぎはらって、火を退《しりぞ》けた。

白いのししと対決

その正体は神だったため、ヤマトタケルは具合が悪くなってしまった。

「倭《やまと》は国のまほろば…」

ふるさとにもどろうとして具合が悪くなった時「倭《やまと》は国のまほろば～〈ふるさとの大和《やまと》（奈良《なら》県）は国々の中で最もよいところだ〉」という歌をよんだ。

最古の歴史書

『古事記《こじき》』は、現在《げんざい》残っている書物の中では、最も古い歴史書。七一二年にできたとされる。

上巻《かん》・中巻《かん》・下巻《かん》の三巻《かん》

『古事記《こじき》』は、神々の物語を描《えが》く上巻《かん》、神に近い人の物語を描《えが》く中巻《かん》、人の物語を描《えが》く下巻《かん》に分かれている。

作品の内容《ないよう》

『古事記《こじき》』には、日本の始まりから、神々の活躍《かつやく》、天皇《てんのう》の出現《しゅつげん》などが描《えが》かれています。

イザナギとイザナミという男女の神様が、日本の国土を形づくる島々を生むと共に、多くの神々を生んだ話、最高の神様とされるアマテラスが、弟のスサノオが乱暴《らんぼう》なことをなげき、天《あま》の石屋《いわや》にかくれてしまった話、スサノオが、出雲《いずも》（島根県）でヤマタノオロチを退治《たいじ》した話、スサノオの子孫のオオクニヌシが国づくりをした話、因幡《いなば》（鳥取県）の白うさぎを助ける話などがあります。さらに、海幸彦《うみさちひこ》と山幸彦《やまさちひこ》の話に続き、アマテラスの子孫のカムヤマトイワレビコが日向《ひゅうが》（宮崎《みやざき》県）から大和《やまと》（奈良《なら》県）に移《うつ》って最初の天皇《てんのう》になったことが語られ、天皇《てんのう》の皇《おう》子《じ》のヤマトタケルが、天皇《てんのう》に従《したが》わない各地の豪《ごう》族《ぞく》たちを征伐《せいばつ》した話などが続き、七世紀の推《すい》古《こ》天皇《てんのう》の時代で結ばれています。

『古事記《こじき》』では、現在《げんざい》では神話と考えられる話と、実際《じっさい》にあったできごとの両方が描《えが》かれていると考えられています。

※神の名前は、伊奘諾尊（イザナギノミコト）、天照大神（アマテラスオオミカミ）などと言いますが、ここでは短く表記しています。

作品の背景《はいけい》

日本を天皇《てんのう》家が治めることの正しさを、本にまとめる

『古事記《こじき》』は、七一二年に完成しました。どのようにつくられたかが、その序文《じょぶん》（本の初めの文章）に書かれています。

「昔からあった歴史書が燃《も》えてしまったため、天武天皇《てんむてんのう》が、国の歴史書をつくろうと、稗田阿礼《ひえだのあれ》にさまざまな書物を暗記させた。元明天皇《げんめいてんのう》の時代に太安万侶《おおのやすまろ》が、稗田阿礼《ひえだのあれ》が暗記していたことをもとに『古事記《こじき》』としてまとめた。」

このころの日本は、国の政治《せいじ》のしくみを整え、天皇《てんのう》を中心とした国としてのまとまりを強くしていました。そこで、「神々の子孫である天皇《てんのう》が日本を治めることが正しい」ということを示《しめ》すために『古事記《こじき》』がつくられました。

『古事記《こじき》』に描《えが》かれる神々の物語は、当時の人々にとっては、本当にあったできごとだと考えられていたのです。

日本のことばを漢字で書いている

『古事記《こじき》』が書かれた八世紀の初めごろには、まだひらがなやかたかながなく、文字は漢字で書いていました。しかし、文章を中国語のように書いたわけではありません。「あ」は「阿《あ》」、「い」は「以《い》」のように、日本の音に発音が似た漢字をあてはめて書いていました。このやり方が使われている代表的な書物が『万葉集《まんようしゅう》』（→16ページ）であることから、「万葉《まんよう》がな」と言われます。

心→許己呂《こころ》　　山→夜麻《やま》

なつかし→奈都可之《なつかし》

国の事業《じぎょう》として書かれた歴史書

日本書紀《にほんしょき》

『古事記《こじき》』と同じころに書かれた歴史書に、『日本書紀《にほんしょき》』があります。『日本書紀《にほんしょき》』は、天皇《てんのう》の命令によって、国の正式な歴史書としてまとめられ、720年に完成しました。『古事記《こじき》』とちがって、中国式の文章（漢文）で書かれています。神々の時代から、8世紀初めまでのできごとが書かれています。

悔《くや》しきかも、速《と》く来《こ》ずて。吾《あ》は黄泉戸喫《よもつへぐい》しつ。
しかれども愛《うつく》しき我《あ》がなせの命《みこと》、
入《い》り来《き》ませること恐《かしこ》し。

現代語訳《げんだいごやく》

もっと早く来てくださらなかったのが、くやしくてなりません。私《わたし》は、よみの国のかまどでにたものを食べてしまったので、帰ることはできません。でも、いとしい夫のあなたが来てくださったことはもったいないことです。

日本の国土をつくったイザナギとイザナミは夫《ふう》婦《ふ》の神様でしたが、イザナミが死んでしまいました。イザナギは妻《つま》に会いたいと思い、よみの国（あの世）を訪《たず》ねます。イザナミは、イザナギが「帰っておいで」と声をかけると、上の文のように答えます。そして、「よみの国の神様と相談するので少し待ってほしい、その間自分を見ないでください」と言います。しかし、待ち切れなくなったイザナギが、明かりをともしてイザナミを見ると、うじがわいていかずち（雷《かみなり》）がついたイザナミの姿《すがた》がありました。こわくなったイザナギはにげ帰りました。

『古事記《こじき》』に描《えが》かれる「八百万《やおよろず》の神」の世界

『古事記《こじき》』では、この世が始まった時に、天上の高天《たかま》の原《はら》に、次々に神様が現《あらわ》れたとされます。やがて現《あらわ》れたイザナギとイザナミが、いくつもの島を産み、これらは「大八島国《おおやしまぐに》」と呼《よ》ばれました。大八島国《おおやしまぐに》は、日本の古い呼《よ》び方《かた》です。イザナギとイザナミは、多くの神々も産みます。

日本では古くから、岩や大木、山など、あらゆるものに神様が宿っているとされ、これを「八百万《やおよろず》の神」と呼《よ》びます。これは、キリスト教などの唯一《ゆいいつ》絶対《ぜったい》の神とは対照的な考え方です。『古事記《こじき》』に登場する多くの神々は、日本古来の神様についての考えを表しています。

昔の人が考えた〝世界〟はどんな世界だった？

『古事記《こじき》』を読むと、昔の人たちが、〝世界〟をどのように考えていたかがわかります。

空の上には、アマテラスなどの神々がいる「高天《たかま》の原《はら》」があります。そして、地上には、神々（国津神《くにつかみ》という）や人間が暮《く》らす「葦原中国《あしはらのなかつくに》」。これは、「アシが生いしげった所」という意味です。また、地下には、死者がいる「よみの国」があります。大きく、この三つの世界があり、それぞれを行き来できると考えられていました。そのほかに、海のかなたに「常世《とこよ》の国」が、海底に海の神が暮《く》らす「わたつみの宮」などがあるとも考えられていました。

意外!? 日本の神話とギリシャ神話に共通する物語

ギリシャ神話に、次のような物語があります。

たて琴《ごと》の名手オルフェウスの愛する妻《つま》エウリュディケは、ある日へびにかまれて死んでしまいます。悲しんだオルフェウスはあの世に行き、支配《しはい》者ハデスにエウリュディケを連れ帰りたいと言います。ハデスは、願いを聞き入れますが、「地上に着くまでふり向いてはいけない」と言います。しかし、地上まであとわずかのところで、オルフェウスはふり返ってしまいます。すると、エウリュディケの姿《すがた》はたちまち消えてしまいました。

この話は、イザナギがイザナミをよみの国からつれて帰ろうとする話と似《に》ています。遠くはなれた日本とギリシャでよく似《に》た話が語りつがれてきたのは、興味深いことです。

ふところより剣《つるぎ》を出《いだ》し、熊曽《くまそ》の衣《ころも》のくびを取《と》りて、剣《つるぎ》もちてその胸《むね》より刺《さ》し通《とお》したまひ《(い)》し時《とき》、その弟建《おとうとたける》、見《み》かしこみて逃《に》げ出《い》でき。

現代語訳《げんだいごやく》

（オウスが）ふところから剣《つるぎ》を出し、クマソタケルの衣《ころも》のえりをつかみ、剣《つるぎ》で胸《むね》をさすと弟の方は、それを見てにげ出した。

景行天皇《けいこうてんのう》の皇子《おうじ》のオウスは、父の命令に従《したが》って、九州にいたクマソタケル兄弟をたおしに向かいます。オウスはまだ少年でした。クマソタケルが宴会《えんかい》を開く日、オウスは少女の姿《すがた》になって、その中に入っていきました。クマソタケル兄弟は、オウスが変装《へんそう》した少女を見て気に入り、自分たちの間に座《すわ》らせて、盛《さか》んに楽しんでいました。宴会《えんかい》が盛《も》り上《あ》がったころ、オウスは剣《つるぎ》を出して、兄をさします。弟は、オウスの強さにおどろき、「あなたは、ヤマトタケルと名乗られるとよいでしょう」と言います。その後、オウスは、ヤマトタケルと呼《よ》ばれるようになりました。

天皇《てんのう》を中心とする国がまとまっていったことを物語に

『古事記《こじき》』には、「カムヤマトイワレビコが、九州の日向《ひゅうが》（宮崎県《みやざきけん》）から大和《やまと》（奈良県《なら》）に移《うつ》り、初代の神武天皇《じんむてんのう》になった」と書かれています。また、ヤマトタケルが、九州のクマソタケルや出雲《いずも》（島根県）のイズモタケル、さらに東《とう》国《ごく》の豪族《ごうぞく》たちを従《したが》えた話もあります。

これらの話は、天皇《てんのう》を中心とするヤマト政権《せいけん》が、次第に力を強くして各地の豪族《ごうぞく》を従《したが》えていったことを反映《はんえい》しているとも考えられます。『古事記《こじき》』には、天皇《てんのう》家が国を治めることが正しいという考えを行きわたらせるために国の成り立ちをまとめたという面があったのです。

悲劇《ひげき》の英雄《えいゆう》ヤマトタケル その最期《さいご》は？

ヤマトタケルは、クマソタケルをたおした後、出雲《いずも》のイズモタケルを討《う》ち、大和《やまと》に帰ります。ところが、天皇《てんのう》は、もどったばかりのヤマトタケルに、今度は東国《とうごく》を攻《せ》めるよう命じます。ヤマトタケルは「天皇《てんのう》は私《わたし》に死ねとお思いなのか」となげきつつ、東国《とうごく》へ向かいます。

東国《とうごく》で危険《きけん》な目にあいながらも豪族《ごうぞく》をたおしたヤマトタケルは、大和《やまと》に向かいます。しかし、途中《とちゅう》で病気のために亡《な》くなり、姿《すがた》を白い鳥に変えて飛び立ちます。鳥は河内《かわち》（大阪府《おおさか》）に降《お》りたので、そこに墓《はか》がつくられました。鳥は、そこから天高く飛び立っていったそうです。

天皇《てんのう》のしるしとなる三つの宝《たから》

ヤマトタケルは、火攻《ぜ》めにあった時、おばに授《さず》けられた剣《つるぎ》で草をなぎはらい、それに火をつけて火の勢《いきお》いを相手の方に追いやって助かったとされています。それにちなんで、この剣《つるぎ》を草薙剣《くさなぎのつるぎ》と呼《よ》ぶようになりました。この剣《つるぎ》は天叢雲剣《あめのむらくものつるぎ》とも言い、天皇《てんのう》であることを示《しめ》す三つの宝《たから》（三種《さんしゅ》の神器《じんぎ》）の一つです。

三種《さんしゅ》の神器《じんぎ》とは、天叢雲剣《あめのむらくものつるぎ》のほか、八咫《やたの》鏡《かがみ》、八尺瓊勾玉《やさかにのまがたま》を言います。これらは、神話に登場するニニギが天上の世界から地上に降《お》りてくる時に、最高神のアマテラスから授《さず》けられたとされています。

三種《さんしゅ》の神器《じんぎ》は、天皇《てんのう》が神様から日本を治めることを任《まか》されたしるしとも考えられます。

三種《さんしゅ》の神器《じんぎ》（想像図《そうぞうず》）

万《まん》葉《よう》集《しゅう》

天皇《てんのう》・皇族《こうぞく》、貴族《きぞく》、役人、農民、兵士など、男女共にさまざまな人たちがよんだ歌が集められている。

編《へん》者《じゃ》

未詳《みしょう》。何人もの人が、何回にもわたって歌を集めてできていったと考えられています。編集《へんしゅう》の最終段階《だんかい》で、歌人として知られる大伴家持《おおとものやかもち》（七一七年ごろ～七八五年）が関わったとする説が有力です。

約四千五百首もの和歌を集める

おさめられている歌は約四千五百首もあり、二十巻《かん》に分けられている。

額田王《ぬかたのおおきみ》

『万葉集《まんようしゅう》』の代表的な歌人の一人。天皇《てんのう》の后《きさき》で、国の行事の時に、代表して歌をよむことがあった。

情熱《じょうねつ》的な歌をつくった女性《じょせい》

兄と弟から告白!?

天智天皇《てんじてんのう》とその弟の皇太子《こうたいし》（後の天武天皇《てんむてんのう》）から愛を告げられ、歌でやりとりした。

さまざまな歌人たち

『万葉集《まんようしゅう》』には、額田王《ぬかたのおおきみ》のほか、柿本人麻呂《かきのもとのひとまろ》、山部赤人《やまべのあかひと》、山上憶良《やまのうえのおくら》など、多彩《たさい》な歌人たちがいた。編集《へんしゅう》に関わったとされる大伴家持《おおとものやかもち》もその一人。

庶民《しょみん》の歌も多い

『万葉集《まんようしゅう》』には、貴族《きぞく》たちだけでなく、名もない庶民《しょみん》や兵士たちの歌もおさめられている。

万葉《まんよう》がなが使われる

『万葉集《まんようしゅう》』は、漢字の読みを日本語の発音にあてはめた「万葉《まんよう》がな」（→11ページ）で書かれている。

作品の内容《ないよう》

『万葉集《まんようしゅう》』には、約四千五百首の和歌が集められ、二十巻《かん》で構成《こうせい》されています。和歌の作者は、天皇《てんのう》や皇族《こうぞく》、朝廷《ちょうてい》に仕えた歌人などから農民や兵士までと幅広《はばひろ》く、古代の人々のさまざまな思いがうかがえます。歌の時代も幅広《はばひろ》く、五世紀前半から七五九年までの約三百年間につくられていますが、ただし、古い歌は言い伝えられてきたもので、実際《じっさい》には七世紀前半からの約百三十年間につくられた歌を集めたものです。

集められている和歌の大半は、五・七・五・七・七の形式の短歌《たんか》ですが、そのほかに、五・七、五・七を続け、最後を五・七・七とする長歌《ちょうか》や、五・七・七の片歌《かたうた》、五・七・七・五・七・七の旋頭歌《せどうか》などがあります。

『万葉集《まんようしゅう》』の時代は、都が大和《やまと》（奈良《なら》県）にあり、現在《げんざい》の関東地方を中心とした地域《ちいき》は東国《とうごく》と呼《よ》ばれていました。東国《とうごく》の人がつくった東《あずま》歌《うた》や、主に東国《とうごく》から北九州へ兵士として送られた防人《さきもり》がつくった歌が多く見られるのも『万葉《まんよう》集《しゅう》』の特色です。

作品の背景《はいけい》

いろいろな歌集をもとに編集《へんしゅう》し、大伴家持《おおとものやかもち》が関わった？

『万葉集《まんようしゅう》』は、現在《げんざい》残っているものでは最も古い歌集です。しかし、いつ、だれが、何のためにつくったかは、よくわかっていません。

もともと和歌は、親戚《しんせき》関係の人々のような集《しゅう》団《だん》が、自然のめぐみに感謝《かんしゃ》するなどの思いを歌うもの（歌謡《かよう》）であり、口伝えで受けつがれるものでした。やがて中国から漢字や詩集が伝わると、歌を書きとめ、個人《こじん》の思いを詩としてよむようになりました。いっぽう、国のしくみが整えられていくと、天皇《てんのう》を中心とする朝廷《ちょうてい》で、和歌を専門《せんもん》につくる歌人が現《あらわ》れました。こうした和歌を集めた歌集がつくられました。

八世紀初めごろには、いくつもの歌集をもとに編集《へんしゅう》が進められ、最終的に大《おお》伴家持《とものやかもち》が関わって完成したのでしょう。『万葉集《まんようしゅう》』は、『万葉《まんよう》集《しゅう》』の名前は、「数多くの歌を集めたもの」という意味でつけられたと考えられています。

千二百年以上前に生きた古代の人々のたくさんの思いがこめられている歌集であり、日本人みなの宝物《たからもの》とも言えるでしょう。

『万葉集《まんようしゅう》』に見られる「ますらおぶり」

江戸《えど》時代に『万葉集《まんようしゅう》』の研究をした賀茂真《かものま》淵《ぶち》は、『万葉集《まんようしゅう》』の歌の味わいを「ますらおぶり」であるとしてたたえました。「ますらお」というのは、「力強い男」という意味です。つまり、『万葉集《まんようしゅう》』の歌は、男性《だんせい》的で素朴《そぼく》さやおおらかさ、雄大《ゆうだい》さが感じられると言ったのです。

真淵《まぶち》はさらに、平安《へいあん》時代の『古今和歌集《こきんわかしゅう》』（→30ページ）の時代になると、和歌は女性《じょせい》的で弱々しくなったと述《の》べ、これを「たおやめぶり（たおやめ＝しとやかな女性《じょせい》）」として批判《ひはん》しました。真淵《まぶち》にとって、「ますらおぶり」こそが、和歌の理想だったのです。

ただし、『万葉集《まんようしゅう》』の中にも、こまやかな心が表れた「たおやめぶり」と言えるような歌も見られます。

あかねさす　紫野《むらさきの》行《ゆ》き　標野《しめの》行《ゆ》き
野守《のもり》は見《み》ずや
君《きみ》がそでふる
額田王《ぬかたのおおきみ》

現代語訳《げんだいごやく》

むらさき草がしげるこの御料地《ごりょうち》（天皇《てんのう》が直接《ちょくせつ》所有している土地）で、あなたはあちこち行き来され、私《わたし》に向かってそでをふって合図なさる。この地の番人に見られたらどうなさるおつもりですか。

額田王《ぬかたのおおきみ》

むらさき草のように美しいあなたをにくく思っていたら、人妻《ひとづま》であるあなたのことを、私《わたし》は恋《こい》しいと思うでしょうか（にくく思うどころか、恋《こい》しく思っています）。

大海人皇子《おおあまのみこ》

額田王《ぬかたのおおきみ》が、夫である天智天皇《てんじてんのう》や、その弟で皇太子《こうたいし》の大海人皇子《おおあまのみこ》（後の天武天皇《てんむてんのう》）らの狩《か》りのお供《とも》をしました。額田王《ぬかたのおおきみ》は、以前は大海人皇子《おおあまのみこ》の恋人《こいびと》でした。大海人皇子《おおあまのみこ》が、額田王《ぬかたのおおきみ》の姿《すがた》を見つけ、手をふっています。

額田王《ぬかたのおおきみ》の歌は、「夫（天皇《てんのう》）のいるところで前の恋人《こいびと》のあなたが手をふっているのを知られたら困《こま》ります」というものです。これに対して、大海《おおあ》人皇子《まのみこ》も歌で答えます。大海人皇子《おおあまのみこ》の歌は、「あなた（額田王《ぬかたのおおきみ》）が人妻《ひとづま》だからと言って、きらうわけはない。恋《こい》しく思っています」という気持ちを伝えるものでした。

むらさき草とは、野山に生え、白い花をさかせる植物です。大海人皇子《おおあまのみこ》は、額田王《ぬかたのおおきみ》の美しさを、そこにさくむらさき草にたとえたのです。

朝廷《ちょうてい》の大事な儀式《ぎしき》などで歌をよんだ才女、額田王《ぬかたのおおきみ》

額田王《ぬかたのおおきみ》は、『万葉集《まんようしゅう》』の代表的な歌人です。六六一年に、朝鮮《ちょうせん》半島に軍船を送った時によんだ「熟田津《にぎたづ》に船乗りせむ（ん）と月待てば潮《しお》もかなひ（い）ぬ今はこぎ出《い》でな（熟田津《にぎたづ》の港で船に乗ろうとして月が出るのを待っていると、月も明月となり、潮《しお》の流れもちょうどよくなった。さあこぎ出そう）」という歌でも知られています。

額田王《ぬかたのおおきみ》は若《わか》いころから歌の才能《さいのう》を認《みと》められ、朝廷《ちょうてい》の大事な儀式《ぎしき》などで歌をよんでいました。「あかねさす～」の歌には、額田王《ぬかたのおおきみ》をめぐる恋《こい》の三角関係を感じるかもしれませんが、実際《じっさい》には、宴会《えんかい》を盛《も》り上《あ》げる歌だと言われています。

恋《こい》のやりとりの相聞《そうもん》、死んだ人をいたむ挽歌《ばんか》、それ以外の雑歌《ぞうか》

『万葉集《まんようしゅう》』の各巻《かくかん》の構成《こうせい》は、主に三種類に分けられます。

一つは「相聞《そうもん》」という、恋《こい》を中心としたやりとりの歌です。相手を思う気持ちを情熱的《じょうねつ》に表した歌や、恋《こい》しい人を待ちこがれる歌、表に出せない恋心《こいごころ》を歌った歌などがあります。もう一つはだれかの死を悲しんでよむ「挽歌《ばんか》」です。妻《つま》を亡《な》くした大伴家持《おおとものやかもち》がよんだ「今よりは秋風さむく吹《ふ》きなむ（ん）をいかにか独《ひと》り長き夜を寝《ね》む（ん）（これからは秋風が冷たく吹《ふ》いてくるだろうに、ただ独《ひと》りどうして長い夜を寝《ね》ようか）」などがあります。相聞《そうもん》と挽歌《ばんか》以外の歌は、「雑歌《ぞうか》」です。

浦島太郎《うらしまたろう》の話は『万葉集《まんようしゅう》』の歌にもあった！

浜辺《はまべ》で子どもにいじめられているかめを助け、竜宮城《りゅうぐうじょう》に行った浦島太郎《うらしまたろう》の話は、だれもが知っている昔話でしょう。

実は、浦島太郎《うらしまたろう》の話のもとになった話は『万葉集《まんようしゅう》』の歌にもあります。その歌は次のような内容《ないよう》です。

「浦島子《うらしまこ》という人が、海でつりをしているうちに大漁になった。七日が過《す》ぎ、なおも船をこぐと、海の神の娘《むすめ》と出会い、結婚《けっこん》して海の神の宮で暮《く》らした。やがて浦島子《うらしまこ》が『少しの間家に帰りたい』と言うと、妻《つま》は、くしを入れる箱をわたして『決して開けてはいけません』と言った。浦島子《うらしまこ》がもとの場所に帰ってくると、知り合いはだれもいない。開けてはいけないと言われていた箱を開けると白い雲が出て、浦島子《うらしまこ》は白髪《はくはつ》の老人になり、やがて死んでしまった。」

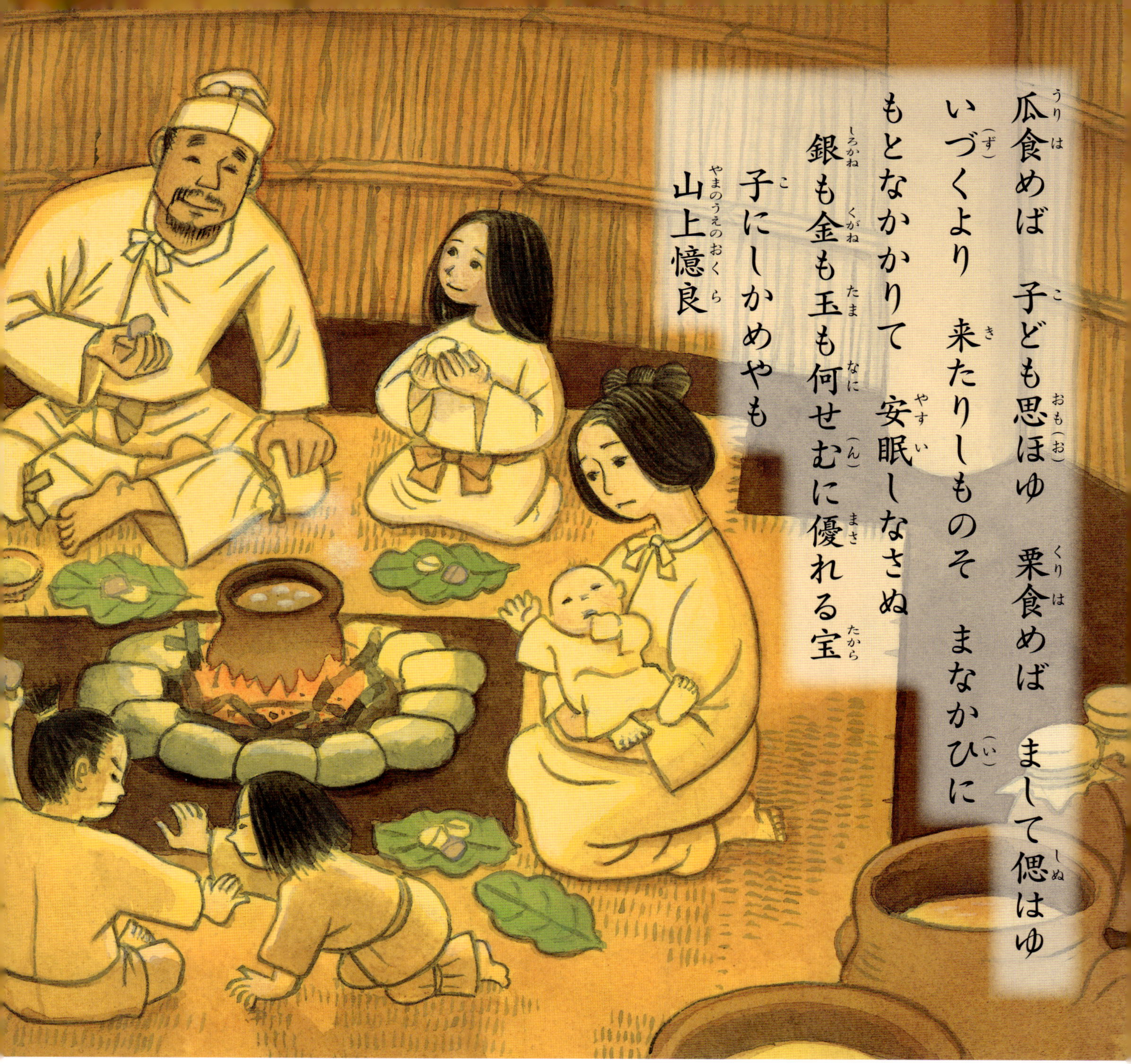

瓜《うり》食《は》めば　子《こ》ども思《おも（お）》ほゆ　栗《くり》食《は》めば　まして偲《しぬ》はゆ
いづ《（ず）》くより　来《き》たりしものそ　まなかひ《（い）》に
もとなかかりて　安眠《やすい》しなさぬ
銀《しろかね》も金《くがね》も玉《たま》も何《なに》せむ《（ん）》に優《まさ》れる宝《たから》
子《こ》にしかめやも
山上憶良《やまのうえのおくら》

現代語訳《げんだいごやく》

うりを食べれば、子どものことが思い出される。くりを食べれば、ますます子どものことを思い出す。子どもたちは、いったいどこから私《わたし》のもとへ来たのだろう。目の前を子どもの姿《すがた》がちらつき、安心してねむれない。
銀も金も玉（宝石《ほうせき》）もなんのことがあるだろうか。子どもよりまさる宝物《たからもの》などありはしない。

山上憶良《やまのうえのおくら》

朝廷《ちょうてい》に仕える山上憶良《やまのうえのおくら》は、都に家族を置いて、ひとり筑前《ちくぜん》（福岡県《ふくおか》）での勤《つと》めをしていました。憶良《おくら》は、仏教《ぶっきょう》をあつく信仰《しんこう》していました。仏教《ぶっきょう》では、ものごとにこだわることを、苦しく悪いこととしています。この歌の前には「世の中の人々を平等に思われるお釈迦《しゃか》様でさえ、子どもを愛するというこだわりの気持ちを持っていらっしゃる。ましてふつうの人が、自分の子どもを愛さずにはいられない」と書かれています。

庶民《しょみん》の苦しい暮《く》らしを歌に よんだ山上憶良《やまのうえのおくら》

山上憶良《やまのうえのおくら》は、朝廷《ちょうてい》の役人で、現在《げんざい》の県知事のような役職《やくしょく》について地方に行くこともたびたびありました。唐《とう》（中国）に留学《りゅうがく》した経験《けいけん》もあり、仏教《ぶっきょう》の考え方もよく知っていました。

憶良《おくら》は、家族の愛情《あいじょう》や農民らの暮《く》らしぶりなどに目を向けた歌をよみました。右の歌は、親の子への愛情《あいじょう》を歌っていますが、「貧窮問答歌《ひんきゅうもんどうか》」では、厳《きび》しく税《ぜい》を取り立てられるようすなど、貧《まず》しい農民の暮《く》らしぶりが、やさしいことばでよまれています。

社会の問題などを題材とした歌は、『万葉集《まんようしゅう》』のほかの歌人には見られない特徴《とくちょう》です。

雄大《ゆうだい》な長歌《ちょうか》が特徴《とくちょう》の柿本人麻呂《かきのもとのひとまろ》 絵のような情景《じょうけい》をよんだ山部赤人《やまべのあかひと》

『万葉集《まんようしゅう》』の代表的な歌人に、柿本人麻呂《かきのもとのひとまろ》がいます。朝廷《ちょうてい》で歌を専門《せんもん》によむ役割《やくわり》を担《にな》い、天《てん》皇《のう》や皇族《こうぞく》をたたえたり、死をいたんだりする歌をたくさんよんでいます。雄大《ゆうだい》な長歌《ちょうか》のほか優《すぐ》れた短歌《たんか》もよみ、後の時代に「歌聖《かせい》」として尊《そん》敬《けい》されました。

人麻呂《ひとまろ》と並《なら》び「歌聖《かせい》」と呼《よ》ばれるのが山部赤《やまべのあか》人《ひと》です。専門《せんもん》歌人として朝廷《ちょうてい》に仕え、自然の情《じょう》景《けい》が絵のように思いうかぶ歌をよみました。

このほか、九州で妻を亡《な》くした悲しみを歌った大伴旅人《おおとものたびと》、その子で『万葉集《まんようしゅう》』の編集《へんしゅう》に関わったとされる大伴家持《おおとものやかもち》も優《すぐ》れた歌人です。

東歌《あずまうた》と防人《さきもり》の歌

『万葉集《まんようしゅう》』には、天皇《てんのう》、皇族《こうぞく》、貴族《きぞく》など、身分の高い人の歌だけではなく、東国《とうごく》の人がよんだ東歌《あずまうた》や、北九州で外敵《がいてき》に備《そな》える兵士である防人《さきもり》の歌も集められています。

東歌《あずまうた》は、暮《く》らしの中でのできごとを素朴《そぼく》なことばでよんだ歌が多く、東国《とうごく》の方言が使われていることもあります。防人《さきもり》の歌は、家族と別れて旅立つ悲しみや不安の気持ちをありのままによんだ歌がたくさんあります。

『万葉集《まんようしゅう》』の編集《へんしゅう》に関わったとされる大伴《おおとも》家持《やかもち》は、防人《さきもり》を北九州に送り出す役職《やくしょく》だったため、防人《さきもり》やその家族の歌が集められました。

東歌《あずまうた》

信濃道《しなのじ》は今《いま》の墾道《はりみち》刈株《かりばね》に足《あし》ふましなむ《(ん)》沓《くつ》はけわが背《せ》

〈現代語訳《げんだいごやく》〉信濃《しなの》（長野県）の道は、最近開けた道なので、切《き》り株《かぶ》があちこちにあります。ふんでけがをしないように、くつをはいていってくださいね、あなた。

防人《さきもり》の歌

父母《ちちはは》が頭《かしら》かきなで幸《さ》くあれて言《い》ひ《(い)》し言葉《けとば》ぜ忘《わす》れかねつる（言葉《けとば》は東国《とうごく》の方言）

〈現代語訳《げんだいごやく》〉父母が、防人《さきもり》として旅立つ私《わたし》の頭をなでながら「どうか無事で」と言ったことばが忘《わす》れられない。

奈良《なら》時代のそのほかの古典

風土記《ふどき》

地方の名産などを記録する「地方誌《ちほうし》」

◆内容《ないよう》

地方の国々（現在《げんざい》の都道府県に当たる）の産物や耕地《こうち》が肥《こ》えているかどうかなどのようす、動植物、地名がどうしてついたか、土地の伝説などを記した書物です。天皇《てんのう》の命令によって、国ごとに書かれたもので、『風土記《ふどき》』には、「地方誌《ちほうし》」という意味があります。

すべての国が提出《ていしゅつ》したかどうかはわかりませんが、ほとんどの国が作成したと考えられています。現在《げんざい》まで伝わっているのは、常陸《ひたち》（茨城《いばらき》県）、播磨《はりま》（兵庫《ひょうご》県）、出雲《いずも》（島根県）、豊後《ぶんご》（大分《おおいた》県）、肥前《ひぜん》（佐賀《さが》・長崎《ながさき》県）の五か国のもので、そのうち、完全な形で残っているのは、『出雲国風土記《いずものくにふどき》』だけです。この五か国以外に、四十数か国の分が、ほかの本に一部が引用された形で残っています。

『出雲国風土記《いずものくにふどき》』には、国の広さ、土地のようす、各地の伝説などが記録されています。土地の神話として、『古事記《こじき》』（→10ページ）や『日本書紀《にほんしょき》』（→11ページ）の神話とちがう内容《ないよう》の話が書かれています。

◆できた時期

地方のようすをまとめるようにという天皇《てんのう》からの命令が出されたのが七一三年でした。これに対して、常陸《ひたち》、播磨《はりま》などは、二年以内に提出《ていしゅつ》したようです。出雲《いずも》、豊後《ぶんご》、肥前《ひぜん》などは、約二十年後に提出《ていしゅつ》と、できた時期には幅《はば》があります。

◆編者《へんじゃ》

各国の役人がそれぞれにまとめ、朝廷《ちょうてい》に献上《けんじょう》しました。中には、朝廷《ちょうてい》から地方の国の役所に派遣《はけん》された役人がまとめたものもあったと考えられています。

◆特徴《とくちょう》

中国の書物にくわしい人が書いたことがうかがえる漢文体で著《あらわ》されています。古代の地方のようすや、人々の暮《く》らしぶりがわかる貴重《きちょう》な書物です。

懐風藻《かいふうそう》

盛《さか》んにつくられた漢詩を集める

◆内容《ないよう》

日本でつくられた約百二十の漢詩（中国で古くからつくられている形式の詩）を集めた詩集です。天智天《てんじてん》皇《のう》（六二六～六七一年）が漢詩を好んだために、七～九世紀には、漢詩をつくることが貴族《きぞく》たちに必要な教《きょう》養《よう》と考えられていました。

『懐風藻《かいふうそう》』は、七世紀後半から約八十年の間につくられた漢詩をまとめたものです。漢詩の作者は、大友《おおともの》皇子《みこ》（弘文天皇《こうぶんてんのう》）、大津皇子《おおつのみこ》、長屋《ながや》王《おう》など、六十四人におよびます。巻《かん》頭《とう》に序文《じょぶん》（初めに書いてある文章）を書き、次に目録を置き、その後に漢詩を、ほぼ年代順に、作者ごとに並《なら》べています。

序文《じょぶん》では、古くからの学問や文芸の歴史について述《の》べ、「昔の詩人たちの作風を忘《わす》れないようにこの詩集を編集《へんしゅう》した」と書いてあります。

『懐風藻《かいふうそう》』という書名には、「優《すぐ》れた詩人たちの作風を懐《おも》う」という意味があります。

おさめられている漢詩の多くは、宮廷《きゅうてい》で開かれた宴会《えんかい》でつくられた漢詩です。多くは、中国の漢詩をまねたものです。

◆できた時期

序文《じょぶん》には、七五一年にできたと書かれています。現在《げんざい》まで伝わっている漢詩集としては、最も古いものです。

◆編者《へんじゃ》

未詳《みしょう》。奈良《なら》時代の漢学者である淡《おう》海三船《みのみふね》、歌人の葛井広成《ふじいのひろなり》、貴族《きぞく》の石《いその》上宅嗣《かみのやかつぐ》を編者《へんじゃ》とするなど、いくつもの説があります。

◆特徴《とくちょう》

『懐風藻《かいふうそう》』以外の奈良《なら》時代の漢詩は二十編《ぺん》あまりが伝わっているだけです。『懐風藻《かいふうそう》』は、奈良《なら》時代の漢詩の大部分を収録《しゅうろく》している漢詩集としてたいへん貴重《きちょう》です。

第二部

平安《へいあん》時代の古典

平安《へいあん》時代は、藤原《ふじわら》氏を中心とした
貴族《きぞく》が政治《せいじ》を行い、文化を担《にな》う時代でした。
9世紀末に中国への使節をやめると、
日本独自《どくじ》の文化が発達しました。
漢字からひらがながつくられ、和歌がさかんになりました。
また、物語や日記、随筆《ずいひつ》などの分野の文学が生まれました。
10世紀から11世紀には、宮中に仕えた女性《じょせい》たちが、
『源氏物語《げんじものがたり》』(→54ページ)や『枕草子《まくらのそうし》』(→48ページ)を始めとする
優《すぐ》れた作品を著《あらわ》しています。

主な作品

『竹取物語《たけとりものがたり》』(▶P24)
『宇津保物語《うつほものがたり》』(▶P27)
『古今和歌集《こきんわかしゅう》』(▶P30)
『和漢朗詠集《わかんろうえいしゅう》』(▶P31)
『土佐日記《とさにっき》』(▶P36)
『蜻蛉日記《かげろうにっき》』(▶P37)
『和泉式部日記《いずみしきぶにっき》』(▶P37)
『紫式部日記《むらさきしきぶにっき》』(▶P37)
『更級日記《さらしなにっき》』(▶P37)
『伊勢物語《いせものがたり》』(▶P42)
『大和物語《やまとものがたり》』(▶P43)
『枕草子《まくらのそうし》』(▶P48)
『源氏物語《げんじものがたり》』(▶P54)
『落窪物語《おちくぼものがたり》』(▶P57)
『今昔物語集《こんじゃくものがたりしゅう》』(▶P60)
『日本霊異記《にほんりょういき》』(▶P61)
『大鏡《おおかがみ》』(▶P66)
『梁塵秘抄《りょうじんひしょう》』(▶P66)

竹取物語《たけとりものがたり》

竹から生まれた「かぐや姫《ひめ》」が、貴族《きぞく》たちからの結婚《けっこん》の申し出を断《ことわ》り、やがて月に帰っていく物語。

作者

未詳《みしょう》。文体や表現《ひょうげん》のしかたなどから、日本や中国の書物をたくさん読んでいた、教養《きょうよう》深い男性《だんせい》だったと考えられています。貴族《きぞく》の源順《みなもとのしたごう》・源融《みなもとのとおる》や、僧《そう》の僧正遍昭《じょうへんじょう》という説もありますが、推測《すいそく》に過ぎません。

❖竹から生まれた「かぐや姫《ひめ》」の物語

美しい「かぐや姫《ひめ》」をめぐる架空《かくう》の物語。

その正体は宇宙人《うちゅうじん》⁉

月から来た姫《ひめ》

本当は月の人だが、何らかの罪《つみ》を犯《おか》したために地上に送られた。

かぐや姫《ひめ》

物語の主人公。竹から生まれ、美しく成長する。

不思議な能力《のうりょく》がある

帝《みかど》（天皇《てんのう》）が連れていこうとすると、影《かげ》になってしまった。

三か月で大人になる

生まれて三か月ほどで大人になり、結婚《けっこん》できるくらいになった。

求婚《きゅうこん》を難題《なんだい》で断《ことわ》る

貴族《きぞく》たちに結婚《けっこん》を申しこまれるが、難《むずか》しい課題を出して、断《ことわ》ってしまった。

最古の物語

『竹取物語《たけとりものがたり》』は、現在《げんざい》まで伝わっている物語の中では、最も古いとされている。

作品の内容《ないよう》

竹から生まれた「かぐや姫《ひめ》」を主人公とする物語です。

竹を取って暮《く》らしているおじいさんが、ある日、光る竹の中に、小さな女の子を見つけました。おじいさんはその子を家に連れ帰り、大切に育てました。女の子はわずか三か月で美しい娘《むすめ》に成長し、「かぐや姫《ひめ》」と名づけられました。

かぐや姫《ひめ》の評判《ひょうばん》を聞きつけた五人の貴族《きぞく》が、かぐや姫《ひめ》に結婚《けっこん》を申しこみます。かぐや姫《ひめ》は、結婚《けっこん》の条件《じょうけん》として、それぞれに手に入れるのがたいへん難《むずか》しい宝物《たからもの》を持ってきてほしいと言いますが、だれも手に入れられませんでした。そのうちに、帝《みかど》（天皇《てんのう》）もかぐや姫《ひめ》に結婚《けっこん》を求めますが、かぐや姫《ひめ》は応《おう》じません。

三年の月日が過《す》ぎ、満月の日が近づくと、かぐや姫《ひめ》は、自分は月の都の者で、間もなく月に帰らなければならないと打ち明けます。そして、満月の晩《ばん》に、かぐや姫《ひめ》は、帝《みかど》に不死の薬を残して月に帰っていきます。帝《みかど》は悲しみにくれ、最も天に近い山で、薬を焼かせました。

作品の背景《はいけい》

物語のおもしろさがふんだんに味わえる作品

『竹取物語《たけとりものがたり》』は、九世紀末～十世紀初めの平《へい》安《あん》時代前期に書かれたと考えられています。現《げん》在《ざい》まで伝わる中では最も古い物語です。

七～九世紀には、日本から中国への使節が送られ、多くの文化が取り入れられていました。しかし、九世紀末に中国への使節が送られなくなると、日本独自《どくじ》の文化が盛《さか》んになりました。また、漢字をもとにしてひらがながつくられ、物語が書かれるようになりました。

『竹取物語《たけとりものがたり》』は、竹から生まれたかぐや姫《ひめ》が月に帰っていくという、実際《じっさい》にはあるはずのないお話で、このような物語は「作り物語」と呼《よ》ばれます。

その中には、竹を取る老人の話、天女の羽衣《はごろも》の話、結婚《けっこん》を求める男性《だんせい》たちが難題《なんだい》を出されて失敗する話など、それまでに語り伝えられてきた話がたくみに取り入れられています。

『竹取物語《たけとりものがたり》』は、物語のおもしろさがつまった作品で、現在《げんざい》の私《わたし》たちにいたるまで、長く人々を楽しませてきました。

語り伝えられてきた話が取り入れられている
天女の羽衣《はごろも》の話
竹を取る老人の話
結婚《けっこん》を求める男性《だんせい》たちが失敗する話

物語の世界をきらびやかに描《えが》いた『竹取物語絵巻《たけとりものがたりえまき》』

かぐや姫《ひめ》をめぐる『竹取物語《たけとりものがたり》』の世界は、美しい絵巻《えまき》としても描《えが》かれました。『竹取物語《たけとりものがたり》』の絵巻《えまき》がつくられたことは、平安《へいあん》時代中期の『源氏物語《げんじものがたり》』（→54ページ）にも書かれていますが、現在《げんざい》残っている絵巻《えまき》は、江戸《えど》時代以降《いこう》にできたものです。

きらびやかに描《えが》かれた絵巻《えまき》を見て、人々は『竹取物語《たけとりものがたり》』の世界を想像《そうぞう》したことでしょう。

『竹取物語絵巻《たけとりものがたりえまき》』の一場面。かぐや姫《ひめ》にたのまれた宝《たから》を探《さが》すため、船で出かける貴族《きぞく》。

写真＝立教大学図書館

今《いま》は昔《むかし》、竹取《たけとり》の翁《おきな》といふ《（う）》ものありけり。野山《のやま》にまじりて竹《たけ》を取《と》りつつ、よろづ《（ず）》の事《こと》に使《つか》ひ《（い）》けり。（中略《ちゅうりゃく》）あやしがりて、寄《よ》りて見《み》るに、筒《つつ》の中《なか》光《ひか》りたり。

現代語訳《げんだいごやく》

今となっては昔のことになってしまったが、竹取のおきな（おじいさん）という者がいた。野山に分け入って竹を取っては、さまざまなことに使っていた。（中略《ちゅうりゃく》）不思議なことだと近づいてみると、竹の筒《つつ》の中が光っている。そこを見ると、とても小さな人が、たいそうかわいらしく座《すわ》っていた。

竹を取って暮《く》らしているおじいさんが、ある日、光る竹を見つけました。おじいさんは、その竹から生まれた小さな女の子を、「この人は、私《わたし》の子になる定めなのだ」と言って、家に連れて帰りました。そして、おばあさんといっしょに育てたところ、三か月ほどで、美しい娘《むすめ》に成長しました。

それを見《み》れば、三寸《ずん》ばかりなる人《ひと》、いとうつくしう《(しゅう)》てゐ《(い)》たり。

竹から生まれたかぐや姫《ひめ》が美しく成長する

右の文章は、『竹取物語《たけとりものがたり》』の冒頭《ぼうとう》です。「今は昔」は、物語の初めの決まった言い方です。「昔あったことですが…」という意味で、この話が本当にあったと伝えています。続いて、光る竹から女の子が生まれたと書くことで、主人公が、ふつうの人とはちがう世界からやってきたことを示《しめ》しています。

成長した女の子は、「なよ竹のかぐや姫《ひめ》」と名づけられます。「なよ竹」は、「細くてしなやかな竹」、「かぐや」は、「かがやくように美しい」という意味です。竹から生まれた美しい姫《ひめ》ということから、この名がつけられたのです。

結婚《けっこん》を申しこむ貴族《きぞく》たちに難題《なんだい》を出すかぐや姫《ひめ》

成長したかぐや姫《ひめ》は評判《ひょうばん》になり、大勢《おおぜい》の男性《だんせい》から妻《つま》にしたいと思われます。そのうち、石作皇子《いしつくりのみこ》、車持皇子《くらもちのみこ》、右大臣阿倍御主人《うだいじんあべのみうし》、大納言大伴御行《だいなごんおおとものみゆき》、中納言石上麻呂足《ちゅうなごんいそのかみのまろたり》の五人の貴族《きぞく》は、特に熱心で、一年ほども通ってかぐや姫《ひめ》に結婚《けっこん》を申しこみ続けます。かぐや姫《ひめ》は五人に、「仏《ほとけ》の御石《みいし》の鉢《はち》」を取ってきてほしいなど、難《むずか》しい条件《じょうけん》を出します。貴族《きぞく》たちは、なんとか宝《たから》を手に入れようとしましたが、全員失敗しました。

物語の中で、貴族《きぞく》たちはみな、ずるく、だらしのない人として描《えが》かれており、作者が貴族《きぞく》たちを皮肉な目で見ていることが感じられます。

紫式部《むらさきしきぶ》も『竹取物語《たけとりものがたり》』を愛読した？

平安《へいあん》時代前期には、『竹取物語《たけとりものがたり》』のような作り物語がたくさん書かれ、貴族《きぞく》たちに盛《さか》んに読まれていたと考えられます。その中には、今は残っていない物語も数多くあります。

平安《へいあん》時代中期にできた『源氏物語《げんじものがたり》』（→54ページ）の中には、『竹取物語《たけとりものがたり》』のことが「物語の出でき《い》はじめの祖《おや》（さまざまな物語の中で最初に書かれた作品）」と書かれています。『源氏物語《げんじものがたり》』の作者の紫式部《むらさきしきぶ》も、『竹取物《たけとりもの》語《がたり》』を愛読していたのでしょう。

琴《きん》の名手の物語

宇津保物語《うつほものがたり》

平安《へいあん》時代中期に書かれた長編《ちょうへん》の作り物語。作者は未詳《みしょう》ですが、何人かによって書かれたと考えられています。琴《きん》という楽器で奏《かな》でる秘伝《ひでん》の曲を四代にわたって伝えていく話を中心に、貴宮《あてみや》という娘《むすめ》をめぐる求婚《きゅうこん》の話や、東宮《とうぐう》（皇太子《こうたいし》）の座《ざ》をめぐる争《あらそ》いなどの話がからみます。「うつほ」は空洞《くうどう》のことで、主人公が幼《おさな》いころに、母親と杉《すぎ》の木の空洞《くうどう》で暮《く》らしていたことから、この題名がつきました。

大空《おおぞら》より、人《ひと》、雲《くも》に
乗《の》りて降《お》り来《き》て、
地《つち》より五尺《しゃく》ばかり
上《あ》がりたるほどに、
立《た》ち連《つら》ねたり。
これを見《み》て、内外《うちと》なる
人《ひと》の心《こころ》ども、物《もの》に
おそは《(わ)》るるや《(よ)》うにて、
会《あ》ひ《(い)》戦《たたか》は《(わ)》ん心《こころ》も
なかりけり。

現代語訳《げんだいごやく》

大空から人が雲に乗って降《お》りてきて、地面から五尺《しゃく》（約百五十センチメートル）ほど上がったあたりに、立《た》ち並《なら》んだ。屋敷《やしき》の中の人も外の人も、もののけにおそわれたようで、戦おうという気持ちもなくなってしまった。

八月十五日の名月の夜に、月の世界からかぐや姫《ひめ》をむかえに来ることがわかり、帝《みかど》（天皇《てんのう》）が二千人もの兵士を送り、かぐや姫《ひめ》が連れていかれないようにします。そうするうちに夜中になると、あたりが昼のように明るくなり、月の世界の人が降《お》りてきます。かぐや姫《ひめ》は、おじいさんたちとの別れを悲しみますが、むかえの人たちが持ってきた羽衣《はごろも》を着ると、地上でのできごとを忘《わす》れて月の世界へ帰っていきました。

天皇《てんのう》からの結婚《けっこん》の求めも断《ことわ》るかぐや姫《ひめ》

かぐや姫《ひめ》のうわさはついに帝《みかど》（天皇《てんのう》）の耳にも届《とど》き、宮中（帝《みかど》たちの住まい）に上がるように求められますが、かぐや姫《ひめ》は応《おう》じません。
そのわけは、しばらくしてわかることになります。実はかぐや姫《ひめ》は月の都の人で、何らかの罪《つみ》を犯《おか》したために、しばらくの間地上に送られていたのです。ですから、帝《みかど》のもとに行くわけにはいかなかったのです。
かぐや姫《ひめ》をむかえに月からの使者がやってくると、辺りが明るく照らされ、兵士たちが無力になるようすは、まるでSF（空想科学小説）のようで、作者の豊《ゆた》かな想像《そうぞう》力がうかがえます。

不死の薬を残して月に帰ったかぐや姫《ひめ》

いよいよ月に帰るという時に、かぐや姫《ひめ》は帝《みかど》にあてて手紙を書き、不死の（死なない）薬を置いていきます。
それを聞いた帝《みかど》は、たいそうなげきます。「かぐや姫《ひめ》がいなければ不死の薬も何にもならない」と、最も高くて天に近い山の頂上《ちょうじょう》で手紙と薬を焼くように命じます。「不死」の薬を焼いたので、その山は「富士《ふじ》山」と名づけられましたが、多くの兵が登ったことから、「士に富《と》む山」という意味もあります。このような「ことば遊び」は、あちこちに見られます。『竹取物語《たけとりものがたり》』は、ユーモアに満ちた物語でもあるのです。

月を愛した日本人

かぐや姫《ひめ》が月に帰った八月十五日は、昔の暦《こよみ》では、秋の真ん中の満月の日です。この日は一年で最も月が美しいとされる「中秋《ちゅうしゅう》の名月」の日です。
古くから日本では月を見ることが好まれました。満月の夜から、月は少しずつ欠けていき、のぼる時刻《じこく》がおそくなります。それぞれの形の月に名前をつけて、月がのぼるのを待ちわびていたのです。

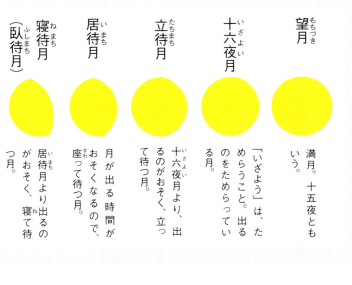

望月《もちづき》　満月。十五夜ともいう。

十六夜《いざよい》月　「いざよう」は、ためらうこと。出るのをためらっている月。

立待月《たちまち》　十六夜《いざよい》月より、出るのがおそく、立って待つ月。

居待月《いまち》　月が出る時間がおそくなるので、座《すわ》って待つ月。

寝待月《ねまち》（臥待月《ふしまち》）　居待《いまち》月より出るのがおそく、寝《ね》て待つ月。

古今和歌集《こきんわかしゅう》

最初につくられた勅撰《ちょくせん》和歌集。季節、恋《こい》など、さまざまな題材の歌を順序《じゅんじょ》よく並《なら》べている。

編《へん》者《じゃ》

紀友則《きのとものり》（?〜九〇七年）、紀貫之《きのつらゆき》（?〜九四五年）、凡河内躬恒《おおしこうちのみつね》（?〜?）、壬生忠岑《みぶのただみね》（?〜?）の四人の歌人。紀友則《きのとものり》が代表者でしたが、病気で亡《な》くなり、いとこの紀貫之《きのつらゆき》が代表者になりました。

和歌のお手本となった歌集

長い間、和歌の手本となり、日本人の美意《び》識《しき》（美しいものを感じ取る気持ち）のもとになった。

恋《こい》に生きた絶世《ぜっせい》の美女

小野小町《おののこまち》

代表的な歌人。情熱《じょうねつ》的な恋《こい》の歌を多くよんだ。

なぞに包まれた生涯《しょうがい》

すばらしい恋愛《れんあい》の歌をつくったが、その一生はほとんどわかっていない。

六歌仙《ろっかせん》の一人

特に歌の名手とたたえられた六人の歌人の一人に数えられる。

千百首の歌を集める

『古今和歌集《こきんわかしゅう》』は、全部で二十巻《かん》、千百首の歌を集め、内容《ないよう》ごとに並《なら》べる。

四人の撰者《せんじゃ》が選ぶ

『古今和歌集《こきんわかしゅう》』は、紀貫《きのつら》之《ゆき》らの四人が、優《すぐ》れた歌を選び、並《なら》べた。

初めての勅撰《ちょくせん》和歌集

『古今和歌集《こきんわかしゅう》』は、天《てん》皇《のう》の命令でつくられた「勅撰《ちょくせん》和歌集」の中で最初の和歌集。

作品の内容《ないよう》

『古今和歌集《こきんわかしゅう》』には、全部で千百首の和歌がおさめられています。全体は、二十巻《かん》に分かれていますが、これは、『万葉集《まんようしゅう》』（↓16ページ）の巻数《かんすう》に合わせたものと考えられます。

和歌の作者は約百二十人で、約百五十年間によまれた歌が集められています。

構成《こうせい》は、順番に、春、夏、秋、冬、賀《が》（祝いの歌）、離別《りべつ》（別れの歌）、羈旅《きりょ》（旅でよんだ歌）、物名《もののな》（何かの名前を読みこんだ歌）、恋《こい》、哀傷《あいしょう》（死をいたむ歌など）、雑《ぞう》（その他）、雑体《ざってい》（長《ちょう》歌《か》など）、大歌所御歌《おおうたどころのおおんうた》（大歌所《おおうたどころ》という役所で集め、管理した歌）と、主題ごとになっています。季節は一年で移《うつ》りゆく順に、恋《こい》は出会いから別れへと、効果《こうか》的に並《なら》べられています。

歌がよまれた時期によって、三つの時代に分けることができます。一つめは、奈良《なら》時代から平安《へいあん》時代にかけての作者不明の歌の時代、二つめは、九世紀後半の六歌仙《ろっかせん》（↓33ページ）の歌の時代。三つめは、撰者《せんじゃ》の四人に代表される歌人たちの時代です。

作品の背景《はいけい》

和歌は、中国の漢詩にも負けないと宣言《せんげん》、文学について述《の》べた序文《じょぶん》

七世紀初めから、日本は中国へ使節を送り、中国の文化を取り入れていました。文学の世界では、漢詩がさかんになりました。しかし、九世紀末に中国へ使節を送ることが中止されると、日本独自《どくじ》の文化が発達しました。

十世紀初めに朝廷《ちょうてい》では、天皇《てんのう》の命令によって、日本古来の文化である「和歌」を集めて後世に伝える事業を始めました。そこで、優《すぐ》れた歌人を撰者《せんじゃ》（優《すぐ》れた歌を選び並《なら》べる人）として、和歌集をつくらせました。こうしてできたのが『古今和歌集《こきんわかしゅう》』で、九〇五年ごろの完成と考えられています。

『古今和歌集《こきんわかしゅう》』の序文《じょぶん》（冒頭《ぼうとう》の文章）には、「和歌は人の心から起こり、さまざまな表現《ひょうげん》をするものだ。よい歌は、天地を動かし、恐《おそ》ろしい鬼《おに》の心も感動させる」と書かれています。それまで、和歌より漢詩が優《すぐ》れているという見方が強かったのですが、この序文《じょぶん》で和歌は漢詩にも負けないと主張《しゅちょう》するとともに、優《すぐ》れた文学論《ろん》を展《てん》開《かい》しています。

初めての勅撰《ちょくせん》和歌集

天皇《てんのう》の命令でつくられた和歌集を、勅撰《ちょくせん》和歌集と言います。『古今和歌集《こきんわかしゅう》』は、最初の勅撰《ちょくせん》和歌集です。それ以来、五百年以上にわたって、二十一の勅撰《ちょくせん》和歌集がつくられました。初めの八つを「八代集《はちだいしゅう》」と呼《よ》びます。

八代集《はちだいしゅう》とその成立年代

成立年代	名前
905年ごろ	古今和歌集《こきんわかしゅう》
951年以降《いこう》	後撰和歌集《ごせんわかしゅう》
1005年ごろ	拾遺和歌集《しゅういわかしゅう》
1086年	後拾遺和歌集《ごしゅういわかしゅう》
1127年ごろ	金葉和歌集《きんようわかしゅう》
1151年ごろ	詞花和歌集《しかわかしゅう》
1187年ごろ	千載和歌集《せんざいわかしゅう》
1205年	新古今和歌集《しんこきんわかしゅう》（→87ページ）

漢詩と和歌に節をつけて歌う

和漢朗詠集《わかんろうえいしゅう》

平安《へいあん》時代初期に、漢詩や漢文、和歌に節をつけて歌う朗詠《ろうえい》がおこりました。『和漢朗詠《わかんろうえい》集《しゅう》』は、この朗詠《ろうえい》に適《てき》した作品を集めたものです。藤原公任《ふじわらのきんとう》が撰者《せんじゃ》となって、1012年ごろに完成しました。漢詩では唐《とう》（中国）の詩人白居易《はくきょい》（白楽天《はくらくてん》）の作品が、和歌では紀《きの》貫之《つらゆき》の作品が、多く集められています。

思《おも》ひ(い)つつ寝《ぬ》ればや
人《ひと》の見《み》えつらむ(ん)
夢《ゆめ》としりせば
覚《さ》めざらましを

小野小町《おののこまち》

現代語訳《げんだいごやく》

くり返し思っては寝《ね》るので、あの方が夢《ゆめ》に見えたのだろうか。夢《ゆめ》とわかっていれば目覚めなかったのに…。

小野小町《おののこまち》

平安時代《へいあん》には、「だれかが夢《ゆめ》に現《あらわ》れるのは、その人が自分のことを思っているしるしだ」という考えがありました。しかし、この歌ではそれとは逆《ぎゃく》に、自分が相手のことを思っているので、恋《こい》しい人を夢《ゆめ》に見たのだと言っています。それなのに、目がさめるとそれが夢《ゆめ》だとわかって、がっかりした気持ちもうかがえます。

どうしても恋《こい》しい時は、夜着て寝《ね》る衣《ころも》を裏返《うらがえ》して着るわ。

小野小町《おののこまち》

平安時代《へいあん》には、夜寝《ね》る時に着る着物を裏返《うらがえ》して寝《ね》ると、恋《こい》しい人を夢《ゆめ》に見られるというおまじないがあったようです。小野小町《おののこまち》もこのおまじないをして寝《ね》たのです。いじらしいおとめの切ない恋《こい》心《ごころ》が感じられます。

いとせめて恋《こい》しき時《とき》は
むばたまの夜《よる》の衣《ころも》を
返《かえ》してぞ着《き》る

小野小町《おののこまち》

『古今和歌集《こきんわかしゅう》』をいろどる六人の代表的歌人～六歌仙《ろっかせん》

『古今和歌集《こきんわかしゅう》』が取り上げた三つの時代の一つに、六歌仙《ろっかせん》の時代が挙げられます。六歌仙《ろっかせん》とは、『古今和歌集《こきんわかしゅう》』の序文《じょぶん》で紀貫之《きのつらゆき》が、特に優《すぐ》れた歌人として挙げた六人を言います。

軽やかでしゃれた歌を多くよんだ僧正遍昭《そうじょうへんじょう》、表現《ひょうげん》の技巧《ぎこう》（わざ）に優《すぐ》れ、情熱《じょうねつ》的な歌をよんだ在原業平《ありわらのなりひら》、小野小町《おののこまち》と仲がよかったとされる文屋康秀《ふんやのやすひで》、仏門《ぶつもん》に入った後に仙人《せんにん》になったという伝説のある喜撰法師《きせんほうし》、恋《こい》の思いをよんだ歌が多い小野小町《おののこまち》、近江《おうみ》（滋賀《しが》県）に住んでいたと言われる大伴黒主《おおとものくろぬし》が六歌仙《ろっかせん》です。彼《かれ》らによって、技巧《ぎこう》を使った歌が多くつくられました。

恋《こい》に生き、情熱《じょうねつ》的な歌をよんだ小野小町《おののこまち》

女性《じょせい》ではただ一人六歌仙《ろっかせん》に選ばれた小野小町《おののこまち》は、絶世《ぜっせい》の美女とされますが、その生涯《しょうがい》についてはほとんどわかっていません。伝えられている歌からは、恋愛《れんあい》を題材にした歌を得意としていたことがうかがえます。

『古今和歌集《こきんわかしゅう》』にある十八首のうち、十三首までが恋《こい》の歌で、多くは自分の思いの強さをよんだものです。また、右の二首のように、恋《こい》する人を夢《ゆめ》に見るという内容《ないよう》の歌が六首もあります。紀貫之《きのつらゆき》は、小野小町《おののこまち》の歌を、「しみじみとした風情《ふぜい》があるが、力強くはない。高貴《こうき》な女性《じょせい》が病気に苦しんでいるようだ」と言っています。

平安《へいあん》時代の貴《き》族《ぞく》の恋《こい》に欠かせなかった歌

電話やメールなどのない平安《へいあん》時代には、貴《き》族《ぞく》の男女の恋《こい》のやりとりは、現代《げんだい》とはかなりちがったものでした。

女性《じょせい》はめったに人前に姿《すがた》を現《あらわ》さないので、男性《だんせい》が女性《じょせい》の住まいをのぞき見した後、思いを寄《よ》せる女性《じょせい》に手紙をおくるというのが、よくあるパターンでした。手紙には、思いをこめた歌を書き、そのできばえで女性《じょせい》が心ひかれるかどうかが決まります。女性《じょせい》からも歌で返事がおくられ、おたがいに気持ちがひかれると、男性《だんせい》が女性《じょせい》のもとを訪《おとず》れます。

女性《じょせい》からの歌も、あからさまに気持ちを伝えるよりは、わざとつれなくして相手の恋心《こいごころ》をつのらせたりしました。

歌は、男女の恋愛《れんあい》のきずなを深めるのに欠かせない重要なものだったのです。

袖《そで》ひちてむすびし
水《みず》のこほ《(お)》れるを
春《はる》立《た》つけふ《(きょう)》の
風《かぜ》やとくらむ《(ん)》
紀貫之《きのつらゆき》

現代語訳《げんだいごやく》

夏に袖《そで》をぬらして手ですくった水が、冬になってこおったものを、立春の今日の風がとかしているだろうか。

「袖《そで》ひちて」は、「水で袖《そで》をぬらして」という意味です。つまり、夏は冷たい水の心地よさに、袖《そで》をぬらしながらすくったことを表しています。「春立つ」は立春をむかえることです。やってきた春の風がこおった水をとかしてくれているだろうかと想像《そうぞう》しています。夏から冬、そして春と、季節の移《うつ》り変《か》わりを、立春のようすを表した一つの歌にみごとによみこんでいます。

季節の移《うつ》り変《か》わりに心を寄《よ》せ和歌によみこむ

和歌のテーマの一つは四季で、『万葉集《まんようしゅう》』の時代から現在《げんざい》にいたるまで変わりません。春夏秋冬がはっきりしていて、それぞれに見どころが多い風土の日本ならではのことでしょう。

右の歌は立春の日の歌ですが、立秋の日には、「秋きぬと目にはさやかに見えねども風の音にぞおどろかれぬる（秋が来たと、目にははっきり見えないけれど、ふく風の音におどろかされた）」（藤原敏行《ふじわらのとしゆき》）という歌があります。「まだ夏のようで秋が来たように思えないが、風の音は秋を告げている」と、わずかな変化に季節の移《うつ》り変《か》わりを感じる、こまやかな感覚です。

『古今和歌集《こきんわかしゅう》』の中心になった「たおやめぶり」

『古今和歌集《こきんわかしゅう》』の三つの時代の最後は、紀貫之《きのつらゆき》ら撰者《せんじゃ》たちの歌が中心の時代です。この時代の歌は、技巧《ぎこう》（わざ）が多く、上品な美しさや繊細《せんさい》さが感じられます。この傾向《けいこう》は、男性《だんせい》的な『万葉集《まんようしゅう》』（↓16ページ）の歌とは対照的に、女《じょ》性《せい》的であることから、後世には、「たおやめぶり」と呼《よ》ばれるようになりました。江戸《えど》時代の学者賀茂真淵《かものまぶち》は、「たおやめぶり」は『万葉集《まんようしゅう》』の「ますらおぶり」におとるとしましたが、真淵《まぶち》の弟子の本居宣長《もとおりのりなが》は、「たおやめぶり」は、『源氏物語《げんじものがたり》』（↓54ページ）にも受けつがれている、日本文化の大切な流れだと言っています。

受けつがれた日本の美意識《びいしき》

『古今和歌集《こきんわかしゅう》』は、初めての勅撰《ちょくせん》和歌集（天皇《てんのう》の命令でつくられた和歌集）だったことから、後の時代には、和歌のお手本とされました。『古今和歌集《こきんわかしゅう》』以後につくられた勅《ちょく》撰《せん》和歌集も、表現《ひょうげん》方法や構成《こうせい》のよりどころとしています。

そればかりか、『古今和歌集《こきんわかしゅう》』に見られる美意識《びいしき》（美しいものを感じ取る気持ち）は、その後の日本人の美意識《びいしき》のもとになっています。たとえば、桜《さくら》が散っていくようすのように、はかないものを美しいと思う気持ち、恋《こい》はつらく苦しいけれど、それが美しいと思う気持ちなどが挙げられます。

土佐日記《とさにっき》

紀貫之《きのつらゆき》が、土佐《とさ》（高知県）から都（京都）に帰るまでの日々に起こったできごとをつづる。

女性《じょせい》になったつもりで書いた日記

作者の気持ちを素直《すなお》に書き表している。

紀貫之《きのつらゆき》

優《すぐ》れた歌人で、土《と》佐《さ》（高知県）の国司《こくし》（現在《げんざい》の県知事）を務《つと》めた。『土佐日記《とさにっき》』の中でも多くの和歌をよんでいる。

知的でユーモアがある人

ものごとを冷静に考えて判断《はんだん》する一方で、ユーモアもあった。

子どもを亡《な》くして悲しみにくれる

土佐《とさ》にいる間に、幼《おさな》い娘《むすめ》を亡《な》くし、深く悲しんでいる。

ユーモアもたっぷり

船の旅はつらかった？

このころ、貫之《つらゆき》は六十代半ばだった。船の旅はつらかったかもしれない。

初めてかなで書かれた日記

『土佐日記《とさにっき》』は、漢字で書かれていた日記に比《くら》べて、思ったことを自由に書いている。

船の旅の記録

『土佐日記《とさにっき》』は、土佐《とさ》（高知県）から都（京都）に帰るまでの旅で起こったことを日記形式で書いたもの。

作者

紀貫之《きのつらゆき》（？～九四五年）

平安《へいあん》時代前期の優《すぐ》れた歌人で、『古今和歌集《こきんわかしゅう》』（→30ページ）の編集《へんしゅう》にも加わっています。役人としては、国司《こくし》（現在《げんざい》の県知事）などを務《つと》めました。

作品の内容《ないよう》

九三四年に、紀貫之《きのつらゆき》が土佐《とさ》（高知県）の国司《こくし》（現在《げんざい》の県知事）の任期《にんき》を終え、翌年《よくねん》にかけて妻《つま》たちと共に船で都に帰ってくるまでの旅のできごとが書かれています。五十五日間の旅が、一日も欠かさずにつづられています。

出発にあたっての現地《げんち》の人々との別れ、毎日の天候《てんこう》や海のようす、立《た》ち寄《よ》った港の光景、船に乗っている人々の行動や会話、船の旅の不安な気持ち、海賊《かいぞく》におそわれるのではないかという恐《おそ》れなどが描《えが》かれています。また、全体を通じて、土佐《とさ》で亡《な》くした幼《おさな》い娘《むすめ》を思う気持ちが表されているのが特徴《とくちょう》です。

ところどころに、約六十首の和歌が読みこまれ、それぞれの場面を効果《こうか》的にいろどっています。

「日記」という題名ですが、ただ毎日のできごとを書きとめたわけではありません。時には実際《じっさい》のできごとではない話や、作者の心情《しんじょう》を織《お》り交《ま》ぜることによって、一つの文学作品となっています。

作品の背景《はいけい》

ひらがなを使って書くことで自由な表現《ひょうげん》ができるようになった

『土佐日記《とさにっき》』の大きな特徴《とくちょう》は、作者の紀貫之《きのつらゆき》が男性《だんせい》なのに、女性《じょせい》が書いたことにした点です。平安《へいあん》時代前期に、漢字をもとにしたひらがながつくられましたが、そのころは、女性《じょせい》が使う文字でした。日記は奈良《なら》時代からあり、平安《へいあん》時代にも書かれていましたが、それは、漢文（漢字を用いて中国式に書いた文章）形式の日々の記録という意味合いのものでした。貫之《つらゆき》は、ひらがなを使って、自由な形式で日記を書きたいという気持ちから、女性《じょせい》が書いたことにしたのだと考えられます。そうすることで、自分の気持ちを素直《すなお》に表すことができるほか、自然な形で和歌を織《お》り交《ま》ぜることもできるようになり、「日記文学」が生まれたのです。

『土佐日記《とさにっき》』は初の日記文学で、後にかなの作品が多く書かれるきっかけになりました。

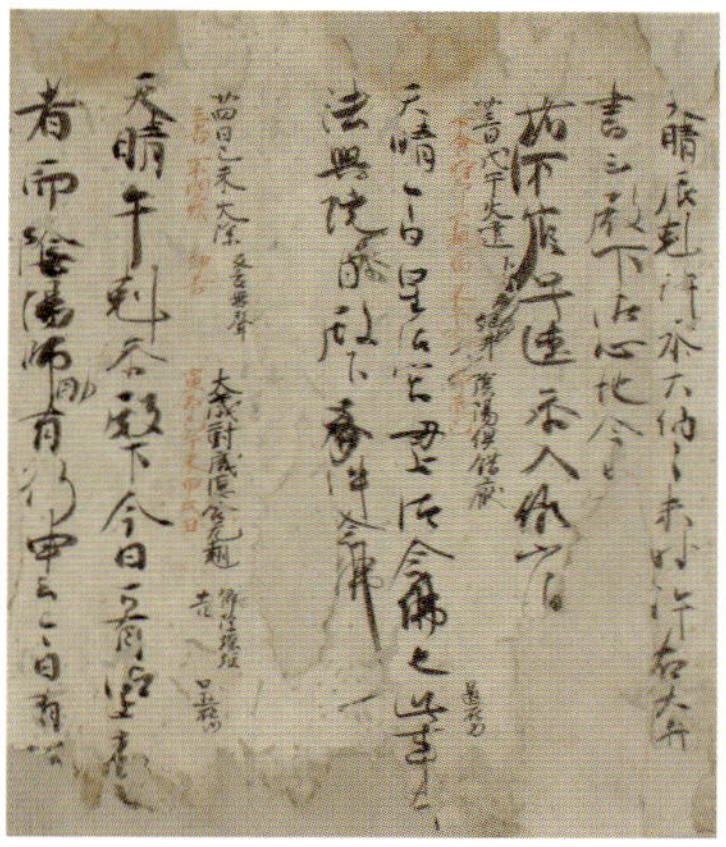

漢字だけで書かれた日記。『水左記《すいさき》』。

写真＝宮内庁書陵部

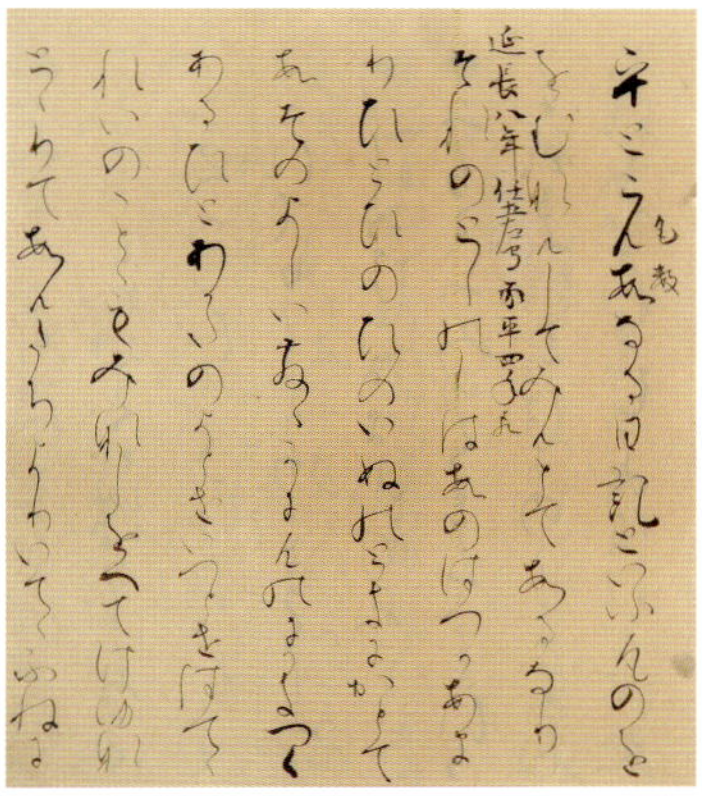

ひらがなを用いて書かれた日記。『土佐日記《とさにっき》』。

写真＝東海大学付属図書館

女性《じょせい》たちが書いた日記

蜻蛉日記《かげろうにっき》

平安《へいあん》時代中期に、藤原道綱母《ふじわらのみちつなのはは》が書いた日記。上級貴族《きぞく》の藤原兼家《ふじわらのかねいえ》と結婚《けっこん》した作者の、夫との愛の苦しみや、息子《むすこ》の道綱《みちつな》の成長などをつづっています。作者が自分自身を深く見つめた心情《しんじょう》が記されています。

和泉式部日記《いずみしきぶにっき》

平安《へいあん》時代中期に、和泉式部《いずみしきぶ》が書いた日記。主人公の「女（＝和泉式部《いずみしきぶ》）」が、恋人《こいびと》である親王（天皇《てんのう》の男子）の死後、その弟の親王との愛を深め、邸《やしき》に引き取られるまでのできごとが描《えが》かれています。

紫式部日記《むらさきしきぶにっき》

平安《へいあん》時代中期に紫式部《むらさきしきぶ》（→ 54 ページ）が書いた日記。作者が仕えていた宮中でのできごとや気持ちなどを記録する部分と、手紙形式の文章の部分とがあります。ものごとを冷静に見つめる姿勢《しせい》がわかります。

更級日記《さらしなにっき》

平安《へいあん》時代後期に、菅原孝標女《すがわらのたかすえのむすめ》が書いた日記。藤原道綱母《ふじわらのみちつなのはは》のめいである作者が、少女時代からの約 40 年間をふり返って書いたものです。東国《とうごく》から都に帰る旅や『源氏物語《げんじものがたり》』へのあこがれなどが記されています。

男《おとこ》もすなる日記《にき》といふ《（う）》ものを、女《おんな》もしてみむ《（ん）》、とて、するなり。

現代語訳《げんだいごやく》

男性《だんせい》が書くと聞く日記というものを、女性《じょせい》である私《わたし》も書いてみようと思い、筆をとることにする。

ある年の十二月二十一日、午後八時ごろに出発する。その旅のようすをちょっと書いてみる。

鎌倉《かまくら》時代にできた絵巻物《えまきもの》の絵だが、『土佐日記《とさにっき》』の時代のころを描《えが》いているので、船の旅のようすが想像《そうぞう》できる。

「北野天神縁起絵巻」　九州国立博物館所蔵／山﨑信一氏撮影

それの年《とし》の十二月《しわす》の
二十日《はつか》あまり一日《ひとひ》の日《ひ》の
戌《いぬ》の刻《とき》に、門出《かどで》す。
そのよし、いささかに
物《もの》に書《か》きつく。

ひらがなで書くので女性《じょせい》が書いたふりをした

右は『土佐日記《とさにっき》』の冒頭《ぼうとう》で、作者がこの日記を書くことにしたいきさつを説明しています。当時、日記は男性《だんせい》が漢字で書くものでしたが、それを「女性《じょせい》である作者が、ひらがなで書いてみることにした」と断《ことわ》っています。

作者は、土佐《とさ》（高知県）の国司《こくし》（現在《げんざい》の県知事）だった紀貫之《きのつらゆき》と共に船の旅をする女性《じょせい》という設《せっ》定《てい》で、貫之《つらゆき》のことは「ある人」、「船君《ふなぎみ》」などと、ぼかして書いています。しかし、時には、作者と貫之《つらゆき》が一体になっている部分もあります。また、女性《じょせい》は使わない、漢文を日本語として読む時の言い回しが使われていることもあります。

土佐《とさ》から都へ帰る船旅の日記をつづる

平安《へいあん》時代には、全国は六十六の「国」に分けられ、それぞれ役所が置かれていました。地方の役所には、都（京都）から、現在《げんざい》の県知事にあたる国司《こくし》などが派遣《はけん》されました。

紀貫之《きのつらゆき》は、四国の土佐《とさ》の国司《こくし》を務《つと》め、任期《にんき》が終わって船で都に帰るところでした。当時の船は小さく、人がこぐので、沖《おき》に出ることが難《むずか》しく、各地の港に寄《よ》りながら陸伝いに進みました。天候《てんこう》や潮《しお》の流れが悪ければ出航《しゅっこう》できず、海上で海賊《かいぞく》におそわれる危険《きけん》もありました。貫之《つらゆき》たちは、土佐《とさ》から大阪《おおさか》まで三十九日間かかっていますが、そのうち航海《こうかい》できたのは十二日間でした。

出世できなかった紀貫之《きのつらゆき》

紀貫之《きのつらゆき》の一族の紀《き》氏は、朝廷《ちょうてい》が大和《やまと》（奈良《なら》県）にあった古墳《こふん》時代（三～六世紀ごろ）から武力《ぶりょく》に優《すぐ》れた豪族《ごうぞく》として大きな勢力《せいりょく》をほこっていました。しかし、平安《へいあん》時代には、藤《ふじ》原《わら》氏の勢力《せいりょく》がさかんになったために、紀《き》氏は高い地位につくことはできなくなっていました。

紀貫之《きのつらゆき》も、歌人としては、そのころの第一人者と言われていましたが、役人としての出世はできず、六十歳《さい》を過《す》ぎてようやく土佐《とさ》の国司《こくし》になれたくらいにとどまりました。

土佐《とさ》（高知県）の紀貫之《きのつらゆき》の邸《やしき》があったと伝わる場所。
写真＝南国市教育委員会

現代語訳《げんだいごやく》

船が泊《と》まっている浜辺《はまべ》には、さまざまな色の美しい貝や石などが多くあった。そのような、女の子がほしがるようなものを見ると、土佐《とさ》で亡《な》くなった娘《むすめ》を思い出して恋《こい》しくなり、船にいるその母親がこんな歌をよんだ。

寄《よ》せてくる波よ、どうか人を忘《わす》れるという「忘《わす》れ貝《がい》」を寄《よ》せてきておくれ。そうしたら、船から下りて、その忘《わす》れ貝《がい》を拾い、亡《な》くなった娘《むすめ》のことを忘《わす》れるから。

紀貫之《きのつらゆき》たちは、和泉《いずみ》（大阪《おおさか》）まで来ていました。この日は天候《てんこう》が悪くなると言われたため、船を泊《と》めていました。その浜辺《はまべ》で「忘《わす》れ貝《がい》」という貝を見て、娘《むすめ》を亡《な》くした母親が和歌をよみました。

この歌に続き、ある人（＝おそらく貫之《つらゆき》自身）が、「忘《わす》れ貝《がい》など拾わない。玉のようにかわいかったあの子を恋《こい》しく思う気持ちだけでも形見にしたいから」という意味の歌をよみました。

忘《わす》れ貝《がい》。むらさきがかった色の二枚貝《まいがい》。歌によまれた忘《わす》れ貝《がい》と同じものかは、はっきりしない。二枚《まい》貝《がい》は二つに分かれるので、反対側を忘《わす》れるのではないかと考えて、忘《わす》れ貝《がい》としたのではないか。

この泊《とまり》の浜《はま》には、種《くさ》ぐさの美《うる》わしき貝《かい》、
石《いし》など多《おお》かり。かかれば、ただ昔《むかし》の人《ひと》をのみ
恋《こ》ひ《(い)》つつ、船《ふね》なる人《ひと》のよめる、
寄《よ》する波《なみ》打《う》ちも寄《よ》せなむ《(ん)》わが恋《こ》ふ《(う)》る
人忘《ひとわす》れ貝《がい》下《お》りて拾《ひろ》は《(わ)》む《(ん)》

幼《おさな》い娘《むすめ》を亡《な》くした悲しみの旅でもあった

貫之《つらゆき》は、都にいるころに生まれた娘《むすめ》と共に土佐《とさ》に行きましたが、その娘《むすめ》は、土佐《とさ》にいる間に亡《な》くなっていました。『土佐日記《とさにっき》』には、あちこちに、娘《むすめ》を思い出し、恋《こい》しく思う場面が描《えが》かれています。

右の場面もその一つです。娘《むすめ》を恋《こい》しく思いながらも、悲しむくらいならいっそ忘《わす》れてしまいたいという気持ちと、娘《むすめ》のことを忘《わす》れたくないという気持ちをよんだ歌のやりとりをしています。亡《な》き娘《むすめ》への思いは、『土佐日記《とさにっき》』全体の中心となるテーマであり、ひらがなで書いた日記だからこそ、それが描《えが》けたのです。

たくさんの和歌を交えてそれぞれの場面を盛《も》り上《あ》げる

『土佐日記《とさにっき》』のさまざまな場面で、和歌がよまれています。作者のほか、出会った人がよんだとされる歌もありますが、実際《じっさい》には、歌の名手の貫之《つらゆき》自身の歌と考えられます。それぞれの歌は、その場面のできごとや気持ちを効果《こうか》的に表す役割《やくわり》をはたしているため、『土佐日記《とさにっき》』は歌物語（→42ページ）であるとも言えます。

また、「手では『一』という字も書けない者が足をばたばたさせて『十』の字を書いている」など、作品のあちこちには、こっけいでユーモアに満ちた表現《ひょうげん》があります。こうした表現《ひょうげん》も、『土佐日記《とさにっき》』を優《すぐ》れた文学作品にしています。

『土佐日記《とさにっき》』の旅

二月十六日。都の邸《やしき》に到着《とうちゃく》する。

二月六日。淀川《よどがわ》をさかのぼる。都が近いことを喜ぶ。

二月四日。船が泊《と》まっている浜辺《はまべ》で、忘《わす》れ貝《がい》を見る。

一月三十日。阿波《あわ》（徳島県《とくしまけん》）から、和泉《いずみ》（大阪府《おおさかふ》）にわたる。

十二月二十一日。土佐《とさ》を出発する。

伊勢物語《いせものがたり》

和歌を中心とした短い物語をつらね、ある男の一生を恋愛《れんあい》を中心に描《えが》いた歌物語《うたものがたり》。

作者

未詳《みしょう》。主人公のモデルとされる歌人の在原業平《ありわらのなりひら》自身が一部を書いたとする説もあります。また、在原業平《ありわらのなりひら》にゆかりのある人が書いたとする説もあります。しかし、はっきりしたことはわかっていません。

情熱《じょうねつ》的でみやびな〝男〟の物語

ある男の架空《かくう》の話を、文章と和歌でつづる。

恋《こい》多きイケメンが登場

「男」

「昔男」ともいう。さまざまな恋《こい》を重ねる恋愛《れんあい》の達人。イケメンぶりも評判《ひょうばん》に。

モデルは在原業平《ありわらのなりひら》か？

「男」とは、絶世《ぜっせい》の美男子と言われた在原業平《ありわらのなりひら》がモデルになっているらしい。

さまざまな女性《じょせい》と恋愛《れんあい》

身分の高い女性《じょせい》、都からはなれた所の女性《じょせい》、年とった女性《じょせい》など、多くの女性《じょせい》との恋愛《れんあい》をくり返す。

都をはなれて旅に出ることも

東国に旅をした時の話もふくまれている。

最古の歌物語《うたものがたり》

『伊勢物語《いせものがたり》』は、文章と歌で構成《こうせい》される歌物語《うたものがたり》としては、現在《げんざい》残っている中で最も古い作品。

百二十五の短編《たんぺん》集

『伊勢物語《いせものがたり》』は、短い話を百二十五編《へん》集めた作品。「男」の一代記になっている。

作品の内容《ないよう》

『伊勢物語《いせものがたり》』は、和歌を中心とした短い物語が百二十五編《へん》書かれた短編《たんぺん》集です。それぞれの話の中には、必ず和歌があり、その和歌がどういういきさつでよまれることになったかを物語として書いていることから、「歌物語《うたものがたり》」と呼《よ》ばれます。和歌は全体で二百九首におよびます。

全体として、主人公である「男」が成人し、亡《な》くなるまでのできごとを描《えが》き、「男」の一代記のように構成《こうせい》されています。「男」は、平安《へいあん》時代の貴族《きぞく》で歌人の在原業平《ありわらのなりひら》がモデルだと言われています。多くは創作《そうさく》ですが、実在《じつざい》の人物の名前が登場することもあります。

それぞれの話は、「昔、男ありけり（昔、こういう男がいた）」や「昔、男…」で始まっています。「これは本当にあったことですが、遠い昔のことです」と断《ことわ》り、作り話であることをほのめかした書き方です。

書かれている題材は、男女の恋《こい》を始め、親子、主人と家来、友人などにおよび、いろいろな人間関係での気持ちを描《えが》き出《だ》しています。

作品の背景《はいけい》

文章と和歌が一体となって新しい表現《ひょうげん》の世界を生み出す

『伊勢物語《いせものがたり》』は、『竹取物語《たけとりものがたり》』(→24ページ)と同じ平安《へいあん》時代前期の物語で、現在《げんざい》まで残っている「歌物語《うたものがたり》」としては最も古い作品です。

歌物語《うたものがたり》は、次のようにできていったと考えられます。『古今和歌集《こきんわかしゅう》』(→30ページ)などで、和歌がどういう状況《じょうきょう》でよまれたかなどを説明する短い文が、和歌の前後に添《そ》えられることがあります。これを、「詞書《ことばがき》」と言います。例えば、「春立てば花とや見らむ《(ん)》白雪のかかれる枝《えだ》に鶯《うぐいす》ぞ鳴く(立春が来て春になったので、うぐいすが枝《えだ》に降《ふ》った雪を花とでも思っているのか、鳴いている)」という歌には、「雪の木に降《ふ》りかかれるをよめる(雪が木に積もっているようすを歌にした)」という詞書《ことばがき》があります。この詞書《ことばがき》に当たるものを、くわしく書くようになったことが歌物語《うたものがたり》に発展《はってん》したと考えられます。文章は和歌の添《そ》えものではなく、歌といっしょになって、新しい文学の世界をつくっているのです。

詞書《ことばがき》＋和歌

詞書《ことばがき》

雪の木に降《ふ》りかかれるをよめる

雪が木に積もっているようすを歌にした。

和歌

春立てば花とや見らむ《(ん)》白雪のかかれる枝《えだ》に鶯《うぐいす》ぞ鳴く

立春が来て春になったので、うぐいすが枝《えだ》に降《ふ》った雪を花とでも思っているのか、鳴いている。

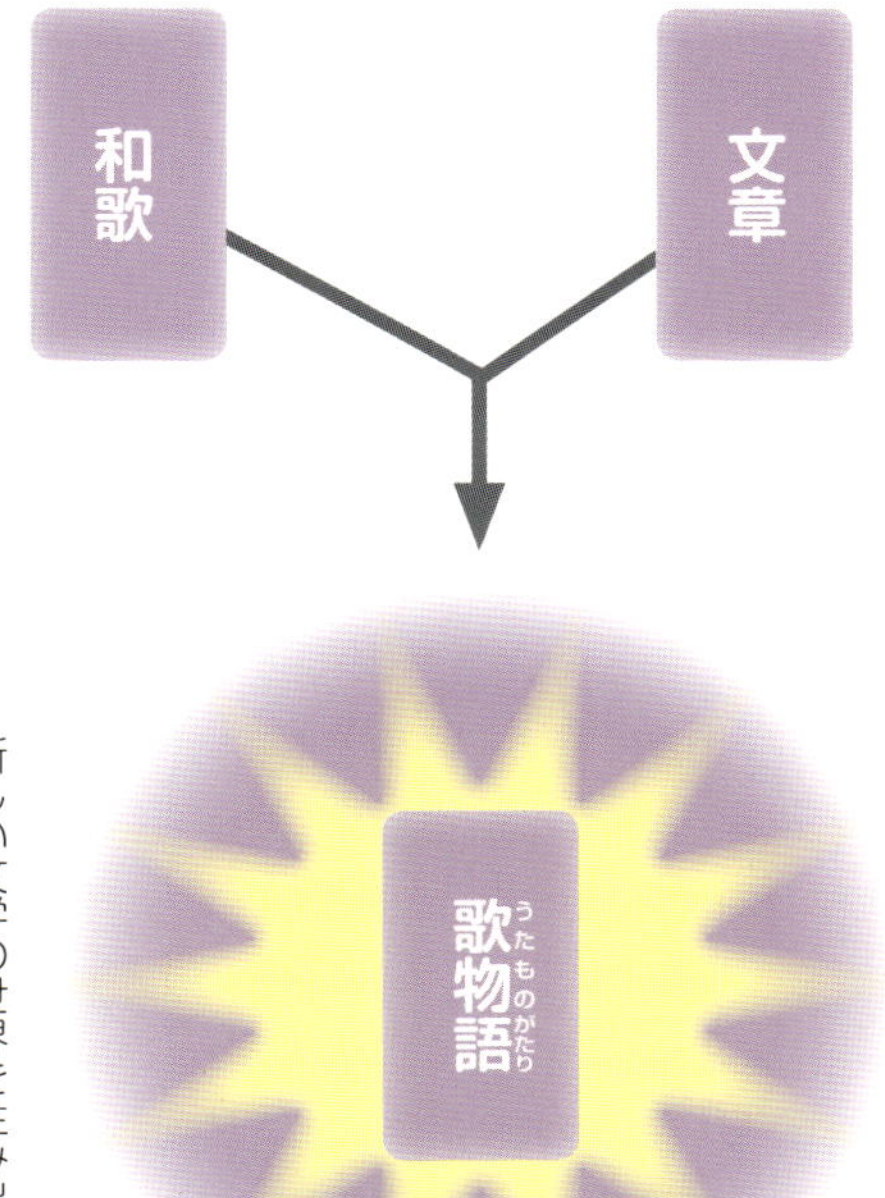

新しい文学の世界を生み出す。

男性貴族《だんせいきぞく》の理想像《ぞう》だった主人公

『伊勢物語《いせものがたり》』の主人公の「男」は、スマートに多くの女性《じょせい》と恋《こい》をする美しい貴族《きぞく》として描《えが》かれています。「いちはやきみやび(情熱《じょうねつ》的でみやびやかなふるまい)をする」とたたえられた在原業平《ありわらのなりひら》とも重ね合わされるイメージは、平安《へいあん》時代の貴族《きぞく》たちがあこがれる理想的な男性像《だんせいぞう》だったのでしょう。

百七十三段《だん》の歌物語

大和物語《やまとものがたり》

平安《へいあん》時代中期の歌物語。173の章段《しょうだん》からなり、290ほどの歌がよまれています。前半では、天皇《てんのう》や貴族《きぞく》、僧《そう》など、実際《じっさい》にいた人物にまつわる話が書かれています。また、後半では、人々の間に伝えられてきた伝説的な話が取り上げられています。『伊勢物語《いせものがたり》』とちがい、全体を通して描《えが》かれる主人公はいません。

昔《むかし》、男《おとこ》、初冠《ういこうぶり》して、平城《なら》の京《きょう》、春日《かすが》の里《さと》にしるよしして、
狩《か》りに往《い》にけり。その里《さと》に、いとなまめいたる
女《おんな》はらから住《す》みけり。この男《おとこ》、かいまみてけり。（中略《ちゅうりゃく》）
春日野《かすがの》の若紫《わかむらさき》のすり衣《ごろも》しのぶの乱《みだ》れ限《かぎ》り知《し》られず

現代語訳《げんだいごやく》

昔、「男」が初冠《ういこうぶり》（成人式）の後で、奈良《なら》の元の都があったところの、春日《かすが》という里に領地《りょうち》を持っていることから、狩《か》りに出かけた。その里に、たいそう若々《わかわか》しく美しい姉妹が住んでいた。その男は、その姉妹の姿《すがた》をのぞき見した。（中略《ちゅうりゃく》）

春日野《かすがの》の若々《わかわか》しいむらさき草のようなあなた方を恋《こ》いしのんで、私《わたし》の心は、着ている衣《ころも》のしのぶずりの模様《もよう》のように限《かぎ》りなく乱《みだ》れてしまっています。

『伊勢物語《いせものがたり》』の第一段《だん》（段《だん》は、一つの話）「初《うい》冠《こうぶり》」という話です。「初冠《ういこうぶり》」とは、貴族《きぞく》の男性《だんせい》の成人式にあたる儀式《ぎしき》です。当時は都が京都にありましたが、その前は奈良《なら》にありました。「平城《なら》の京《きょう》」は、奈良《なら》の都があったところで、このころはさびれた里になっていました。「男」はそこで、思いがけず、都の女性《じょせい》とはちがう魅力《みりょく》を持った姉妹の姿《すがた》を見かけ、恋《こい》しく思います。そこで、着物のすそを切り、そこに和歌を書いておくります。

この歌は、昔の和歌（↓45ページ）をふまえたもので、たいへん情熱的《じょうねつ》です。「美しいあなたたちを見て、私《わたし》の心は乱《みだ》れに乱《みだ》れています」という思いをよんだものです。「若紫《わかむらさき》」は、着物の染色《せんしょく》に使う植物で、姉妹の若《わか》く美しいようすをたとえてもいます。この歌を受け取った姉妹がどのように返事をしたかは書かれていません。

「しのぶずり」の衣《ころも》に自分の気持ちを表した和歌を書く

右の場面で男がよんだ歌は、「陸奥《みちのく》のしのぶもぢ《(じ)》ずり誰《たれ》ゆゑ《(え)》に乱《みだ》れそめにしわれならなくに」という歌をふまえています。「東北地方の草木染《ぞ》めの『しのぶずり』の乱《みだ》れ模様《もよう》のように、私《わたし》の心は乱《みだ》れていますが、だれのせいでしょうか。私《わたし》ではなく、あなたのせいですよ」という意味です。この時「男」は「しのぶずり」という乱《みだ》れ模様《もよう》の着物を着ていたので、昔の和歌をふまえ、着物の切れはしに自分の気持ちを書いておくったのでした。このことを、作者は、「昔の人は、このように激《はげ》しくみやびやかな行動をしたのです」とほめています。

歌のやりとりで恋心《こいごころ》を伝えた平安《へいあん》時代の男女

平安《へいあん》時代の貴族《きぞく》は、恋《こい》する気持ちを伝えるのに、手紙として、自分の気持ちを表す和歌を書いていました（→33ページ）。

歌のできばえを始め、文字の書きぶり、紙の選び方なども男性《だんせい》の教養《きょうよう》の深さを示《しめ》すものとされていました。女性《じょせい》は、初めのうちは、おつきの女性《じょせい》に返事を書かせますが、男性《だんせい》に心がひかれるようになると、自分で返事を書くようになるのです。

手紙のやりとりがくり返された後、男性《だんせい》が女《じょ》性《せい》を訪《おとず》れて帰ってから、「きぬぎぬの文」と呼《よ》ばれる手紙をおくって、情熱《じょうねつ》を表しました。

貴族《きぞく》たちが行った儀式《ぎしき》

平安《へいあん》時代の貴族《きぞく》は、一生の間にさまざまな儀式《ぎしき》を行いました。男性《だんせい》は、十二～十六歳《さい》くらいで「元服《げんぷく》」して大人の仲間入りをしました。この時に行われるのが「初冠《ういこうぶり》」という儀式《ぎしき》です。「初冠《ういこうぶり》」というのは、初めて冠《かんむり》を頭につけるという意味です。

子どものころは、冠《かんむり》をかぶっていませんが、初冠《ういこうぶり》の時に髪《かみ》を束ねて切りそろえ、位に合った冠《かんむり》をかぶりました。このことから、『伊勢物語《いせものがたり》』の「初冠《ういこうぶり》」に登場する「男」は、成人したばかりの十代半ばくらいの少年だったことがわかります。

その沢《さわ》にかきつばたいとおもしろく咲《さ》きたり。
それを見《み》て、ある人《ひと》のいは《（わ）》く、「かきつばたといふ《（う）》
五文字《いつもじ》を句《く》の上《かみ》にすゑ《（え）》て、旅《たび》の心《こころ》をよめ」と
いひ《（い）》ければ、よめる。

唐衣《からころも》きつつなれにしつましあれば
はるばるきぬる旅《たび》をしぞ思《おも》ふ《（う）》

現代語訳《げんだいごやく》

その沢《さわ》に、かきつばたがたいそう美しくさいていた。それを見て、ある人が、「『かきつばた』という五つの文字を歌の上に置いて、旅をしている気持ちをよんでみよ」というので、男が次のような歌をよんだ。

唐衣《からころも》（中国風の衣服《いふく》）を着ならすように、慣《な》れ親しんだ妻《つま》を都に置いてきたので、はるばる遠くまで来た旅のつらさが身にしみて感じられることだ。

『伊勢物語《いせものがたり》』の「東下《あずまくだ》り」という話の一部です。「男」が、友人たちと共に都（京都）をはなれて東国《とうごく》に旅に出ます。当時の東国《とうごく》は、都からかなりはなれたことを感じる所でした。また、都から地方に行くことを「下《くだ》る」と言っていました。

その途中《とちゅう》、三河《みかわ》（愛知県）の八橋《やつはし》というところまでやってきました。一行は、その沢《さわ》の木かげで休むことになりました。周りを見ると、かきつばたの花が美しくさいています。かきつばたは、水辺に生える植物で、むらさきや白の花をさかせます。そこにいた人が、「『かきつばた』の五文字を、和歌の五七五七七の五つの句《く》の最初の文字としてよんでみなさい」と言います。男が都を恋《こい》しがってよんだ歌を聞き、そこにいた人々はみな、なみだを流したので、食べていた旅行用の干《ほ》した飯がふやけてしまったという文章が続きます。

「かきつばた」の五文字を使って和歌をつくる

右の場面では、

からころも
きつつなれにし
つましあれば
はるばるきぬる
たびをしぞおもふ（う）

という歌をよんでいます。このように、あることばを折《お》りこんだ歌を「折《お》り句《く》」と言います。

さらにこの歌には、「着つつ」、「なれ（着物がよれよれになる）」、「つま（着物のすその左右のはし）」、「はる（着物を洗《あら》う時に張《は》る）」と、衣《ころも》に関係することば（縁語《えんご》）も使われています。

東国《とうごく》に旅をした主人公たちが都を恋《こい》しく思う

「東下《あずまくだ》り」では、右の場面からさらに東へ向かい、駿河《するが》（静岡県《しずおか》）で富士山《ふじ》を見ます。さらに足を進め、隅田《すみだ》川（東京）までやってきます。そこに見慣《みな》れない鳥がいたので、土地の人になんという鳥かとたずねると、「都鳥《みやこどり》」と答えます。そこで、「名にし負はば（わ）いざ言問はむ（わ）（ん）都鳥《みやこどり》わが思ふ（う）人はありやなしやと（都という名前ならば聞いてみよう。私《わたし》の愛する人は無事でいるのだろうかと）」という歌をよみます。この歌も、都や、都に残してきた人への思いを表したものです。遠くはなれた土地で、なつかしい都のことを思う気持ちを強調しています。

平安《へいあん》時代のイケメン、在原業平《ありわらのなりひら》

『伊勢物語《いせものがたり》』の主人公の「男」は、在原業平《ありわらのなりひら》（八二五〜八八〇年）がモデルだと言われています。

業平《なりひら》は、天皇《てんのう》の孫にあたる貴族《きぞく》で、和歌の才能《さいのう》がありました。優《すぐ》れた六人の歌人とされる六歌仙《ろっかせん》（→33ページ）の一人に選ばれています。さまざまな技巧《ぎこう》を使い、情熱《じょうねつ》的な歌を数多くつくっています。

業平《なりひら》の人柄《ひとがら》については、「うるわしく、恋《こい》多き美男で、気ままで、自分の思うままにふるまう」と書かれたものが伝わっています。イケメンで、女性《じょせい》たちと多くの恋《こい》をした男性《だんせい》だったことが想像《そうぞう》されます。

在原業平《ありわらのなりひら》の肖像《しょうぞう》。

写真＝不退寺

枕草子《まくらのそうし》

天皇《てんのう》の后《きさき》に仕えた清少納言《せいしょうなごん》が、さまざまなテーマで、感性豊《かんせいゆた》かに書いた随筆《ずいひつ》集。

才能《さいのう》と感性《かんせい》あふれる文章の集まり

三百ほどの章段《しょうだん》からなる最古の随筆《ずいひつ》集。

見たもの、感じたことを記録

清少納言《せいしょうなごん》

深い教養《きょうよう》を持ち、ものごとをするどく観察し、自由に表現《ひょうげん》した。

歌人の家に生まれた才女

代々の歌人の家に生まれ、学者でもある父のもと、さまざまな教養《きょうよう》を身につけていた。

晩年《ばんねん》はよくわからない

年をとってからのことは、はっきりしない。六十歳《さい》くらいで亡《な》くなったらしい。

女房《にょうぼう》として働くキャリアウーマン

天皇《てんのう》の后《きさき》である中宮定子《ちゅうぐうていし》に仕え、ばりばり働いていた。男性《だんせい》の貴族《きぞく》とも交遊があった。

ものごとをするどく観察する

『枕草子《まくらのそうし》』では、作者がものごとをするどく観察し、新しい見方を示《しめ》したり、あざやかに批評《ひひょう》したりしている。

中宮定子《ちゅうぐうていし》と過《す》ごした日々をつづる

『枕草子《まくらのそうし》』では、清少納言《せいしょうなごん》が仕えた中宮《ちゅうぐう》（天皇《てんのう》の后《きさき》）定子《ていし》や彼女《かのじょ》を取《と》り巻《ま》く貴族《きぞく》たちとのはなやかな日々が生き生きと描《えが》かれる。

作者

清少納言《せいしょうなごん》（九六五年ごろ～一〇二五年ごろ）

平安《へいあん》時代中期の女性《じょせい》で、本名は不明です。学者の家に生まれ、二十八歳《さい》ごろ天皇《てんのう》の后《きさき》の藤原定子《ふじわらのていし》に仕えました。定子《ていし》が亡《な》くなると、宮中をはなれました。

作品の内容《ないよう》

『枕草子《まくらのそうし》』は、清少納言《せいしょうなごん》が、天皇《てんのう》の后《きさき》に仕える日々を通じて見聞きしたり、感じたりしたことなどを書きとめたものです。このような文章をまとめた作品は、随筆《ずいひつ》、エッセイと呼《よ》ばれます。「草子《そうし》」は「とじた本」。諸説《しょせつ》ありますが、「枕《まくら》」の意味はわかりません。

全部で約三百の章段《しょうだん》がありますが、内容《ないよう》からは、次の三種類に分けることができます。

一つは、「うつくしき（かわいらしい）もの」とか、「鳥は」など、同じ特色のあるものを連想して集め、批評《ひひょう》を加える文章です。

二つめは、宮中で天皇《てんのう》の后《きさき》である藤原定子《ふじわらのていし》に仕える日々に起こったできごとを、すばらしい思い出として日記のように記録した文章です。

三つめは、自然や人の行いをとらえ、形式にとらわれずに自由に書いた文章で、作者の才能《さいのう》や感性《かんせい》が最もよくうかがえます。

どの章でも、清少納言《せいしょうなごん》の観察力のするどさと、ものごとの一面をあざやかに書きつづる才能《さいのう》がうかがえます。

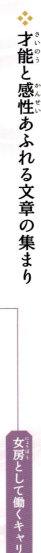

作品の背景《はいけい》

后《きさき》を中心に、はなやかなサロンを演出《えんしゅつ》、天皇《てんのう》をめぐる宮中でのつばぜり合い

清少納言《せいしょうなごん》が生きた平安《へいあん》時代は、天皇《てんのう》は何人もの后《きさき》（いろいろな呼《よ》び名《な》がある。「中宮《ちゅうぐう》」もその一つ）を持つのが当たり前でした。このころ大きな力を持っていたのが藤原《ふじわら》氏で、自分の娘《むすめ》を后《きさき》とし、その子どもを天皇《てんのう》にすることで、権《けん》力《りょく》をにぎっていました。

后《きさき》たちのところには、清少納言《せいしょうなごん》のような、女《にょう》房《ぼう》と呼《よ》ばれる女性《じょせい》が仕え、家庭教師《きょうし》や世話係などの役目をしていました。后《きさき》たちは工夫をこらしてはなやかなサロン（女性《じょせい》を中心とした社交の場）をつくり、天皇《てんのう》の関心をひこうとしていました。女房《にょうぼう》たちは、常識《じょうしき》やしきたり、文学の教養《きょうよう》、会話のたくみさ、ファッションセンスなどを求められました。

清少納言《せいしょうなごん》が仕えた定子《ていし》は藤原道隆《ふじわらのみちたか》の娘《むすめ》で、定《てい》子《し》と同じころに后《きさき》だった藤原道長《ふじわらのみちなが》の娘《むすめ》の彰子《しょうし》には紫式部《むらさきしきぶ》が仕えていました。定子《ていし》と彰子《しょうし》をめぐる人々は、競争《きょうそう》相手の関係だったのです。

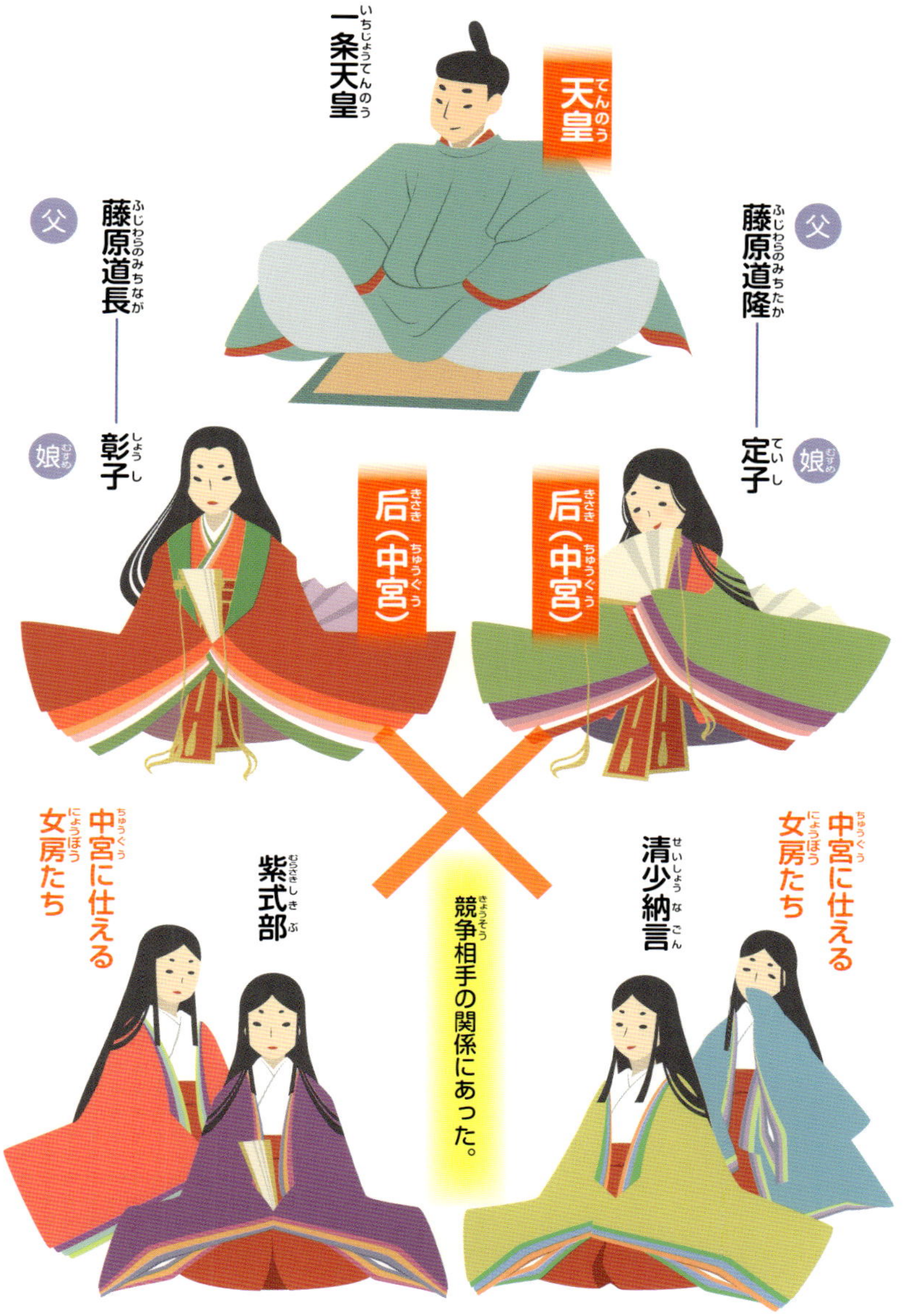

深い教養《きょうよう》を身につけていた才女、清少納言《せいしょうなごん》

『枕草子《まくらのそうし》』の作者である清少納言《せいしょうなごん》は、学者で歌人の清原元輔《きよはらのもとすけ》の娘《むすめ》として生まれました。清原《きよはら》家は、清少納言《せいしょうなごん》の曽祖父《そうそふ》の清原深養父《きよはらのふかやぶ》を始め、代々高名な歌人の家柄《いえがら》です。清少納言《せいしょうなごん》という呼《よ》び名《な》は、清原《きよはら》家の娘《むすめ》であることにちなんで「清《せい》」をつけた通称《つうしょう》です。

彼女《かのじょ》は、幼《おさな》いころから歌や漢文などの教養《きょうよう》を身につけ、それが後に宮中に仕えた際《さい》に役立ちました。十六歳《さい》くらいで橘則光《たちばなののりみつ》という貴族《きぞく》と結婚《けっこん》し、男の子を産みましたが、後に離婚《りこん》しました。女房《にょうぼう》として仕えるようになったのは、このころです。その後、藤原棟世《ふじわらのむねよ》という貴族《きぞく》と再婚《さいこん》して女の子を産みましたが、時期ははっきりしません。

晩年《ばんねん》はよくわかっていませんが、宮中にいたころのように、はなやかなものではなかったようです。

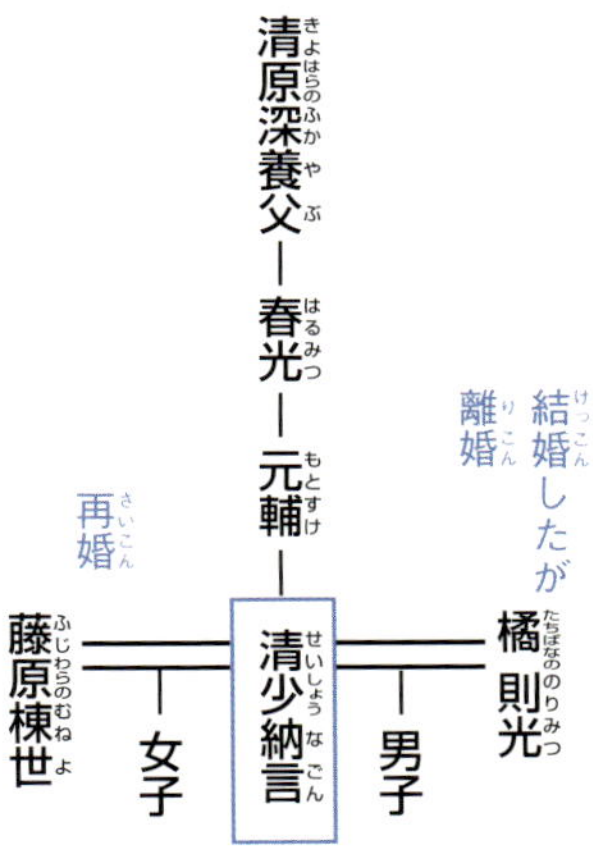

春《はる》はあけぼの。
やう《(よ)》やう《(よ)》
白《しろ》くなりゆく、
山《やま》ぎは《(わ)》少《すこ》しあかりて、
むらさきだちたる
雲《くも》の細《ほそ》く
たなびきたる。

現代語訳《げんだいごやく》

春は、明け方がすばらしい。次第にはっきり見えていく、山の尾根《おね》の線が少し明るくなって、むらさきがかった雲が細くたなびいているのがすばらしい。

夏は夜に限《かぎ》る。月が美しく出ている時は言うまでもない。暗やみでも、その中をほたるがたくさん飛び交っていたり、一つ二つだけが、ぼんやりと光って飛んでいるのも趣《おもむき》がある。雨が降《ふ》っているのも味わいがあるものだ。

春夏秋冬のそれぞれについて、一日のうちいつがすばらしいかを述《の》べ、その時に最も趣《おもむき》のある光景を挙げています。

春、夏に続き、秋は「夕暮《ゆうぐ》れ」がすばらしいと言います。そして、「夕陽がさし、山の尾根《おね》の線が近く見えるようになったころ、からすがねぐらにもどるために、三羽か四羽、または二羽か三羽と急ぐように飛んでいくのはしみじみとした感じがする」と書いています。

さらに、冬は早朝がすばらしく、「雪が降《ふ》った朝は言葉にできないほど。霜《しも》が白いのも、そうでなくても、ぐっと冷える朝に急いで炭をおこして持っていくのはいかにも早朝らしい」と、感性豊《かんせいゆた》かに描《えが》いています。

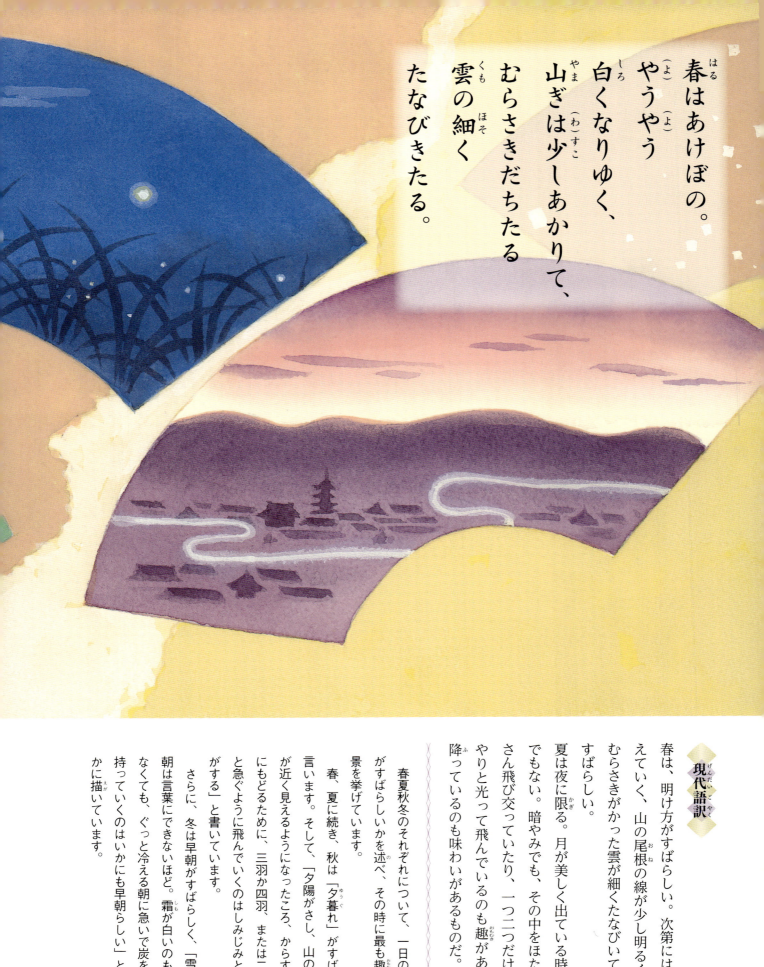

夏《なつ》は夜《よる》。月《つき》のころはさらなり、やみもなほ《(お)》、ほたるの多《おお》く飛《と》びちがひ《(い)》たる。また、ただ一つ二つなど、ほのかにうち光《ひか》りてゆくもをかし《(お)》。雨《あめ》などふるも、をかし《(お)》。

季節ごとによいものを自分の感性《かんせい》で取り上げる

『枕草子《まくらのそうし》』の初めの章段《しょうだん》では、春は明け方、夏は夜、秋は夕暮《ゆうぐ》れ、冬は早朝と、四季それぞれに趣《おもむき》のある情景《じょうけい》を挙げています。

平安《へいあん》時代前期に『古今和歌集《こきんわかしゅう》』(↓30ページ)がまとめられたころから、春は桜《さくら》、夏はほととぎす、秋は紅葉《こうよう》、冬は雪がよいとされていました。しかし、清少納言《せいしょうなごん》は、決まりきった価値観《かちかん》にとらわれず、自分の感覚で本当にすばらしいと思うものを挙げています。このような指摘《してき》は、当時の人には新鮮《しんせん》に感じられたでしょう。よいと思う光景の描写《びょうしゃ》からは、作者がものごとをするどい感性《かんせい》でとらえていることもわかります。

「をかし《(お)》」は、「いいよね!」と軽い感覚でよさを言うことば

「をかし《(お)》」は、『枕草子《まくらのそうし》』の中でよく使われることばです。現在《げんざい》の「おかしい」とはちがい、明るく快《こころよ》い風情《ふぜい》、晴れ晴れとした心持ちのように、何かに趣《おもむき》を感じることです。「雨など降《ふ》るもをかし《(お)》」と言うと、「雨が降《ふ》るのも趣《おもむき》があってよい」で、現在《げんざい》の感覚なら「雨が降《ふ》るのもいいよね!」という言い方がよく合っています。

同じ時代の『源氏物語《げんじものがたり》』(↓54ページ)では、「しみじみとした情感《じょうかん》を感じさせてよい」という「あはれ《(わ)》」がよく使われますが、「をかし《(お)》」は「あはれ《(わ)》」より軽い感覚で、明るいよさです。『枕草子《まくらのそうし》』は、「をかし《(お)》」の文学と言えるのです。

「ものづくし」では、共通するものを集めユーモラスに語る

「うつくしき(かわいらしい)もの」「にくらしき(しゃくにさわる)もの」のように、同じ種類で連想されるものを次々に挙げる章《しょう》段《だん》が多いのも『枕草子《まくらのそうし》』の特徴《とくちょう》です。

「うつくしきもの」として清少納言《せいしょうなごん》が挙げているのは、「うりにかいた幼《おさな》い子の顔」、「人がねずみの鳴きまねをすると、すずめの子がはねてやってくること」、「幼《おさな》い子がはってくる時に、小さいごみを見つけて拾い上げ、かわいい指でつまんで大人に見せるようす」などです。

それぞれ、一瞬《いっしゅん》の情景《じょうけい》を切り取り、次々に挙げることで、意外なものに共通するところがあることを感じさせてくれます。

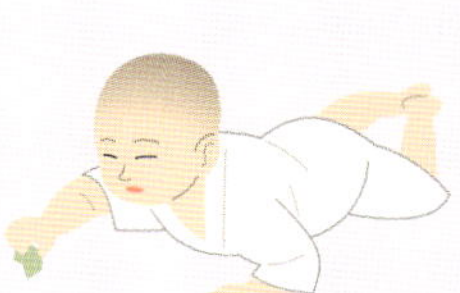

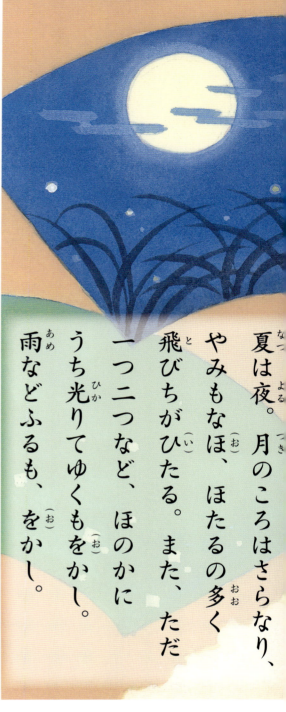

雪《ゆき》のいと高《たこ》う降《ふり》たるを、例《れい》ならず御格子《みこうし》まゐ《（い）》りて、（中略《ちゅうりゃく》）「少納言《しょうなごん》よ。香炉峰《こうろほう》の雪《ゆき》いかならん」と仰《おほ》せらるれば、御格子《みこうし》上《あ》げさせて、御簾《みす》を高《たか》く上《あ》げたれば、笑《わら》は《（わ）》せたまふ《（う）》。

現代語訳《げんだいごやく》

雪がたいそう降《ふ》り積《つ》もったのに、いつもとちがって御格子《みこうし》を下ろしていたら、（中略《ちゅうりゃく》）定子《ていし》様が、「清少納言《せいしょうなごん》よ、香炉峰《こうろほう》の雪はどうなっているかしら」とおっしゃった。そこで、私《わたし》は、すぐに御格子《みこうし》を上げさせ、御簾《みす》を高く上げたのです。それを見て、定子《ていし》様は笑っていらっしゃった。

「御格子《みこうし》」は、「格子《こうし》」をていねいに言ったもので、木材を縦横《たてよこ》に組み合わせ、窓《まど》のようにはめたものです。御格子《みこうし》を下ろすと外から中が見えず、中から外も見えません。また、御簾《みす》は、簾《すだれ》のことで、カーテンの役割《やくわり》をしていました。雪が降《ふ》った日なのに御格子《みこうし》を下ろしていたところ、定子《ていし》のことばによって、清少納言《せいしょうなごん》が御格子《みこうし》と御簾《みす》を上げて、雪のようすがよく見えるようにしました。そのできごとを記しています。

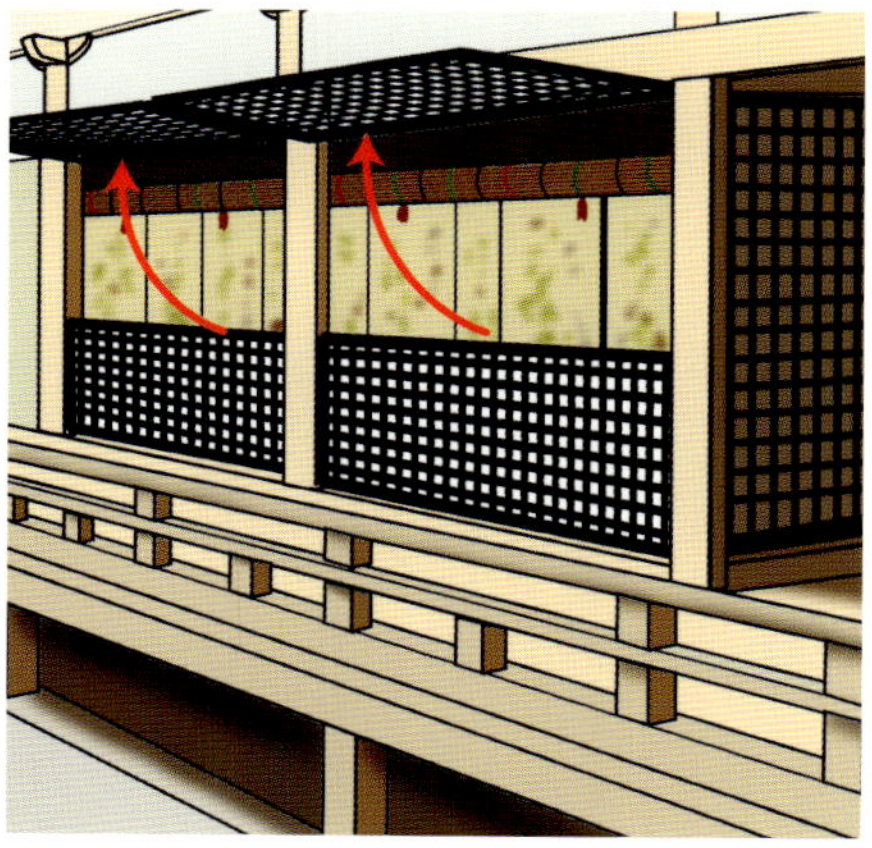

格子《こうし》。上下に分かれているものもあった。

中宮定子《ちゅうぐうていし》からのなぞかけに機転をきかせて答える

中国の詩人、白居易《はくきょい》（白楽天《はくらくてん》、七七二〜八四六年）がつくった漢詩の一節に「遺愛寺《いあいじ》の鐘《かね》は枕《まくら》をそばだてて聴《き》き、香炉峰《こうろほう》の雪は簾《すだれ》をかかげて看《み》る」ということばがあります。香炉《こうろ》峰《ほう》とは、中国の有名な山です。

右の場面で、定子《ていし》はこの詩のことばをふまえて清少納言《せいしょうなごん》に問いかけ、清少納言《せいしょうなごん》もそれをさとって簾《すだれ》を持ち上げたのです。清少納言《せいしょうなごん》の機転に定子《ていし》が笑います。ほかの女房《にょうぼう》たちは、「白楽《はくらく》天《てん》の詩は知っていましたが、とっさには思いつきませんでした」と、清少納言《せいしょうなごん》をほめました。清少納言《せいしょうなごん》の得意げな気持ちが伝わってきます。

中宮定子《ちゅうぐうていし》をしたう清少納言《せいしょうなごん》と清少納言《せいしょうなごん》を信頼《しんらい》する定子《ていし》

『枕草子《まくらのそうし》』には、清少納言《せいしょうなごん》が仕えた中宮《ちゅうぐう》（天《てん》皇《のう》の后《きさき》）定子《ていし》の人柄《ひとがら》のすばらしさが描《えが》かれています。そして、定子《ていし》と自分の心が通じ合ったやりとりも強調されています。

清少納言《せいしょうなごん》は二十八歳《さい》ごろ十八歳《さい》の定子《ていし》に仕えました。それ以来、清少納言《せいしょうなごん》は定子《ていし》を主人としてしたい、定子《ていし》は清少納言《せいしょうなごん》を信頼《しんらい》し、楽しい日々を過《す》ごしました。やがて定子《ていし》の父道隆《みちたか》が亡くなり、その家は落ちぶれますが、『枕草子《まくらのそうし》』には、定子《ていし》との楽しかったやりとりしか描《えが》かれていません。『枕草子《まくらのそうし》』は、清少納言《せいしょうなごん》が美しく残しておきたい思い出の記録だったのでしょう。

紫式部《むらさきしきぶ》は、清少納言《せいしょうなごん》をよく思っていなかった!?

清少納言《せいしょうなごん》より少し後に宮中の女房《にょうぼう》だった紫式部《むらさきしきぶ》は、中宮《ちゅうぐう》（天皇《てんのう》の后《きさき》）定子《ていし》の競争相手《きょうそうあいて》とも言える中宮彰子《ちゅうぐうしょうし》に仕えていました。紫式《むらさきしき》部《ぶ》は、清少納言《せいしょうなごん》のうわさを耳にしていましたが、『紫式部日記《むらさきしきぶにっき》』の中で、清少納言《せいしょうなごん》を「得意顔をする人のようだ。才女のように漢字を書き散らしているが、よく見ると知識《ちしき》が十分でないようね」と書いています。

紫式部《むらさきしきぶ》も教養《きょうよう》あふれる女性《じょせい》でしたが、それを鼻にかけることはなく、つつましい性格《せいかく》に見せていたのに対し、はっきりものを言う清《せい》少納言《しょうなごん》は対照的でした。紫式部《むらさきしきぶ》は、そんな性《せい》格《かく》の清少納言《せいしょうなごん》のことを「自慢《じまん》話を鼻にかけるいやな女だ」などと、快《こころよ》く思ってはいなかったようです。

源氏物語《げんじものがたり》

天皇《てんのう》の子として生まれた光源氏《ひかるげんじ》と、それを取《と》り巻《ま》く人々の物語を、こまやかな心情《しんじょう》と共に描《えが》く。

作者

紫式部《むらさきしきぶ》（九七八？～一〇一五年？）

歌人の多い家系《かけい》に生まれ、和歌や漢詩に親しみました。藤原宣孝《ふじわらののぶたか》と結婚《けっこん》しますが、早くに死別し、その後、藤原道長《ふじわらのみちなが》の娘《むすめ》の中宮《ちゅうぐう》（天皇《てんのう》の后《きさき》）彰子《しょうし》に仕えました。

理想の男性《だんせい》・光源氏《ひかるげんじ》を中心とした長編《ちょうへん》小説

光源氏《ひかるげんじ》とその息子《むすこ》の薫《かおる》たちの生涯《しょうがい》を描《えが》く。

光源氏《ひかるげんじ》

天皇《てんのう》の子として生まれ、多くの女性《じょせい》たちと恋愛《れんあい》関係になる。

美しく才能《さいのう》豊《ゆた》かな男

過去《かこ》の罪《つみ》に苦しむ

過去《かこ》のあやまちに苦しみ、不安となやみの中で死んでいく。

母のおもかげを求める

三歳《さい》で母を亡《な》くし、そのおもかげを周りの女性《じょせい》たちに求め続けた。

栄華《えいが》の頂点《ちょうてん》に立つ

不遇《ふぐう》の時期を過《す》ごすこともあったが、最高の栄華《えいが》をきわめる。

世界的な文学作品

『源氏物語《げんじものがたり》』は、数百人の登場人物が書き分けられ、その内面が描《えが》かれる。世界的に見ても最高峰《さいこうほう》の文学作品。

「もののあは《（わ）》れ」を描《えが》く

『源氏物語《げんじものがたり》』には、「もののあは《（わ）》れ」（ものごとにふれて起こる感動や趣《おもむき》）がつらぬかれている。

作品の内容《ないよう》

五十四帖《じょう》（巻《かん》）からなる長編《ちょうへん》小説です。それぞれの帖《じょう》には、「桐壺《きりつぼ》」「帚木《ははきぎ》」などの名前がついています。天皇《てんのう》の子として生まれた光源氏《ひかるげんじ》とその息子《むすこ》の薫《かおる》、孫の匂宮《におうのみや》の生涯《しょうがい》を追いながら、彼《かれ》らを取《と》り巻《ま》く女性《じょせい》たちや貴族《きぞく》の生活ぶりを描《えが》いています。全体は大きく三部に分けることができます。

第一部は、光源氏《ひかるげんじ》が天皇《てんのう》の子として誕生《たんじょう》したこと、多くの女性《じょせい》たちと恋《こい》をしながらも、若《わか》くして亡《な》くなった母のおもかげを女性《じょせい》に求める姿《すがた》が描《えが》かれます。やがて光源氏《ひかるげんじ》は天皇《てんのう》に準《じゅん》ずる地位となり、栄華《えいが》をきわめます。

第二部では、光源氏《ひかるげんじ》の栄華《えいが》にかげりが見え始めます。過去《かこ》の罪《つみ》に苦しみ、妻《つま》が別の男性《だんせい》との間に薫《かおる》を産んだことになやみます。最愛の女性《じょせい》、紫《むらさき》の上《うえ》を亡《な》くし、光源氏《ひかるげんじ》も亡《な》くなります。

第三部は、十帖《じょう》にわたって、薫《かおる》と匂宮《におうのみや》が、浮舟《うきふね》という女性《じょせい》に恋《こい》をし、浮舟《うきふね》がなやむ姿《すがた》が描《えが》かれます。宇治《うじ》という場所が舞台《ぶたい》なので「宇治《うじ》十帖《じょう》」とも言います。

作品の背景《はいけい》

深い内容《ないよう》と美しく流れるような文章による完成度の高い物語文学

『源氏物語《げんじものがたり》』は、一〇〇一年ごろに書き始められ、一〇〇八年には、かなりの部分ができあがっていたと考えられています。

それまでに、『竹取物語《たけとりものがたり》』（→24ページ）に代表される「作《つく》り物語《ものがたり》」や、『伊勢物語《いせものがたり》』（→42ページ）のような「歌物語《うたものがたり》」がありました。『源氏《げんじ》物語《ものがたり》』は、これらの作品から物語を描《えが》く方法を受けつぎつつ、日記文学や和歌の要素《ようそ》も取り入れて書かれました。

数百人もの登場人物が書き分けられ、内面の感情《かんじょう》を描《えが》いていること、細かいところまで観察して書かれていること、「もののあはれ《わ》」（ものごとにふれることでわいてくる感動やしみじみとした趣《おもむき》）を描《えが》いていることなどの点から、物語文学として完成された作品であるとして、世界的にも高い評価《ひょうか》を受けています。

作《つく》り物語《ものがたり》
歌物語《うたものがたり》
日記文学
和歌

↓

源氏物語《げんじものがたり》

物語文学として完成度が高い

- ◆登場人物の書き分けがたくみ
- ◆心情《しんじょう》を深く描《えが》いている
- ◆美しく、流れるような文章で書かれている
- ◆「もののあはれ《わ》」がつらぬかれる
- ◆観察眼《がん》がするどい

夫の死がきっかけで書かれた『源氏物語《げんじものがたり》』

『源氏物語《げんじものがたり》』の作者である紫式部《むらさきしきぶ》は、幼《おさな》いころから聡明《そうめい》で、弟が中国の本を読んでいるわきにいて、弟より先に覚えてしまったという話が伝わっています。

大人になった紫式部《むらさきしきぶ》は、年のはなれた藤《ふじ》原宣孝《わらのぶたか》と結婚《けっこん》しますが、二年あまりで死に別れます。これが物語を書くきっかけの一つになったようです。物語を書くことで、夫を亡《な》くした悲しみから救われたのでしょう。

一方、仕えていた中宮（天皇《てんのう》の后《きさき》）彰子《しょうし》から紫式部《むらさきしきぶ》に「新しい物語を書きなさい」という命令があり、仏《ほとけ》に祈《いの》って、十五夜の月をながめたところ、ひらめきを感じて書き始めたという伝説もあります。

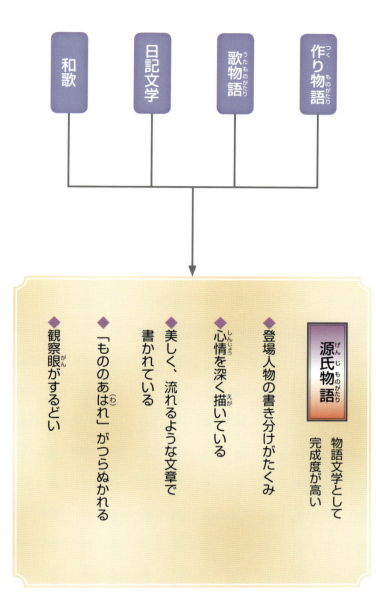

いづ《(ず)》れの御時《おおんとき》にか、女御《にょうご》、更衣《こうい》あまたさぶらひ《(い)》給《たま》ひ《(い)》ける中《なか》に、いとやんごとなき際《きわ》にはあらぬがすぐれてときめき給《たま》ふ《(う)》有《あり》けり。

現代語訳《げんだいごやく》

どの帝《みかど》（天皇《てんのう》）が治められていたころのことか、宮中に女御《にょうご》（后《きさき》の候補《こうほ》として天皇《てんのう》に仕えていた女性《じょせい》）や更衣《こうい》（女御《にょうご》よりやや身分の低い女性《じょせい》）がたくさん仕えていらっしゃる中に、それほど高い身分ではないが、たいそう帝《みかど》に大切に思われていた方がいた。

上の文章は、『源氏物語《げんじものがたり》』の最初の帖《じょう》「桐壺《きりつぼ》」の初めの部分です。光源氏《ひかるげんじ》の母となる桐壺《きりつぼ》という女性《じょせい》のことが描《えが》かれます。

帝《みかど》（天皇《てんのう》）の后《きさき》になってその子どもを産むことは、女性にとって、たいへん名誉《めいよ》なことでした。平安《へいあん》時代の宮中には、帝《みかど》の后候補《きさきこうほ》となる貴族《きぞく》の娘《むすめ》たちがたくさん仕えていました。そこでは、天《てん》皇《のう》に気に入られようとする女性《じょせい》たちの競い合いもありました。そんな中、あまり身分が高くない家の出である桐壺《きりつぼ》は、帝《みかど》に愛され、周りの女性《じょせい》たちからは、ねたまれていました。桐壺《きりつぼ》は、やがて男の子を産みます。これが後の光源氏《ひかるげんじ》です。

男の子を産んだ桐壺《きりつぼ》に対する帝《みかど》の愛情《あいじょう》はますます深くなり、周りからのねたみはいっそう大きくなりました。さまざまないやがらせを受けた桐《きり》壺《つぼ》は、次第に弱っていきました。しかし、帝《みかど》は、桐壺《きりつぼ》からはなれたくないと思われたため、桐壺《きりつぼ》は、宮中を出て体を休めることもできず、とうとうこの世を去ってしまったのです。

光源氏《ひかるげんじ》の誕生《たんじょう》と母の死
母に似《に》た藤壺《ふじつぼ》をしたう

桐壺《きりつぼ》が産んだ男の子は、玉のように光りかがやく美しさでした。この子どもこそ、『源氏物《げんじもの》語《がたり》』の主人公である光源氏《ひかるげんじ》です。しかし、桐壺《きりつぼ》は周りの女性《じょせい》たちにねたまれたこともあり、光《ひかる》源氏《げんじ》が三歳《さい》の時に亡《な》くなります。帝《みかど》（天皇《てんのう》）はたいへん悲しみますが、何年かして桐壺《きりつぼ》そっくりの藤壺《ふじつぼ》という女性《じょせい》を中宮《ちゅうぐう》（后《きさき》）にむかえます。

光源氏《ひかるげんじ》は、母のおもかげがある藤壺《ふじつぼ》をしたい、親密《しんみつ》になります。やがて藤壺《ふじつぼ》は子どもを産みますが、実はその子の父親は、光源氏《ひかるげんじ》でした。子どもは後に天皇《てんのう》になり、光源氏《ひかるげんじ》は自分の罪《つみ》の深さになやむことになります。

藤壺《ふじつぼ》に似《に》た少女の紫《むらさき》の上《うえ》を引き取る
理想の女性《じょせい》として育て、妻《つま》とする

一方、光源氏《ひかるげんじ》は、北山《きたやま》というところに行った時に、藤壺《ふじつぼ》によく似《に》ている少女を見かけます。少女を見た光源氏《ひかるげんじ》は、「顔つきがいじらしく、まゆのあたりが美しく、あどけなくかき上げる額《ひたい》や髪《かみ》の生えているようすがかわいらしい。大きくなっていくようすを知りたい」と、心をひかれます。

やがて、少女の世話をしていた祖母《そぼ》である尼《あま》が亡《な》くなったため、光源氏《ひかるげんじ》が少女を引き取ります。これが紫《むらさき》の上《うえ》で、彼女《かのじょ》は光源氏《ひかるげんじ》の理想の女性《じょせい》として育てられ、後に光源氏《ひかるげんじ》の妻《つま》となり、生涯《しょうがい》を共にします。

中国の「長恨歌《ちょうごんか》」の影響《えいきょう》

『源氏物語《げんじものがたり》』の「桐壺《きりつぼ》」の帖《じょう》では、帝《みかど》（天《てん》皇《のう》）と桐壺《きりつぼ》がひかれ合いながらも、周りのねたみから桐壺《きりつぼ》を失い、帝《みかど》が深い悲しみにしずんだことが描《えが》かれています。

この展開《てんかい》のもとになったのは、中国の詩人白居易《はくきょい》（白楽天《はくらくてん》）がつくった「長恨歌《ちょうごんか》」という詩によまれたできごとだと言われています。中国の唐《とう》の時代に、玄宗《げんそう》という皇帝《こうてい》がいました。玄宗《げんそう》は、楊貴妃《ようきひ》という美しい女性《じょせい》を愛しますが、そのために国が乱《みだ》れ、玄宗《げんそう》は戦《せん》乱《らん》の中で楊貴妃《ようきひ》を失い、深い悲しみをいだきました。「長恨歌《ちょうごんか》」は、日本の物語や和歌などに大きな影響《えいきょう》をあたえています。

まま子いじめの物語

落窪物語《おちくぼものがたり》

平安《へいあん》時代中期の物語。作者ははっきりしませんが、教養《きょうよう》のある男性《だんせい》だと考えられています。幼《おさな》くして母を亡《な》くした姫《ひめ》が、父の後妻《ごさい》にいじめられ、家の中のくぼんだきたない場所に住まわせられます。そのため、「落窪《おちくぼ》の君」と呼《よ》ばれますが、やがて少将道頼《しょうしょうみちより》に愛され、助け出されて結婚《けっこん》します。

如月《きさらぎ》になれば、花《はな》の木《き》どもの盛《さか》りなるも、まだしきも、
梢《こずえ》を《(お)》かしう《(しゅう)》霞《かす》みわたれるに、かの御形見《おおんかたみ》の紅梅《こうばい》に、
鶯《うぐいす》のはなやかに鳴《な》き出《い》でたれば、立《た》ち出《い》でて御覧《ごらん》ず。
植《う》ゑ《(え)》て見《み》し花《はな》のあるじもなき宿《やど》に
知《し》らず顔《がお》にて来《き》ゐ《(い)》る鶯《うぐいす》

現代語訳《げんだいごやく》

二月になると、花のさく木でさかんに花がさいているものも、まださいていないものも、こずえが美しくかすんでいる時に、あの（紫《むらさき》の上《うえ》の）形見の紅梅《こうばい》に、うぐいすがにぎやかに鳴き出したので、（光源氏《ひかるげんじ》は）外に出てご覧《らん》になる。

植えてながめた花の主人（紫《むらさき》の上《うえ》）も、今はいない宿なのに、それも知らずにやってきて、枝《えだ》にとまるうぐいすであることよ。


上の文章は、『源氏物語《げんじものがたり》』の「幻《まぼろし》」という帖《じょう》の一部です。光源氏《ひかるげんじ》は五十二歳《さい》になっています。この前の「御法《みのり》」という帖《じょう》で、光源氏《ひかるげんじ》最愛の妻《つま》、紫《むらさき》の上《うえ》が長くわずらった末に亡《な》くなって、光源氏《ひかるげんじ》は悲しみに暮《く》れる日々を過《す》ごしています。

年がかわって春が訪《おとず》れ、亡《な》き紫《むらさき》の上《うえ》が植えた梅の木にうぐいすがやってきました。上の場面では、そんなようすを見るにつけても紫《むらさき》の上《うえ》のことが思い出されると、光源氏《ひかるげんじ》の深い悲しみを表現《ひょうげん》しています。そして、光源氏《ひかるげんじ》は、仏門《ぶつもん》に入る決意をするのです。少しずつ身辺の整理をするうちに、かつて紫《むらさき》の上《うえ》からもらった手紙が出てきます。自身の死を間近に感じている光源氏《ひかるげんじ》は、もうこれを見ることもないだろうと、焼いてしまいます。そして、何の迷《まよ》いもなく、死を受け入れるのでした。

紫《むらさき》の上の死を悲しむ光源氏《ひかるげんじ》 自分も仏門《ぶつもん》に入り、死の準備《じゅんび》をする

紫《むらさき》の上《うえ》は、光源氏《ひかるげんじ》が若《わか》いころにしたった藤《ふじ》壺《つぼ》に似《に》た女性《じょせい》で、少女のころから理想の女性《じょせい》として育てられました。やがて光源氏《ひかるげんじ》の妻《つま》になりますが、大きな病気をわずらって死んでしまいます。最愛の女性《じょせい》を亡《な》くした光源氏《ひかるげんじ》の悲しみは深く、時がたっても、紫《むらさき》の上《うえ》のことばかり考えています。そして、仏門《ぶつもん》に入って、自分自身も死をむかえる準備《じゅんび》に入ります。

「幻《まぼろし》」の帖《じょう》の次の「雲隠《くもがくれ》」は、帖名《じょうめい》だけで本文はありません。「雲隠《くもがくれ》」とは、身分の高い人の死をさします。光源氏《ひかるげんじ》の死は直接描《ちょくせつえが》かれず、その次の「匂宮《におうのみや》」の帖《じょう》へと続きます。

自分が犯《おか》した罪《つみ》が やがて自分にめぐってくる

光源氏《ひかるげんじ》は、母の桐壺《きりつぼ》のおもかげのある藤壺《ふじつぼ》をしたいます。しかし、藤壺《ふじつぼ》は天皇《てんのう》の中宮《ちゅうぐう》でした。光源氏《ひかるげんじ》は藤壺《ふじつぼ》と親密《しんみつ》な関係になり、子どもが産まれます。その子はやがて天皇《てんのう》になりますが、光源氏《ひかるげんじ》は自分の罪《つみ》の重さに苦しみます。

一方、光源氏《ひかるげんじ》の妻《つま》の一人、女三《おんなさん》の宮《みや》は、柏《かしわ》木《ぎ》という男性《だんせい》との間に子どもを産みます。光源《ひかるげん》氏《じ》はそのことを知り、自分が犯《おか》した罪《つみ》が、自分にめぐってきたと考え、苦しみます。

このように、自分のしたことが、やがて自分にふりかかってくることを「因果応報《いんがおうほう》」といい、『源氏物語《げんじものがたり》』の題材の一つとなっています。

たくさんある現代語訳《げんだいごやく》

平安《へいあん》時代中期に書かれた『源氏物語《げんじものがたり》』は、そのすばらしさから、現在《げんざい》にいたるまで、多くの人に影響《えいきょう》をあたえてきました。絵巻物《えまきもの》になったり、能《のう》（↓98ページ）の題材になったりしています。また、研究も多く行われています。

明治時代以降《いこう》は、作家たちによる現代語訳《げんだいごやく》もたびたび試みられています。一九一二（明治四十五）年の与謝野晶子《よさのあきこ》を始め、谷崎潤一《たにざきじゅんいち》郎《ろう》、円地文子《えんちふみこ》、田辺聖子《たなべせいこ》、瀬戸内寂聴《せとうちじゃくちょう》らが、それぞれに特徴《とくちょう》ある現代語訳《げんだいごやく》をしています。さらに、外国語への翻訳《ほんやく》、まんが化や映画《えいが》化なども行われ、多くの人が、さまざまな形で『源氏物語《げんじものがたり》』に親しんでいます。

与謝野晶子《よさのあきこ》

谷崎潤一郎《たにざきじゅんいちろう》

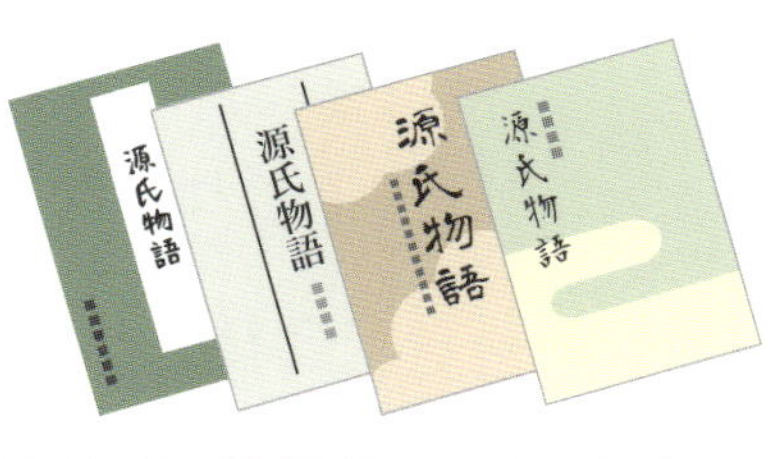

今昔物語集《こんじゃくものがたりしゅう》

日本、中国、インドから、千以上の説話を集める。

❖さまざまな人々を生き生きと描《えが》く

皇族《こうぞく》、貴族《きぞく》、武士《ぶし》、僧《そう》、学者、農民、漁民、商人など、さまざまな人々が登場する。たとえば、こんなお坊《ぼう》さんも…。

長く不便な鼻を持つ僧《そう》

禅智内供《ぜんちないぐ》

京都の池《いけ》の尾《お》というところにあった寺の高僧《こうそう》。

鼻がたいそう長い

鼻がひときわ長く、食事の時には、寺のお坊《ぼう》さんに板で鼻を持ち上げさせていた。

時々鼻を湯につけていた

鼻を湯に入れて手入れをすると小さくなったが、二、三日すると、もとにもどった。

よく修行《しゅぎょう》をする立派《りっぱ》なお坊《ぼう》さん

仏教《ぶっきょう》の教えを守り、しっかり修行《しゅぎょう》をしていたので、寺は栄えていた。

多様な話がぎっしり

『今昔物語集《こんじゃくものがたりしゅう》』には、仏教《ぶっきょう》に関する話と、それ以外のさまざまな人や動物などについての話が千以上もある。

近代文学に影響《えいきょう》

芥川龍之介《あくたがわりゅうのすけ》が、『今昔物語集《こんじゃくものがたりしゅう》』の話を題材に小説を書くなど、近代文学に影響《えいきょう》をあたえている。

編者《へんじゃ》

未詳《みしょう》。だれか一人がまとめたものか、何人かでまとめたものかもよくわかりません。仏教《ぶっきょう》に関する話が多いことなどから、京都や奈良《なら》の僧《そう》が関係しているという説があります。

作品の内容《ないよう》

『今昔物語集《こんじゃくものがたりしゅう》』には、千以上の説話が集められています。説話とは、物語のように、だれかがつくり出した話ではなく、本当にあった話として人々の間に言い伝えられてきた話です。それらの説話を書きとめたものが説話集です。

『今昔物語集《こんじゃくものがたりしゅう》』は、全三十一巻《かん》もあり（三巻《かん》は欠けています）、現在《げんざい》残っている説話集の中では最大級です。天竺《てんじく》（インド）、震旦《しんたん》（中国）、本朝《ほんちょう》（日本）の説話の順に並《なら》べられています。また、内容《ないよう》によって、仏教《ぶっきょう》の教えに関する「仏《ぶっ》教説話《きょうせつわ》」と、世間の人々に関する「世俗《せぞく》説話」に分けられています。日本の世俗《せぞく》説話には、皇《こう》族《ぞく》から貴族《きぞく》、武士《ぶし》、庶民《しょみん》、僧《そう》、学者、医者など、さまざまな人々のほか、動物や妖怪《ようかい》の話もあります。

どの話も「今ハ昔（昔あったことですが～）」で始まり、「トナム語リ伝ヘタルトヤ（～と語り伝えたということです）」と結ばれています。『今昔物語集《こんじゃくものがたりしゅう》』の「今昔《こんじゃく》」は、ここから来ています。

作品の背景《はいけい》

世界中のあらゆる話を集め、生き生きと伝える

平安《へいあん》時代の人々にとって、世界と言えば、日本、中国、インドでした。『今昔物語集《こんじゃくものがたりしゅう》』は、そのすべてから話を集めたという編者《へんじゃ》の意気ごみがうかがえます。

『今昔物語集《こんじゃくものがたりしゅう》』がまとめられたのは、平安《へいあん》時代後期の一一二〇年ごろと考えられています。このころの日本は、武士《ぶし》たちが力をつけ、貴族《きぞく》が中心となって政治《せいじ》が行われた時代から移《うつ》り変《か》わりつつありました。また、災害《さいがい》が多く、貴族《きぞく》たちは、念仏《ねんぶつ》を唱えれば死んだ後に極楽《ごくらく》に行けるという考えを持ち、仏《ほとけ》に救いを求めるようになっていました。一方で、仏教《ぶっきょう》の教えが庶民《しょみん》の間にも広がっていました。

大きく変わりつつある時代の中で、仏教《ぶっきょう》の教えをわかりやすく伝える仏教説話《ぶっきょうせつわ》と、武士《ぶし》を始めとするさまざまな人々の姿《すがた》を生き生きと描《えが》いた世俗《せぞく》説話を集めた説話集として『今昔物語集《こんじゃくものがたりしゅう》』が生まれたのです。

『今昔物語集《こんじゃくものがたりしゅう》』は未完の作品？

『今昔物語集《こんじゃくものがたりしゅう》』は全部で三十一巻《かん》から成り立っていますが、欠けている巻《かん》があります。また、題名だけで本文がない話や、「□ノ国ニ□坂ト云《い》フ《（う）》所ニ」（□は空白を示《しめ》す）のように、空いたままになっている文もいくつか見られます。

これらは、もともとあったものが欠けたのではなく、『今昔物語集《こんじゃくものがたりしゅう》』の編者《へんじゃ》が、先に全体の構成《こうせい》を考えて説話を集め、欠けているところは後で補《おぎな》おうと思っていたようです。こうしたことから、『今昔物語集《こんじゃくものがたりしゅう》』は未完の作品だと考えられています。

仏教説話《ぶっきょうせつわ》を集める

日本霊異記《にほんりょういき》

平安《へいあん》時代前期にまとめられた、日本で最古の仏教《ぶっきょう》説話集です。編者《へんじゃ》は、奈良《なら》の薬師寺《やくしじ》にいた景戒《けいかい》という僧《そう》で、3巻《かん》に110余話が集められています。正式には、『日本国現報善悪霊異記《にほんこくげんぽうぜんあくりょういき》』という書名で、「よい行いや悪い行いは、自分の身にふりかかってくる」という、仏教《ぶっきょう》の教えを説いた話が中心となっています。

コノ童起居《わらわおきい》テ云《いわく》、「我《わ》レ今《いま》三年《ねん》、コノ主《あるじ》ノ為《ため》ニ仕《つか(わ)》ハレテ打責《うちせめ》ラルベカリツレドモ、今《いま》コノ宿《やど》レル僧《そう》ニ値《あ(い)》ヒ奉《たてまつ》リヌレバ、只今《ただいま》外《と》ヘ行《ゆき》ヌ」ト云《いい》テ、外《と》ニ出《い(ず)》ヅトモ聞《き》カデ掻消《かきけ》ツ様《よう》ニ失《うせ》ヌ。

現代語訳《げんだいごやく》

この子どもが現《あらわ》れて言う。「私《わたし》はあと三年、この主人にこき使われ、打たれるはずでしたが、今ここにお泊《と》まりの僧《そう》に出会ったために、立ち去ることができます。」子どもはそう言うと、外に出たとも思えないのに、かき消すようにいなくなった。

上の文章は、『今昔物語集《こんじゃくものがたりしゅう》』の仏教《ぶっきょう》説話の一つの一部分です。

京都に住むある僧《そう》は、地蔵《じぞう》への信仰《しんこう》があつく、「地蔵菩薩《じぞうぼさつ》に教えを受けたい」と思い、諸国《しょこく》を回って常陸《ひたち》（茨城《いばらき》県）にやってきました。日が暮《く》れたので、ある家に泊《と》めてもらうことになりました。その家には、おばあさんのほかに、十五、六歳《さい》の童子《どうじ》（子ども）が使用人として仕えていました。やがて主がもどり、童子《どうじ》を呼《よ》ぶと、しばらくして童子《どうじ》の泣く声がします。おばあさんは、「あの子は地蔵丸《じぞうまる》という名で、いつも主に打たれているのです」と言います。僧《そう》は童子《どうじ》を地蔵菩薩《じぞうぼさつ》の化身ではないかと思い、寝《ね》ずに祈《いの》りました。すると夜中に童子《どうじ》が現《あらわ》れ、「あなたの信仰《しんこう》心のおかげで私《わたし》の勤《つと》めの期間が短くなりました」と言って姿《すがた》を消しました。おどろいておばあさんにわけを問うと、おばあさんも消えてしまいました。僧《そう》は、おばあさんも地蔵菩薩《じぞうぼさつ》に関係する者の化身だったのだと思いました。

子どもの守り神とされた「お地蔵《じぞう》さん」の説話

右の話は、地蔵菩薩《じぞうぼさつ》が登場する仏教《ぶっきょう》説話です。菩薩《ぼさつ》は、仏教《ぶっきょう》で、さとりを開くために修行《しゅぎょう》をする人で、弱い者を救ってくれるとされています。地蔵菩薩《じぞうぼさつ》は、日本では、子どもの守り神とされ、親しみをこめて「お地蔵《じぞう》さん」と呼《よ》ばれています。平安《へいあん》時代に、地蔵菩薩《じぞうぼさつ》への信仰《しんこう》がさかんになり、庶民《しょみん》にも広がっていました。

地蔵菩薩《じぞうぼさつ》の像《ぞう》。

多くの人に仏教《ぶっきょう》の教えのありがたさを説くための仏教《ぶっきょう》説話

右の話は、日本の仏教《ぶっきょう》説話の一つとして紹介《しょうかい》されているものです。

『今昔物語集《こんじゃくものがたりしゅう》』には、たくさんの仏教《ぶっきょう》説話が集められています。その内容《ないよう》はさまざまで、日本に伝わった仏教《ぶっきょう》が聖徳太子《しょうとくたいし》によって定着し、その後、高僧《こうそう》たちがいろいろな宗派《しゅうは》を生んだこと、東大《とうだい》寺などのお寺ができたいわれ、お経《きょう》や僧《そう》をめぐる不思議な体験談、よい行いをするとよいことが起こり、悪い行いをするとわざわいがふりかかることを説く話などがあります。

仏教《ぶっきょう》説話には、人々の、仏教《ぶっきょう》への信仰《しんこう》を強める役割《やくわり》がありました。

庶民《しょみん》のエネルギーが感じられる下品な話、エッチな話

『今昔物語集《こんじゃくものがたりしゅう》』には、「若《わか》い女性《じょせい》が、街中でおしっこをしていた。しかし、何時間もそのままで、立ち上がろうとしない。周りの者がよく見ると、へいの穴《あな》からへびがのぞいていて、それをこわがって立ち上がれなかった」などという、下品でエッチな話もあります。また、へびを魚だといつわって売っていたずる賢《がしこ》い女性《じょせい》の話もあります。

人間の営みの中では、下品なことやエッチなことも大きな意味を持っています。また、ずる賢《がしこ》いことも、生きていく上では必要な場合もあります。

それらをありのままに描《えが》いた話からは、たくましく、したたかに生きた庶民《しょみん》のエネルギーが感じられます。

今昔《いまはむかし》、池《いけ》ノ尾《お》ト云《い(う)》フ所《ところ》ニ、禅智内供《ぜんちないく》ト云《い(う)》フ僧《そう》住《すみ》キ。（中略《ちゅうりゃく》）サテ、コノ内供《ないく》ハ、鼻《はな》ノ長《なが》カリケル、五六寸《すん》許《ばかり》也《なり》ケレバ、頷《おとがい》ヨリモ下《さが》リテナム《(ん)》見《み》エケリ。色《いろ》ハ赤《あか》ク紫色《むらさきいろ》ニシテ、大柑子《おおかんじ》ノ皮《かわ》ノ様《よう》ニシテ、ツブ立《だち》テゾフクレタリケル。

現代語訳《げんだいごやく》

昔のことだが、池《いけ》の尾《お》という所に、禅智内供《ぜんちないく》という僧《そう》が住んでいた。（中略《ちゅうりゃく》）さて、この内供《ないく》は、鼻が長かった。五、六寸《すん》（約十五～十八センチメートル）ほどもあったので、あごよりも下がって見えた。色は赤らみ、むらさき色に見え、大きなみかんの皮のように、つぶつぶとしてふくらんでいた。

京都の池《いけ》の尾《お》にいた禅智内供《ぜんちないく》は、修行《しゅぎょう》に熱心な立派《りっぱ》な僧《そう》でしたが、大きな鼻をしていました。上の文章は、内供《ないく》の鼻がどんなようすだったかを描《えが》いています。

内供《ないく》が食事をする時は、寺のお坊《ぼう》さんが平らな板で鼻を持ち上げました。ある日、いつものお坊《ぼう》さんの具合が悪かったので、寺で働いていた子どもに板を持たせました。しばらくすると、子どもは鼻がむずむずして、くしゃみをしたので、鼻から板がはずれ、内供《ないく》の鼻が、おかゆの入ったおわんに落ちてしまいました。内供《ないく》は、「もし高貴《こうき》な方の鼻を持ち上げている時に、このようなことがあったらどうするのだ」としかりました。すると、子どもは立って物陰《ものかげ》に行き、「こんな大きな鼻の人がほかにいるものですか。ばかなことをおっしゃる方だ」と言うと、それを聞いたお坊《ぼう》さんたちが腹《はら》をかかえて笑いました。

鼻の長い僧《そう》がなやみ困《こま》る おかしなことを笑う話

右の話は、日本の世俗《せぞく》説話の一つとして紹介《しょうかい》されています。

禅智内供《ぜんちないぐ》の鼻をおわんに落としてしかられた子どもは、内供《ないぐ》のことばに対して、陰《かげ》で「ばかなことを言う方だ」と反論《はんろん》しています。その反《はん》論《ろん》を聞いた僧《そう》たちも、子どもの言うことがもっともだと思って笑います。また、この話を聞いた人たちも、子どもの方をほめたと書かれています。修行《しゅぎょう》に熱心な高僧《こうそう》と子どものやりとりでも、公平に見て大人の言い分がおかしければおかしいとしているのです。また、権威《けんい》のある人をからかうような姿勢《しせい》もうかがえます。

移《うつ》り変わる時代をたくましく生きる 人々の姿《すがた》をありありとえがく

日本の世俗《せぞく》説話には、貴族《きぞく》、役人、武士《ぶし》、僧《そう》、庶民《しょみん》など、さまざまな身分の人や動物や鬼《おに》などが登場します。内容《ないよう》も、優《すぐ》れた芸能《げいのう》、武士《ぶし》の勇ましさ、不思議な運命、笑い、恐怖《きょうふ》、失敗、奇妙《きみょう》な行い、恋愛《れんあい》、悪い行いなど、さまざまです。また、都だけでなく、全国各地で起こった話が集められています。貴族《きぞく》の時代から武士《ぶし》の時代へと変わる時期をたくましく生きた人々、さまざまな生き方をした人々の姿《すがた》が生き生きと描《えが》かれ、現在《げんざい》の私《わたし》たちにも伝わってきます。

このことから、『今昔物語集《こんじゃくものがたりしゅう》』の編者《へんじゃ》が、〝人間〟に深い興味を持っていたことがわかります。

『今昔物語集《こんじゃくものがたりしゅう》』の話をもとに小説を書いた芥川龍之介《あくたがわりゅうのすけ》

実は『今昔物語集《こんじゃくものがたりしゅう》』は、長い間世の中に知られていませんでした。大正～昭和時代の作家、芥川龍之介《あくたがわりゅうのすけ》（一八九二～一九二七年）は、『今昔物語集《こんじゃくものがたりしゅう》』に文学的な価値《かち》を見出《みいだ》し、上の話から「鼻」という短編《たんぺん》小説を書きました。小説の中では、原作とちがい、鼻が長いことになやむ禅智内供《ぜんちないぐ》が、鼻が短くなった時にさらになやむ姿《すがた》を通して、人間の自尊心《じそんしん》と周囲の人々のわがままな心情《しんじょう》を描《えが》いています。

芥川龍之介《あくたがわりゅうのすけ》は、このほかにも、『今昔物語《こんじゃくものがたり》集《しゅう》』などの説話を題材として「蜘蛛《くも》の糸《いと》」、「羅生門《らしょうもん》」、「芋粥《いもがゆ》」などの短編《たんぺん》小説を書いています。芥川《あくたがわ》が高く評価《ひょうか》したことで、『今昔《こんじゃく》物語集《ものがたりしゅう》』に再《ふたた》び光が当てられるようになったのです。

『今昔物語集《こんじゃくものがたりしゅう》』の話を題材とした芥川龍之介《あくたがわりゅうのすけ》の小説（新潮文庫《しんちょうぶんこ》）。

芥川龍之介《あくたがわりゅうのすけ》

写真＝日本近代文学館

平安時代《へいあんじだい》のそのほかの古典

藤原氏《ふじわらし》の繁栄《はんえい》を伝える歴史物語

大鏡《おおかがみ》

◆内容《ないよう》

藤原氏《ふじわらし》が摂政《せっしょう》や関白《かんぱく》という役職《やくしょく》について政治《せいじ》を動かした時代を描《えが》いた歴史物語です。「大鏡《おおかがみ》」とは、「歴史を明らかに映《うつ》す優《すぐ》れた鏡」という意味です。後に『今鏡《いまかがみ》』、『水鏡《みずかがみ》』、『増《ます》鏡《かがみ》』という歴史物語が書かれ、『大《おお》鏡《かがみ》』と合わせて「四鏡《しきょう》（鏡物《かがみもの》）」と呼《よ》ばれました。

百九十歳《さい》の大宅世継《おおやけのよつぎ》と百八十歳《さい》の夏山繁樹《なつやまのしげき》が、若《わか》い侍《さむらい》に昔のことを語るのを、そばにいた作者が書き取ったという形式です。八五〇年から一〇二五年まで、約百八十年間の藤原《ふじわら》氏全盛《ぜんせい》の時代の歴史が、天皇《てんのう》や大臣《だいじん》らの伝記を連ねて（紀伝体《きでんたい》という形式）語られています。

その中心となるのは、藤原《ふじわら》氏の中でも最も大きな権力《けんりょく》をにぎった藤原《ふじわらの》道長《みちなが》です。若《わか》いころに天皇《てんのう》にきも試しを命じられ、みごとに成功《せいこう》した話を挙げて、その度胸《どきょう》のよさを紹介《しょうかい》するなど、道長《みちなが》をたいへん優《すぐ》れた人物として描《えが》いています。一方で、道長《みちなが》の行いを客観的に見て批判《ひはん》する記述《きじゅつ》もあります。

◆できた時期

作品の中で「現在《げんざい》」とされているのは一〇二五年ですが、その後のできごとを予言するように書かれている部分もあるので、実際《じっさい》に書かれたのは、もっと後だと考えられています。一一一五年以後とする説が有力です。

◆作者

未詳《みしょう》。内容《ないよう》や文体から、歴史にくわしい男性《だんせい》の貴族《きぞく》だと考えられます。藤原道長《ふじわらのみちなが》の四男の能信《よしのぶ》に関わりのある人物とする説もあります。

◆特徴《とくちょう》

複数《ふくすう》の人が歴史を語る形式を取ることで、歴史上の人物を、いろいろな視点《してん》から、時には批判《ひはん》的に描《えが》いています。その点で、少し前に書かれた歴史物語の『栄花物語《えいがものがたり》』とは異《こと》なっています。

庶民《しょみん》の間ではやった歌謡《かよう》を集める

梁塵秘抄《りょうじんひしょう》

◆内容《ないよう》

平安《へいあん》時代中期からはやっていた「今様《いまよう》」という歌謡《かよう》（節をつけて歌ったもの）を集めた本です。もともとは二十巻《かん》あったようですが、現在《げんざい》まで伝わっているのは、その一部です。

今様《いまよう》とは、「今様歌《いまようた》」を略《りゃく》して言ったもので、「現代《げんだい》風の歌」という意味です。「遊びをせむ《(ん)》とや生まれけむ《(ん)》」のように七音・五音の句《く》を四つ連ねる形式の歌謡《かよう》で、庶民《しょみん》の間で歌われ、貴族《きぞく》の間にも広まりました。

「梁塵《りょうじん》」とは、「はりの上のちり」の意味で、昔の中国にあった、美声の人が歌うと、はりの上のちりまでも動いたという話から、「すばらしい歌謡《かよう》の音楽」をさします。

集められている今様《いまよう》は、恋《こい》や仏教《ぶっきょう》に関する話題を歌ったものが多く、庶民《しょみん》の心情《しんじょう》が生き生きと描《えが》かれています。

◆できた時期

平安《へいあん》時代末期。一一六九～一一八〇年、一一七九年、一一八〇～一一八五年などの説があります。

◆編者《へんじゃ》

後白河法皇《ごしらかわほうおう》（一一二七～一一九二年）。天皇《てんのう》を退《しりぞ》き、仏門《ぶつもん》に入って法《ほう》皇《おう》になりましたが、戦乱《せんらん》の続く時代の中で、三十年以上も権力《けんりょく》を保《たも》ち続《つづ》けました。その一方で、庶民《しょみん》に習ったほどの今様《いまよう》好きだったと言われています。

◆特徴《とくちょう》

今様《いまよう》についてだけでなく、その中で歌われている内容《ないよう》から、当時の庶《しょ》民《みん》の暮《く》らしのようすを知ることもできます。

後白河法皇《ごしらかわほうおう》

第三部 鎌倉《かまくら》～安土桃山《あづちももやま》時代の古典

鎌倉《かまくら》時代には、貴族《きぞく》に代わって
武士《ぶし》が政治《せいじ》の中心になりました。
鎌倉《かまくら》時代から室町《むろまち》時代を経《へ》て
安土桃山《あづちももやま》時代までは、戦乱《せんらん》が多い時代で、
社会が大きく変わりました。
武士《ぶし》や庶民《しょみん》が力をつけるのにともない、
彼《かれ》らが文学を担《にな》うようになりました。
このような流れの中で、軍記物語《ぐんきものがたり》（→75ページ）や
説話《せつわ》文学（→85ページ）、能《のう》（→98ページ）など、
新しい分野の文学や芸能《げいのう》が誕生《たんじょう》しました。

主な作品

方丈記《ほうじょうき》

災害《さいがい》などに見舞《みま》われる世の中を見つめ、自分自身の不運な生涯《しょうがい》をふり返って書いた随筆《ずいひつ》。

作者

鴨長明《かものちょうめい》（一一五五〜一二一六年）

鎌倉《かまくら》時代前期の歌人。神社の神官の家に生まれ、和歌や琵琶《びわ》に優《すぐ》れていました。五十歳《さい》でお坊《ぼう》さんになり、世間からはなれて暮《く》らしました。

世の中の乱《みだ》れを、せまい庵《いおり》から見つめる

「すべてのものは移《うつ》り変《か》わる」という仏教《ぶっきょう》の教えに基《もと》づいている。

鴨長明《かものちょうめい》

世間からはなれ、自分自身に問いかける文章を書いた。

せまい庵《いおり》に住んだ

年をとってから、せまい庵《いおり》に住み、『方丈記《ほうじょうき》』を著《あらわ》した。

もともとは神社の神官

神社の神官の子として生まれた。和歌や琵琶《びわ》を習った。

歌人としても有名

和歌が得意で、和歌をあつかう役所で働いたこともある。

日本三大随筆《ずいひつ》の一つ

『方丈記《ほうじょうき》』は、『枕草子《まくらのそうし》』（→48ページ）、『徒然草《つれづれぐさ》』（→92ページ）と並《なら》ぶ、随《ずい》筆《ひつ》の名作。

災害《さいがい》を描《えが》く

『方丈記《ほうじょうき》』では、大火事、つむじ風、ききん、地震《じしん》と、次々に起こる災害《さいがい》のようすを描《えが》いている。

作品の内容《ないよう》

『方丈記《ほうじょうき》』は、随筆《ずいひつ》の一つです。随筆《ずいひつ》は、世の中や身の回りで起こったできごとや、心の中で思ったことなどを書いた作品を言います。

『方丈記《ほうじょうき》』全体は、「世の中のあらゆるものは移《うつ》り変《か》わり、もとのままのものはない」という仏教《ぶっきょう》の教えにつらぬかれています。このような考えは、「無常観《むじょうかん》」と呼《よ》ばれます。人の命も行いも、すべては「はかないもの」なのです。

作品の前半では、火事や大風、ききん、地震《じしん》のようすが描《えが》かれます。これらの災害《さいがい》によって、長く栄えた都（京都）がさびれていくようすから目をそらさずに、はっきりと書きとめ、人の営《いとな》みが無常《むじょう》であることを訴《うった》えています。

後半では、不運が続いた生涯《しょうがい》をふり返り、お坊《ぼう》さんになったこと、山深い土地に庵《いおり》（質素《しっそ》な建物）を建てて暮《く》らしたことを述《の》べます。そんな生活を送ることで、作者は心の安らぎを感じますが、その生活にこだわること自体、修行《しゅぎょう》が足りないからではないかと、自分自身の心に問いかけています。

作品の背景《はいけい》

約三メートル四方の庵《いおり》で作者が自分を見つめる

『方丈記《ほうじょうき》』の「方丈《ほうじょう》」とは、「一丈《じょう》四方」という意味です。一丈《じょう》は長さの単位で約三メートル。つまり、約三メートル四方の庵《いおり》で記した文という意味でつけられたものです。

鴨長明《かものちょうめい》は、さまざまな災害《さいがい》にあって世の無常《むじょう》（はかなさ）を感じ、五十歳《さい》のころにお坊《ぼう》さんになって、京都の北東にある大原《おおはら》に引きこもりました。そして、人生の終わりが近づいた五十四歳《さい》ころに、京都南西の日野《ひの》に移《うつ》り住《す》み、方丈《ほうじょう》の庵《いおり》での静かな暮《く》らしに入りました。

長明《ちょうめい》はここで、神や仏《ほとけ》に祈《いの》り、和歌や音楽を楽しみながら、何ものにもわずらわされることのない暮《く》らしを送ります。彼《かれ》にとっては、初めて得られた、心にゆとりのある生活でした。

このような暮《く》らしの中でも、自分自身を厳《きび》しく見つめ、人生について深く思いめぐらして、一貫《いっかん》してどのようにあるべきかを求めたのが『方丈記《ほうじょうき》』です。随筆《ずいひつ》ですが、自由気ままに書かれたものではないと言われています。

また、日本本来の和文に、漢文を読む時に使われる言い方をなめらかに混《ま》ぜた文体を用い、わかりやすく、流れるような文章で書かれ、魅力《みりょく》ある作品となっています。

方丈《ほうじょう》の庵《いおり》の想像《そうぞう》図

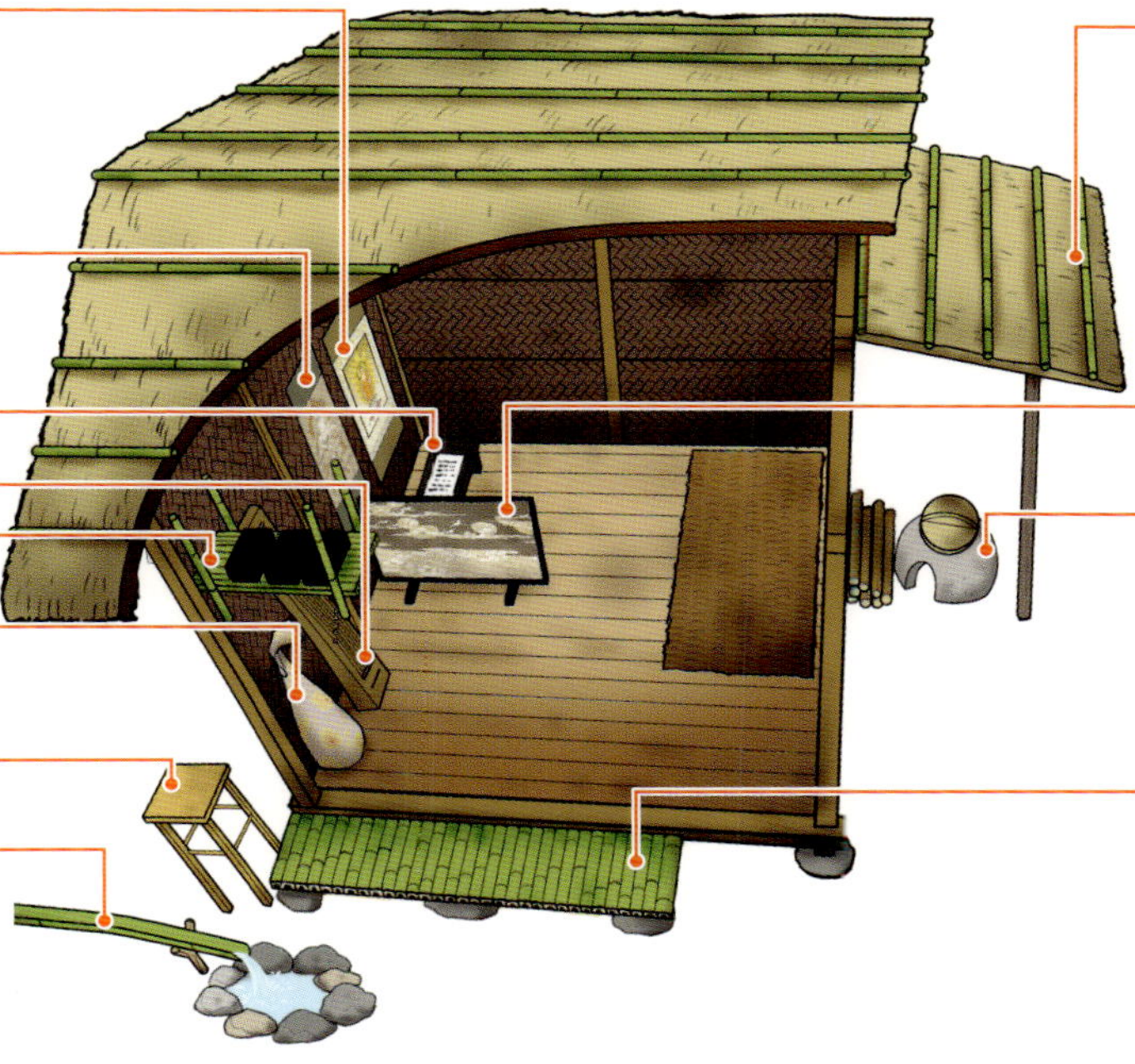

和歌や琵琶《びわ》に才能《さいのう》を発揮《はっき》 世間からはなれて独《ひと》り住《ず》まい

鴨長明《かものちょうめい》は京都の賀茂《かも》神社の神官の家に生まれ、子どものころから和歌や琵琶《びわ》を習って、その才能《さいのう》を期待されていました。神官にはなれませんでしたが、歌人として認《みと》められるようになり、宮中での歌の会によばれたり、歌をあつかう和歌所という役所で働いたりしました。

五十歳《さい》のころ、神官になる機会がありましたが、実現《じつげん》できなかったことがきっかけで、お坊《ぼう》さんになり、世をはなれました。

評論《ひょうろん》家としての一面もあり、和歌について述《の》べた『無名抄《むみょうしょう》』や、仏教説話《ぶっきょうせつわ》を集め、評論《ひょうろん》や感想を加えた『発心集《ほっしんしゅう》』を書いています。そのほかに、『鴨長明集《かものちょうめいしゅう》』という歌集もあります。

鴨長明《かものちょうめい》の肖像《しょうぞう》。

写真／神宮文庫

現代語訳《げんだいごやく》

流れゆく川は、とどまることなく、いつも流れているが、しかも流れている水は常《つね》に変わっている。よどんだ所にういているあわも、あちらで消えこちらでできるというように、いつまでもそのままでいることはない。

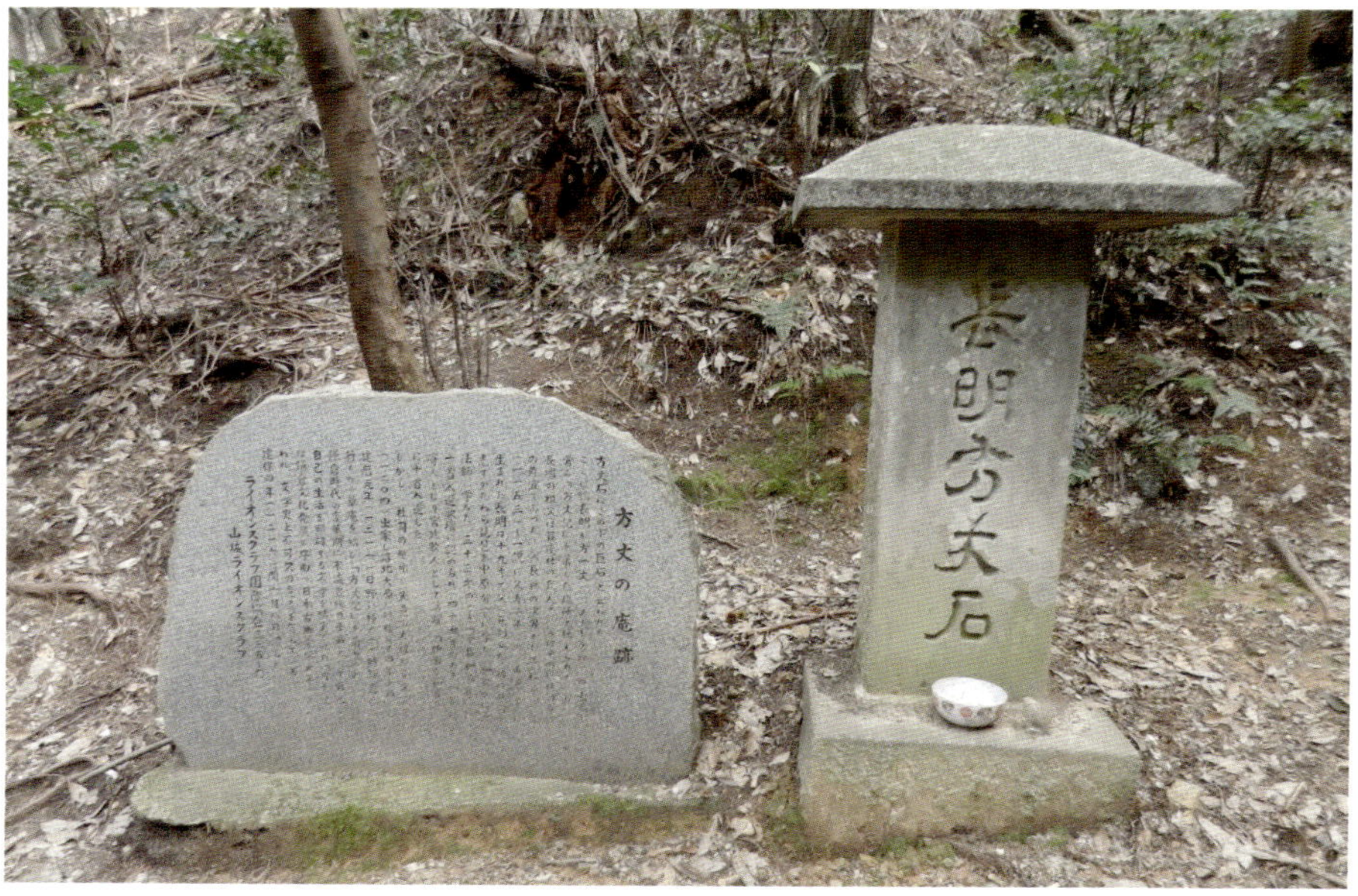

『方丈記《ほうじょうき》』が書かれた庵《いおり》のあとに立つ石碑《せきひ》（京都市伏見《ふしみ》区）。

ユク河《かわ》ノ流《なが》レハ、絶《た》エズシテ、シカモモトノ水《みず》ニアラズ。ヨドミニ浮《う》カブウタカタハ、カツ消《き》エカツ結《むす》ビテ、久《ひさ》シク留《とど》マリタルタメシナシ。

すべてのものは移《うつ》り変《か》わる 変わらないものはない

右の文章は、『方丈記《ほうじょうき》』の最初に書かれています。「川の水やあわが同じように見えても、実は常《つね》に移《うつ》り変《か》わっている」と述《の》べた後、「世の中のすべてのもの、人も住まいも同じようなものだ」と続けています。これは、「あらゆるものは移《うつ》り変《か》わり、いつまでも同じものは、いっさいない」とする仏教《ぶっきょう》の「無常観《むじょうかん》」です。世の中のものはすべて、はかないものだから、ものごとにこだわることはむなしいと考えるのです。鴨長明《かものちょうめい》は、このことばを『方丈記《ほうじょうき》』の最初に述《の》べることで、作品全体をつらぬく主題が、「無常観《むじょうかん》」であることを明らかにしています。

災害《さいがい》や戦乱《せんらん》が多く 世の中が大きく変わった時代

七九四年に都が京都（平安京《へいあんきょう》）に置かれ、貴《き》族《ぞく》たちが政治《せいじ》を動かす時代が長く続いていました。しかし、十世紀ごろから武士《ぶし》が力をのばし始めました。十一世紀半ばには、仏教《ぶっきょう》の力がすたれる時代に入るという「末法思想《まっぽうしそう》」が広まり、死後に極楽《ごくらく》というすばらしい所に行くために念《ねん》仏《ぶつ》を唱えるとよいとされました。また、災害《さいがい》が増《ふ》えたため、人々は、不安な気持ちをいだいていました。十二世紀後半には、戦乱《せんらん》が起こるようになり、世の中が大きく変わっていきました。

鴨長明《かものちょうめい》は、そんな時代を見つめて『方丈記《ほうじょうき》』を書いたのでした。

天災《てんさい》だけでなく人災《じんさい》も多い時代

鴨長明《かものちょうめい》が生きた十二世紀後半から十三世紀初めは、自然災害《さいがい》の多い時代でしたが、それに加えて、天皇《てんのう》家や藤原《ふじわら》氏、源氏《げんじ》と平氏《へいし》の争《あらそ》いなどによる戦乱《せんらん》も続いた時代でした。

それだけではなく、平清盛《たいらのきよもり》によって、都が京都から福原《ふくはら》（現在《げんざい》の兵庫《ひょうご》県神戸《こうべ》市）にうつされて混乱《こんらん》をまねくことがありました。また、平家《へいけ》を討《う》つために都にやってきた源《みなもとの》（木曽《きそ》）義仲《よしなか》の軍勢《ぐんぜい》が、都で乱暴《らんぼう》を働いたりすることもありました。天災《てんさい》に加えて人災《じんさい》も多かった時代だったのです。

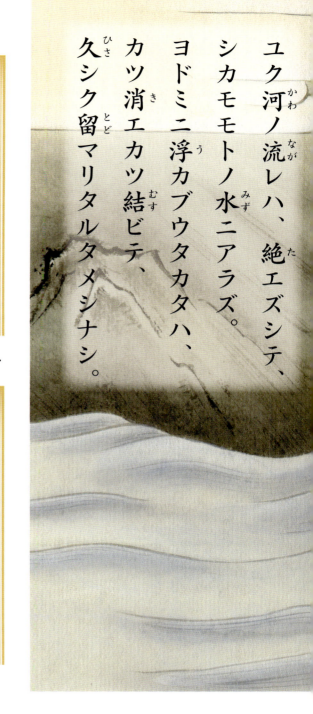

大《おお》キナル辻風《つじかぜ》ヲ《(お)》コリテ、六条《ろくじょう》ワタリマデ吹《ふ》ケル事《こと》ハベリキ。三四町《ちょう》ヲ吹《ふ》キマクルアヒ《(い)》ダニコモレル家《いえ》ドモ、大《おお》キナルモ小《ちい》サキモ、ヒトツトシテ破《やぶ》レザルハナシ。サナガラ平《ひら》ニ倒《たお》レタルモアリ。

現代語訳《げんだいごやく》

たいへん激《はげ》しい風が起こり、都の六条《ろくじょう》あたりまで吹《ふ》いたことがあった。三、四町の範囲《はんい》を吹《ふ》きまくり、そこにあった家々は、大きいものも小さいものも一つ残らずこわれてしまった。ぺしゃんこにつぶれてしまった家もある。

一一八〇年四月、都（京都）で「辻風《つじかぜ》」が起こりました。これは、「つむじ風」のことで、うずを巻《ま》いて吹《ふ》き上《あ》がる突風《とっぷう》です。「町」は、都の区画の単位で、一町は、およそ百二十一平方メートルです。三、四町という広い範囲《はんい》で家がこわれてしまいました。

この後、辻風《つじかぜ》の被害《ひがい》のようすが記されます。柱だけになった家、門が四百～五百メートルも飛ばされてしまったこと、ある家は、垣根《かきね》が吹《ふ》き飛《と》んでとなりの家と一つになってしまったことなどです。さらに、家の中にあったものが木の葉のように舞《ま》い上《あ》がり、目を開けていられないほどのちりが立ちこめました。あたりにものすごい音がして、まさに地獄《じごく》で吹《ふ》くという業風《ごうふう》を思わせるものでした。また、家を修繕《しゅうぜん》する際《さい》にけがをする人も多くいました。

鴨長明《かものちょうめい》は、「辻風《つじかぜ》はよくあることだが、これほどのことは今までにない」と、被害《ひがい》の大きさを生々しく記録しています。

立て続けに起こった五つの大きなわざわい

『方丈記《ほうじょうき》』は、一一七七～一一八五年の八年間に起こった大災害《さいがい》を記録しています。

最初の安元《あんげん》の大火（一一七七年）は、都の三分の一が焼けた大火事でした。治承《じしょう》の辻風《つじかぜ》（一一八〇年）は右の場面のように、大変な災《さい》害《がい》でした。福原《ふくはら》（兵庫県《ひょうごけん》）へ都がうつされると京都はさびれ、人々は混乱《こんらん》しました。養和《ようわ》の大ききん（一一八一年）では何万人もの人がうえ死にし、元暦《げんりゃく》の大地震《じしん》（一一八五年）では山がくずれ、津波《つなみ》が人々をおそいました。短い間に続けて起こったわざわいにより都がさびれるのを見て、長明《ちょうめい》はこの世の無常《むじょう》を感じたのです。

残り少ない人生を思い自己否定《じこひてい》で筆を置く

世を捨《す》てて方丈《ほうじょう》の庵《いおり》に移《うつ》り住《す》んだ鴨長明《かものちょうめい》は、ものごとにこだわることのない生活を送ることで、心の安らぎを感じます。「心の安らぎがなければ、どんな財宝《ざいほう》も意味はない。立派《りっぱ》な建物にも心は動かない」と言います。

しかし、その後で、長明《ちょうめい》は自《みずか》らに問います。「死が間近なこの身なのに、何を弁解《べんかい》しているのか。修行《しゅぎょう》のために山林に入ったのに、修行《しゅぎょう》などわずかしかできていないのではないか」。そしてその問いに答えられなかったと自己否定《じこひてい》しています。『方丈記《ほうじょうき》』はここで終わっていますが、彼《かれ》の自身への問いは、なお続いたことでしょう。

『方丈記《ほうじょうき》』と夏目漱石《なつめそうせき》

『吾輩《わがはい》は猫《ねこ》である』、『坊《ぼ》っちゃん』などで知られる文豪《ぶんごう》の夏目漱石《なつめそうせき》は、『方丈記《ほうじょうき》』とゆかりがあります。

まず、一八九一（明治《めいじ》二四）年に、『方丈記《ほうじょうき》』を英語に訳《やく》し、解説《かいせつ》を書いています。また、『草枕《くさまくら》』の初めにある「智《ち》に働けば角が立つ。情《じょう》にさおさせば流される。意地を通せば窮屈《きゅうくつ》だ。とかくに人の世は住みにくい」は、『方丈記《ほうじょうき》』の「スベテ、世中《よのなか》ノアリニクク、ワガ身トスミカトノハカナク徒《あだ》ナルサマ、又《また》カクノゴトシ」（この世に生きる困難《こんなん》、自分や住まいがともにはかなくもろいのは、このようなものだ）をもとにしたと言われます。

平家物語《へいけものがたり》

栄華《えいが》をほこった平氏《へいし》一門がほろびていくまでを描《えが》く軍記物語。琵琶法師《びわほうし》によって語られた。

平氏《へいし》一門の栄える様子と滅亡《めつぼう》まで

平氏《へいし》の繁栄《はんえい》と滅亡《めつぼう》を中心に、戦いが続く時代を描《えが》く。

平清盛《たいらのきよもり》

平氏《へいし》の長で、大出世をして一門を栄えさせた。

最高権力《けんりょく》者となるが…

熱病で死ぬ

平氏《へいし》の栄光がかげり始めたころ、高熱が出る病気のために死んだ。

大どくろをにらむ

ある時、大きなどくろが清盛《きよもり》をにらんだが、少しもさわがずにらみ返したら、どくろは消えた。

合戦に勝って力を持つ

武士《ぶし》の一族である平氏《へいし》の長男として生まれる。二度の合戦に勝って権力《けんりょく》をにぎる。

横暴《おうぼう》な人だった

権力《けんりょく》をにぎると、おごり高ぶった行いをするようになった。仏門《ぶつもん》に入っても権力《けんりょく》をにぎり続けた。

横暴《おうぼう》な者はほろびると説く

『平家物語《へいけものがたり》』は、いばっている者は、やがてほろびる運命にあると説く。

何もかもむなしい

『平家物語《へいけものがたり》』では、この世のものはすべて移《うつ》り変《か》わっていく定めであることをふまえている。

力強い武士《ぶし》たち

『平家物語《ものがたり》』では、武士《ぶし》たちが力強く戦うようすが生き生きと描《えが》かれている。

作者

未詳《みしょう》。『徒然草《つれづれぐさ》』（→92ページ）に、信濃前司行長《しなののぜんじゆきなが》という人が作者で、生仏《しょうぶつ》という琵琶法師《びわほうし》に語らせたと書かれていますが、行長《ゆきなが》についてはわかっていません。多くの人によって書き加えられ、内容《ないよう》が増《ふ》えていったと考えられます。

作品の内容《ないよう》

平安《へいあん》時代後期は、武士《ぶし》が力をのばした時代です。中でも、平氏《へいし》と源氏《げんじ》が勢力《せいりょく》をのばしていました。『平家物語《へいけものがたり》』では、平氏《へいし》が繁栄《はんえい》したものの、やがて源氏《げんじ》によってほろぼされるまでの二十年ほどの歴史が語られています。

全体は、大きく三部に分けられます。

第一部は、平氏《へいし》を率《ひき》いた平清盛《たいらのきよもり》が主人公です。清盛《きよもり》が太政大臣《だいじょうだいじん》という最高の役職《やくしょく》につき、その娘《むすめ》が天皇《てんのう》の后《きさき》になるなど、平氏《へいし》一門が栄えます。しかし、平氏《へいし》の人々の横暴《おうぼう》ぶりに、反感を持つ人々が現《あらわ》れます。

第二部は、平氏《へいし》を討《う》つために立ち上がった源《げん》氏《じ》の木曽義仲《きそよしなか》が主人公です。清盛《きよもり》の死後、勢力《せいりょく》を失い、都（京都）を捨《す》ててにげていく平氏《へいし》を描《えが》きます。義仲《よしなか》はやがて都に入りますが、乱暴《らんぼう》な行動が多く、人々の信頼《しんらい》を失います。

第三部は、源義経《みなもとのよしつね》が主人公で、都に入った義仲《よしなか》をほろぼした後、平氏《へいし》と戦うようすが描《えが》かれます。義経《よしつね》の軍略《ぐんりゃく》によって、ついに平氏《へいし》は壇《だん》の浦《うら》（山口県）でほろびます。

作品の背景《はいけい》

武士《ぶし》たちの戦いの中で、運命に動かされる人々

戦いを題材として、ある時代の歴史を描《えが》く物語を「軍記物語」と言います。『平家物語《へいけものがたり》』は、軍記物語の傑作《けっさく》の一つです。その中では、武士《ぶし》たちを始めとして、天皇《てんのう》や皇族《こうぞく》、貴族《きぞく》、僧《そう》など、さまざまな人たちが運命によって動かされていくようすが描《えが》かれます。

平清盛《たいらのきよもり》、木曽義仲《きそよしなか》、源義経《みなもとのよしつね》と、中心になる人物は変わりますが、みな一時は権力《けんりょく》をにぎっても、やがて悲しい運命が待ち受けています。

また、武士《ぶし》たちの争《あらそ》いに巻《ま》きこまれる天皇《てんのう》や貴族《きぞく》たちについての、ある者はしたたかに生きぬき、ある者ははかなくほろびていくといったエピソードも交えて語られています。

さらに、男性《だんせい》の愛情《あいじょう》がさめてしまい、仏門《ぶつもん》に入ることになるなど、悲劇《ひげき》的な運命をたどる女《じょ》性《せい》たちも数多く登場します。

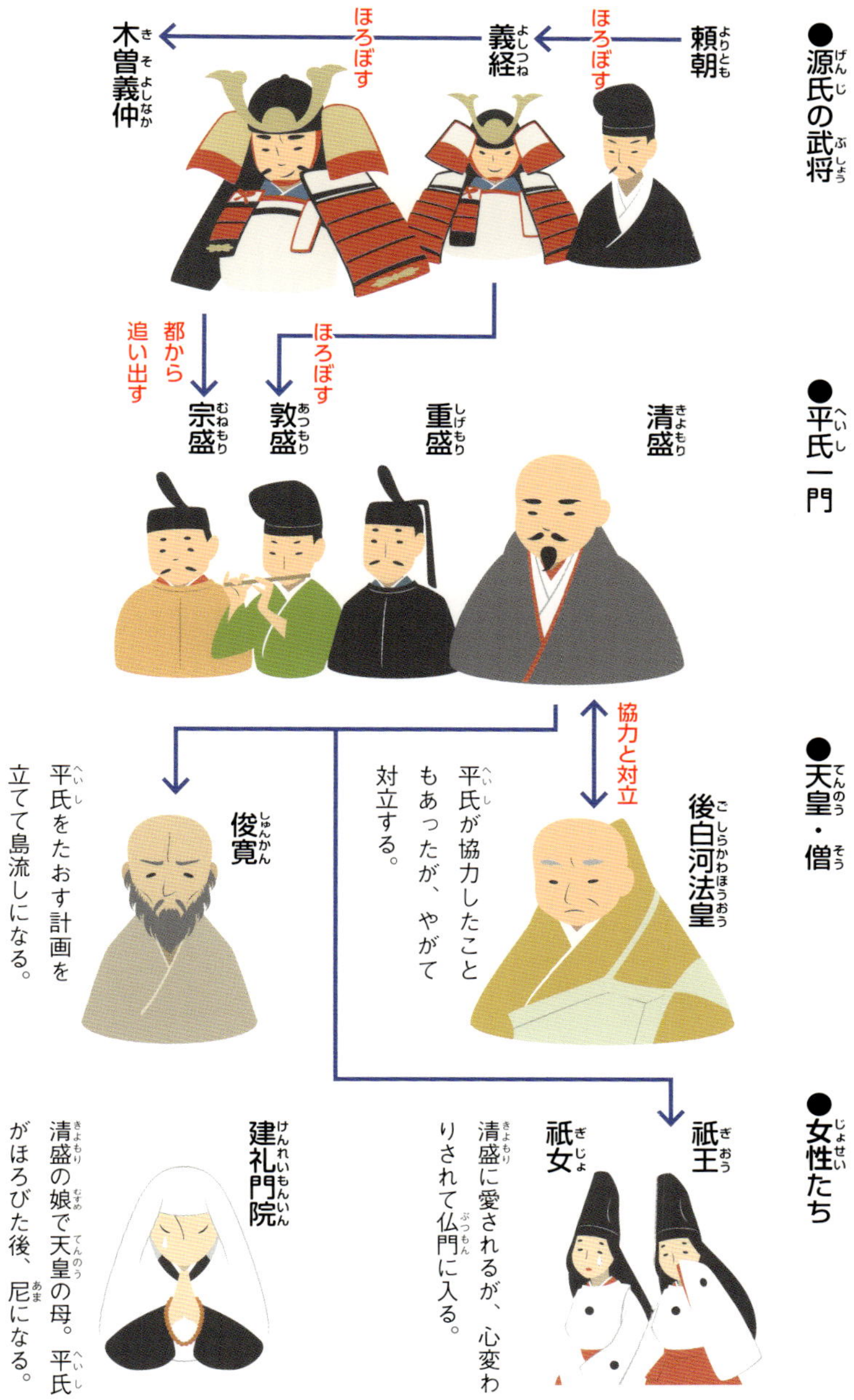

琵琶法師《びわほうし》が語った「平曲《へいきょく》」があわれをさそう

『平家物語《へいけものがたり》』は、鎌倉《かまくら》時代初めごろには、「平曲《へいきょく》」と呼《よ》ばれていました。「読むもの」ではなく、琵琶《びわ》という楽器の演奏《えんそう》に合わせて「語られるもの」でした。

「平曲《へいきょく》」を語ったのは、目の不自由な琵琶《びわ》法師《ほうし》と呼《よ》ばれる人たちでした。彼《かれ》らは、『平《へい》家物語《けものがたり》』をすべて暗記して語り、受けついでいきました。

琵琶《びわ》の音は、もの悲しく、さびしげなひびきです。ほろびていく平氏《へいし》の人々の運命を描《えが》くという悲しい内容《ないよう》に、琵琶《びわ》のひびきが加わって、「平曲《へいきょく》」は、聞く人の胸《むね》を打ち、あわれをさそいました。

祇園精舎《ぎおんしょうじゃ》の鐘《かね》の声《こえ》、
諸行無常《しょぎょうむじょう》の響《ひびき》あり。
娑羅双樹《しゃらそうじゅ》の花《はな》の色《いろ》、
盛者必衰《じょうしゃひっすい》のことわりを
あらは《(わ)》す。おごれる
人《ひと》も久《ひさ》しからず、ただ
春《はる》の夜《よ》の夢《ゆめ》のごとし。

現代語訳《げんだいごやく》

インドにある祇園精舎《ぎおんしょうじゃ》の鐘《かね》の音は、あらゆる行いが無常《むじょう》であるというひびきをする。娑羅双樹《しゃらそうじゅ》の花の色は、勢《いきお》いを持った者もいずれはほろびるというものごとの道理を表している。おごり高ぶる人も、長くは続かない。春の夜の夢《ゆめ》のようにはかないものだ。

「祇園精舎《ぎおんしょうじゃ》」は、昔のインドにあった僧院《そういん》（僧《そう》たちが仏教《ぶっきょう》の修行《しゅぎょう》をする場所）で、仏教《ぶっきょう》を開いた釈迦《しゃか》（ブッダ）が、弟子たちに教えを授《さず》けた場所とされます。その一画に無常堂《むじょうどう》というお堂があり、病気の僧《そう》が死をむかえる時に、自然に鐘《かね》が鳴ったと言います。これは、仏教《ぶっきょう》の教えの一つである「諸行無常《しょぎょうむじょう》」（あらゆるものは移《うつ》り変《か》わり、同じままでいるものはない）を示《しめ》して、死の苦しさをやわらげるものでした。

「娑羅双樹《しゃらそうじゅ》」は、日陰《ひかげ》をつくる大樹《たいじゅ》という意味で、釈迦《しゃか》が亡《な》くなる時に白い花をさかせたとされます。このことは、「盛者必衰《じょうしゃひっすい》」（勢《いきお》いが盛《さか》んだった者もやがてほろびてしまう）を表しています。「春の夜の夢《ゆめ》」は、はかないもののたとえです。

この後に、「たけだけしい者も、風にふかれるちりのように、ほろびてしまう」と続きます。

『平家物語《へいけものがたり》』のキーワードは「諸行無常《しょぎょうむじょう》」「盛者必衰《じょうしゃひっすい》」

仏教《ぶっきょう》では、あらゆるものは移《うつ》り変《か》わり、同じままでいるものはないと説きます。これを「諸《しょ》行無常《ぎょうむじょう》」と言います。また、どんなに権力《けんりょく》を持ち、他をおさえつけている者でも、おごりによって力がおとろえ、ほろびへと向かっていきます。これは「盛者必衰《じょうしゃひっすい》」ということばで表されます。

『平家物語《へいけものがたり》』に登場する人々も、この運命に逆《さか》らうことはできません。栄華《えいが》をきわめた平氏《へいし》も、やがてほろびていく運命にありました。

『平家物語《へいけものがたり》』の初めに右のことばを置くことで、「諸行無常《しょぎょうむじょう》」、「盛者必衰《じょうしゃひっすい》」を印象《いんしょう》づけています。

力強い文体としっとりとした文体を混《ま》ぜてリズムよく描《えが》く

『平家物語《へいけものがたり》』は、戦いの場面では、漢語（中国語での読みをそのまま用いたことば）や漢文を日本語として読む時の言い回しを使って、力強い印象をあたえています。一方、悲劇《ひげき》的な内《ない》容《よう》を描《えが》く場面では、本来の日本語である和語を使った文章（和文）を用いることで、しっとりとした印象《いんしょう》をあたえています。このように、和文と漢語などを交えた文体を「和漢混淆体《わかんこんこうたい》」と言います。『平家物語《へいけものがたり》』は、和漢混淆体《わかんこんこうたい》を効果《こうか》的に使い、さらに七五調（七音と五音のことばを連ね、これをくり返す）のリズムを取り入れて、壮大《そうだい》な物語の世界をつくり出しています。

戦いを記録した軍記物語

保元物語《ほうげんものがたり》

鎌倉《かまくら》時代前期に書かれた軍記物語。作者は未詳《みしょう》。天《てん》皇《のう》家や藤原《ふじわら》氏の対立などがもとになり、武士《ぶし》も加わって、1156年に起こった保元《ほうげん》の乱《らん》のようすを記録しています。

平治物語《へいじものがたり》

鎌倉《かまくら》時代前期に書かれた軍記物語。作者は未詳《みしょう》ですが『保元《ほうげん》物語』と同じという説もあります。平清盛《たいらのきよもり》らが、源義朝《みなもとのよしとも》らに勝った平治《へいじ》の乱《らん》（1159年）のようすを記録しています。

曽我物語《そがものがたり》

室町《むろまち》時代前期に書かれた軍記物語。作者は未詳《みしょう》。曽《そ》我《が》十郎祐成《じゅうろうすけなり》と五郎時致《ごろうときむね》の兄弟が、父のかたき、工藤祐《くどうすけ》経《つね》を討《う》つ物語。後の歌舞伎《かぶき》の演目《えんもく》などの題材になりました。

義経記《ぎけいき》

室町《むろまち》時代中期に書かれた軍記物語。作者は未詳《みしょう》。源頼朝《みなもとのよりとも》の弟で、平氏《へいし》を討《う》ちほろぼす活躍《かつやく》をしたのに、兄に追われ、ほろぼされた源義経《みなもとのよしつね》の生涯《しょうがい》を描《えが》いています。

与一《よいち》、かぶらをとッて
つがひ《(い)》、よッぴいて
ひやう《(よ)》ど放《はな》つ。（中略《ちゅうりゃく》）
浦《うら》ひびくほどながなり
して、あやまたず扇《おうぎ》の
かなめぎは《(わ)》一寸《いっすん》ばかり
おいて、ひィふつ《(つ)》とぞ
射《い》きッたる。

現代語訳《げんだいごやく》

那須与一《なすのよいち》は、かぶら矢を取って弓につがえ、弓をよく引きしぼって、ひゅうっと射放《いはな》った。（中略《ちゅうりゃく》）浦《うら》一帯にひびきわたるほど長くうなって、かぶら矢が飛んでいき、はずすことなく扇《おうぎ》のかなめ近く、一寸《すん》（約三センチメートル）ほどはなれたところに当たり、ひいふっと射落《いお》とした。

平氏《へいし》を追う源義経《みなもとのよしつね》の軍勢《ぐんぜい》は、四国の屋島《やしま》にいた平氏《へいし》をおそいます。陸に陣《じん》を構《かま》える源氏《げんじ》に対し、平氏《へいし》は海に船でにげ出していました。すると、沖《おき》合《あ》いから一そうの小舟《こぶね》がやってきて、美しい女性《じょせい》が、扇《おうぎ》を立てました。源氏《げんじ》の武将《ぶしょう》たちの中に、この扇《おうぎ》の的を弓で射《い》ることのできる者はいるかという挑戦《ちょうせん》でした。

義経《よしつね》は、弓の名手として名高い那須与一《なすのよいち》を指名します。与一《よいち》はこの時二十歳《さい》ほどでした。与一《よいち》は、もし的をはずしたら、源氏《げんじ》の不名誉《ふめいよ》になるからと辞退《じたい》しますが許《ゆる》されず、的に向かいます。馬で海に入り、かぶら矢（大きな音が出るようにした矢）で的をねらいます。与一《よいち》の放った矢は見事に扇《おうぎ》の的に当たり、落ちた扇《おうぎ》が海面にただよいました。

これを見た平氏《へいし》の人々も源氏《げんじ》の人々も、共にどよめいて、与一《よいち》をたたえたのです。

『平家物語《へいけものがたり》』で描《えが》かれた武士《ぶし》のたくさんの名場面

右は、『平家物語《へいけものがたり》』の中でも代表的な名場面です。戦いのさなかに生まれた一時の静けさの中で、弓に優《すぐ》れた武将《ぶしょう》が、夕陽に照らされながら扇《おうぎ》の的を射落とす姿《すがた》は印象的《いんしょうてき》です。

『平家物語《へいけものがたり》』には、多くの名場面があります。都を捨《す》て西国へにげる平氏《へいし》の武将平忠度《ぶしょうたいらのただのり》が、和歌の師匠《ししょう》に自作の歌をたくす場面、富士《ふじ》川の戦いで、水鳥が飛び立つ音におどろいた平氏《へいし》の軍《ぐん》勢《ぜい》がにげ出す場面、一《いち》の谷《たに》の合戦で源義経《みなもとのよしつね》が、不意をついて平氏《へいし》を討《う》つ場面などは、よく知られています。人々は、「平曲《へいきょく》」の語りを聞き、名場面を想像《そうぞう》して楽しんだことでしょう。

壇《だん》の浦《うら》の戦いで、平氏《へいし》一門がついにほろびる

栄華《えいが》をきわめた平氏《へいし》の運命は、あっという間におとろえます。木曽義仲《きそよしなか》が都に近づくと、平《へい》氏の人々は、幼《おさな》い安徳天皇《あんとくてんのう》（平清盛《たいらのきよもり》の娘《むすめ》の子）を連れ、西国へにげていきます。しかし、義《よし》仲《なか》をほろぼした源義経《みなもとのよしつね》が、平氏《へいし》をたおすため、せまってきます。義経《よしつね》は天才的な軍略《ぐんりゃく》を用い、一《いち》の谷《たに》、屋島《やしま》と平氏《へいし》を破《やぶ》り、追いつめます。

源平《げんぺい》最後の戦いは、海の上の壇《だん》の浦《うら》で行われました。平氏《へいし》の武将《ぶしょう》たちは次々に討《う》たれます。安徳天皇《あんとくてんのう》の祖母《そぼ》は、幼《おさな》い天皇《てんのう》をだき、「波の下にも都がございます」となぐさめて、海に身を投げました。平氏《へいし》一門はついにほろびたのです。

源氏《げんじ》と平氏《へいし》の主な戦い

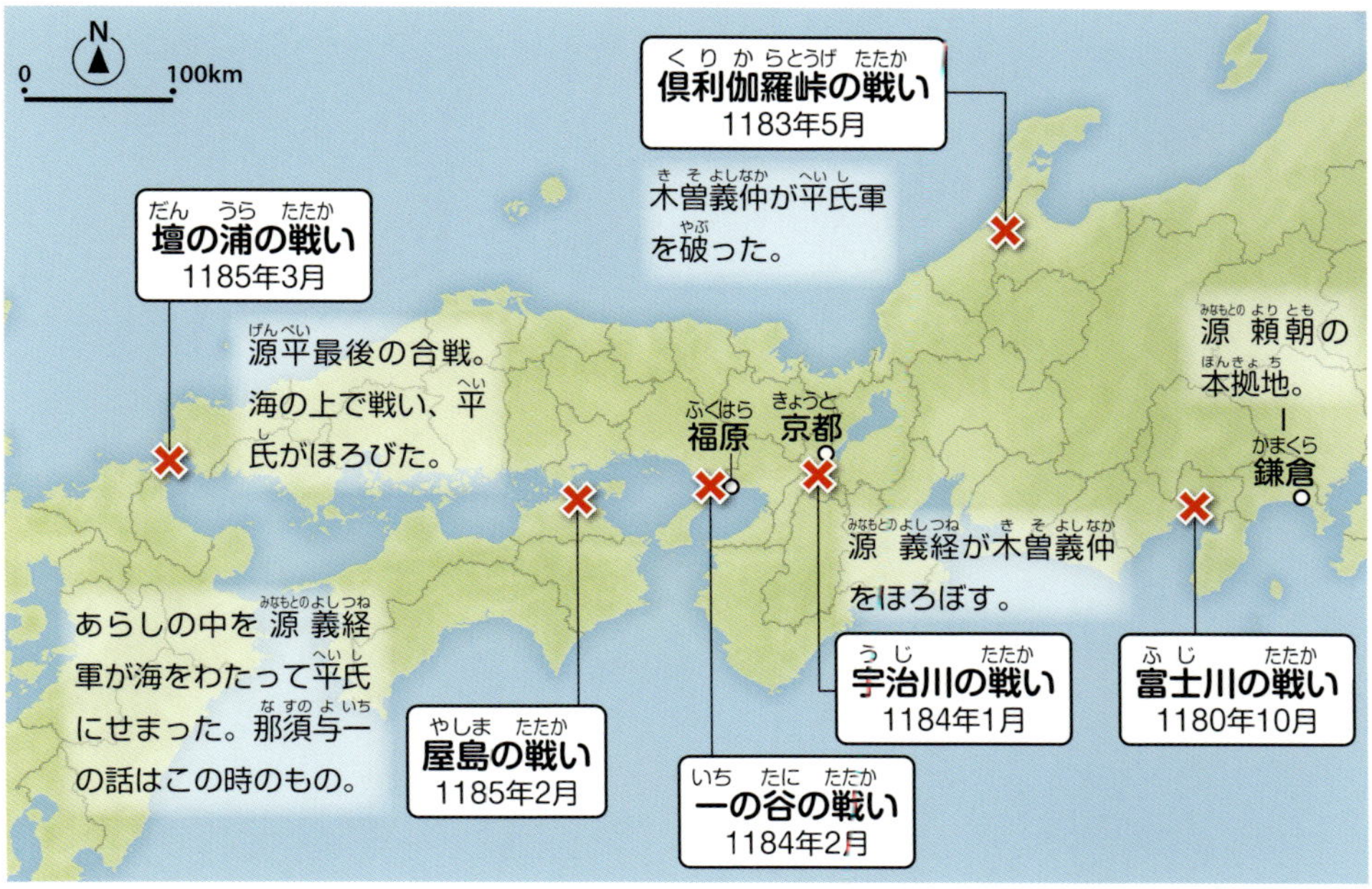

平氏《へいし》軍が、水鳥が飛び立つ音におどろいて、にげ帰った。

宇治拾遺物語《うじしゅういものがたり》

庶民《しょみん》の話を中心に多くの説話を集める。わかりやすいことばでつづられている。

編者《へんじゃ》

未詳《みしょう》。序文《じょぶん》（初めの文章）には、「宇治大納言《うじだいなごん》と呼《よ》ばれた源隆国《みなもとのたかくに》という人が集めた『宇治大納言物語《うじだいなごんものがたり》』にのせられなかった話を集めた」と書いてありますが、だれが集めたかについては書かれていません。また、序文《じょぶん》をだれが書いたかもわかっていません。

庶民《しょみん》が多く登場する、笑いが中心の話

人間のみにくさや欲などをふくめ、笑いとして描《えが》く。

ひょうきんで賢《かしこ》い！

こぶとりじいさん

ほほに大きなこぶがあった。たきぎを取って暮《く》らしていた。

頭のいい人だった

本当はこぶがない方がいいのに、鬼《おに》に聞かれて、こぶを大事にしているように言った。

鬼《おに》にこぶを取られた

大した痛《いた》みもなく、鬼《おに》にこぶを取ってもらうことができた。

鬼《おに》の前で舞《ま》った

鬼《おに》たちが宴会《えんかい》をしているところに出ていっておどったら、うけた。

昔話として伝わっている話

『宇治拾遺物語《うじしゅういものがたり》』には、こぶとりじいさん、舌切《したき》りすずめ、わらしべ長者など、現在《げんざい》も伝わる昔話とよく似《に》た話がおさめられている。

やさしく素朴《そぼく》な文章

『宇治拾遺物語《うじしゅういものがたり》』の文章は、わかりやすく、素朴《そぼく》。当時の話しことばも使われている。

作品の内容《ないよう》

全十五巻《かん》に、百九十七編《へん》の説話が集められています。説話とは、だれかがつくり出した物話ではなく、本当にあった話として人々の間に言い伝えられてきた話のことです。

平安《へいあん》時代にできた『今昔物語集《こんじゃくものがたりしゅう》』（↓60ページ）のように、内容《ないよう》によって分類されてはいませんが、前の話から次の話が連想されてつながるように並《なら》べられています。多くの話は「今は昔(昔あったことですが…)」で始まっています。

日本のほか、中国や天竺《てんじく》（インド）を舞台《ぶたい》にする話も集められ、約八十編《ぺん》が仏教《ぶっきょう》に関する説話です。登場人物は、天皇《てんのう》、貴族《きぞく》、僧《そう》、武士《ぶし》、庶民《しょみん》と幅広《はばひろ》く、話の内容《ないよう》を見ても、不思議な話、こっけいな話、成功した話、失敗した話など、バラエティーに富《と》んでいます。

庶民《しょみん》の間に言い伝えられていた話も多く、その中には、現在《げんざい》でも子ども向けの昔話絵本などでよく知られている「こぶとりじいさん」、「舌《した》切《き》りすずめ」、「わらしべ長者」とよく似《に》た話もあります。

作品の背景《はいけい》

人間や、人間の生活ぶりを生き生きと描《えが》くこっけいな話が特色

『宇治拾遺物語《うじしゅういものがたり》』は、鎌倉《かまくら》時代初期にまとめられたと考えられています。集められている話の多くは、その当時の庶民《しょみん》の生活や人間がしてしまいがちなおかしな行いや、欲深《よくぶか》い姿《すがた》などを描《えが》いたものです。

仏教《ぶっきょう》に関する話もたくさんありますが、僧《そう》たちが失敗する話や、おもしろおかしい話が多く、仏教《ぶっきょう》のありがたい教えを説くというよりは、こっけいで現実的《げんじつ》な判断《はんだん》をする庶民《しょみん》の姿《すがた》を描《えが》いた話が主流です。

笑い話の中にも、ほのぼのとした笑いから、決まりを破《やぶ》った僧《そう》を笑いものにするようなものまで、幅広《はばひろ》い種類があります。

しかし、話の最後に教訓《きょうくん》を入れることはほとんどありません。『宇治拾遺物語《うじしゅういものがたり》』は、人間そのものを生き生きと描《えが》き出《だ》しているのです。

●笑いをふくむ話

三条中納言《さんじょうちゅうなごん》が水飯《すいはん》を食べる

太っていた三条中納言《さんじょうちゅうなごん》という貴族《きぞく》は、医者から、水づけご飯を食べると太らないとすすめられた。ところが、おかずをたくさん食べるので、何の効果《こうか》もなかった。

●昔話

すずめの恩《おん》返し

けがをしたすずめを助けたおばあさんに、すずめが植物の種を持ってきた。その種を植えるとひょうたんができ、中から米や金銀が出てきた。

●仏教説話《ぶっきょうせつわ》

入水《じゅすい》する僧《そう》

極楽《ごくらく》に行くために、川に入って自殺するという僧《そう》を見物しに、人々が集まった。しかし、僧《そう》は往生際《おうじょうぎわ》が悪い上に、川から引き上げられてしまう。見物人は、おこって、石を投げつけた。

『宇治拾遺物語《うじしゅういものがたり》』の名前の意味は？

『宇治拾遺物語《うじしゅういものがたり》』の序文《じょぶん》（初めの文章）には、その名前の由来について、二通りの説明があります。一つは、『宇治大納言物語《うじだいなごんものがたり》』にのせられなかった話を集めたことから、『宇治大納言物語《うじだいなごんものがたり》』に「遺《のこ》った話を拾《ひろ》った」ので、「拾遺《しゅうい》」とついたというものです。もう一つは、『宇治大納言物語《うじだいなごんものがたり》』が、侍従《じじゅう》（天皇《てんのう》の近くに仕え、助ける役職）の俊貞《としさだ》という人のところにあり、「侍従《じじゅう》」のことを、中国では「拾遺《しゅうい》」ということからついたというものです。しかし、これらが正しいかどうかはわかりません。

なお、『宇治大納言物語《うじだいなごんものがたり》』は、今は、まったく残っていません。

説話文学三大作の一つ

古今著聞集《ここんちょもんじゅう》

鎌倉《かまくら》時代中期にできた説話集。編者《へんじゃ》は橘《たちばなの》成季《なりすえ》です。20巻《かん》に700をこえる説話が集められています。話の内容《ないよう》によって、文学、和歌、飲食など、30種類に分けられ、それぞれを年代順に並《なら》べるという、整然とした構成《こうせい》を取っています。『今昔物語集《こんじゃくものがたりしゅう》』（→60ページ）、『宇治拾遺物語《うじしゅういものがたり》』と共に、説話文学三大作と言われます。

「目鼻《めはな》をば召《め》すとも、このこぶはゆるし給候《たまいさぶら》は《(わ)》む《(ん)》。（中略《ちゅうりゃく》）」といへ《(え)》ば、横座《よこざ》の鬼《おに》、「かう《(こ)》惜《お》しみ申物《もうすもの》なり。ただそれを取《と》るべし」といへ《(え)》ば、鬼寄《おによ》りて「さはとるぞ」とて、ねぢ《(じ)》て引《ひ》くに大《おお》かた痛《いた》きことなく、

現代語訳《げんだいごやく》

（おじいさんが）「目や鼻は取ってもよいが、このこぶだけはお許《ゆる》しください。（中略《ちゅうりゃく》）」と言うと、上座《かみざ》にいた鬼《おに》が、「そこまで惜《お》しむのなら、よほど大切なものにちがいない。それを取ってしまえ」と言うので、鬼《おに》が寄《よ》ってきて「さあ、取るぞ」と、こぶをねじって引《ひ》っ張《ぱ》ると、大して痛《いた》くもなく、（取れてしまった。）

『宇治拾遺物語《うじしゅういものがたり》』の中の「鬼《おに》にこぶ取らるること」という話の一部です。

右のほほに大きなこぶのあるおじいさんがいました。ある日、山に行ったところ雨にあい、木の穴《あな》に入っていました。やがて夜になり、たくさんの鬼《おに》が現《あらわ》れます。鬼《おに》は、赤い者や青い者、目が一つの者など、さまざまです。鬼《おに》たちは、酒を飲み、宴会《えんかい》を始めます。そのうちに、若《わか》い鬼《おに》がおもしろおかしくおどりだします。おじいさんは恐《おそ》ろしい思いをしてのぞき見していましたが、だんだん楽しい気分になり、ついにがまんできなくなって飛び出していき、鬼《おに》たちの前で、おもしろいおどりをしました。鬼《おに》たちはたいそう喜んで、おじいさんに「明日もまた来るように、そして、必ず来させるため何か預《あず》かっておく」と言います。おじいさんは、わざと「こぶは取らないで」と言いますが、鬼《おに》は、よほど大事なものだろうと思ってこぶを取ってしまったのです。

鬼《おに》の前でおもしろくおどり、こぶを取られたおじいさん

「鬼《おに》にこぶ取らるること」は、「こぶとりじいさん」と似《に》た話です。鬼《おに》はおじいさんのこぶを大切なものと思い、翌日《よくじつ》も来させるために預《あず》かりました。しかし、これは困《こま》っていたこぶを取ってもらおうとしたおじいさんの知恵《ちえ》でした。

その話を聞いた別のおじいさんがうらやましがり、自分の左のほほのこぶを取ってもらおうと、鬼《おに》のところに出かけます。しかし、おどりがへただったため、鬼《おに》は、預《あず》かっていたこぶを、このおじいさんの右のほほにつけてしまいました。この話は、「人をうらやんではいけない」という教訓《きょうくん》で結ばれています。

『宇治拾遺物語《うじしゅういものがたり》』と『今昔物語集《こんじゃくものがたりしゅう》』とで、多くの話が共通する

『宇治拾遺物語《うじしゅういものがたり》』の百九十七の話のうち、約八十は、『今昔物語集《こんじゃくものがたりしゅう》』（↓60ページ）と同じ話です。ただし、これは、『宇治拾遺物語《うじしゅういものがたり》』の編《へん》者《じゃ》が『今昔物語集《こんじゃくものがたりしゅう》』の話を引用してきたわけではないようです。二つの本に共通する、もとになる説話集があって、それぞれがそこから引用したと考えられています。二つの説話集は、兄弟のような関係だと言われているのです。

このほかにも、『宇治拾遺物語《うじしゅういものがたり》』の話は、『古本説話集《こほんせつわしゅう》』や『古事談《こじだん》』という鎌倉《かまくら》時代初期にできた説話集におさめられている話と同じものがあります。

「わらしべ長者」の成功《せいこう》は信心のおかげ?

今でもよく知られている「わらしべ長者」の話は、『宇治拾遺物語《うじしゅういものがたり》』の「長谷寺参籠《はせさんけい》の男利生《りしょう》にあづ《(ず)》かること」という話とよく似《に》ています。家族も妻《つま》も子もない若者《わかもの》が、一本のわらしべ（麦わら）を、みかん、布《ぬの》、馬、屋《や》敷《しき》と、次々にかえていき、ついには長者（金持ち）になる成功話《せいこうばなし》です。

この若者《わかもの》は、話の初めで、奈良《なら》の長谷寺《はせでら》という寺に参って、「観音様《かんのんさま》、お助けください」と祈《いの》ります。二十一日たった朝、夢《ゆめ》の中に観《かん》音《のん》が現《あらわ》れ、「外へ出て、手にさわったものを持っていきなさい」と告げます。それがきっかけとなって、成功《せいこう》への道を歩むのです。

この話は、仏教《ぶっきょう》を信心すると福を招《まね》くという教えを表していると考えられます。

今一度《いまいちど》、起《お》こせかしと、思《おも》ひ《(い)》寝《ね》に聞《き》けば、「ひしひし」と、ただ食《く》ひ《(い)》に食《く》ふ《(う)》音《おと》のしければ、ずちなくて、無期《むご》の後《のち》に、「えい」といらへ《(え)》たりければ、僧《そう》たち、笑《わら》ふ《(う)》事《こと》、かぎりなし。

現代語訳《げんだいごやく》

もう一度起こしてくれと思いながら横になって聞いていると、「むしゃむしゃ」とみんなが盛《さか》んに食べている音がしてくる。がまんできなくて、かなり長くたった後に、「はい」と答えたので、僧《そう》たちはたいそう笑った。

『宇治拾遺物語《うじしゅういものがたり》』の中の「児《ちご》のかいもちひ《(い)》するに空寝《そらね》したること」という話の一部です。

比叡山《ひえいざん》（京都の北東に位置し、たくさんの寺がある）に、寺で働く少年がいました。ある時、僧《そう》たちが「かいもちい（ぼたもち）」をつくり始めました。少年は、ぼたもちができたら食べたいと思いましたが、できるのを待って起きているのも気まずいと思ったので、部屋のすみの方で寝《ね》たふりをしていました。ぼたもちができたら、きっと自分を起こしてくれるだろうと思ったのです。やがて、ぼたもちができると、僧《そう》が少年に「もしもし、起きなさい」と声をかけます。しかし、少年は、一度で返事をすると、まるで自分が、ぼたもちができるのを待っていたように思われると考え、もう一度呼《よ》ばれたら起きようと、さらに寝《ね》たふりをしていました。すると、僧《そう》たちは、「起こさないでおこう」と言い、ぼたもちを食べ始めました。その音に、どうにもがまんできなくなった少年は、しばらくしてから「はい」と答えて起きたので、寝《ね》たふりがばれて僧《そう》たちに笑われてしまいました。

幼《おさな》い子どもの気持ちが裏目《うらめ》に出たことを笑い話に

右の文章は、寺で働く少年が、ぼたもちを食べたいのに、いろいろ気をつかってしまい、素《す》直《なお》に起き出せなくなってしまったという笑い話です。僧《そう》たちに声をかけられてから、しばらくして返事をして起きたので、空寝《そらね》（寝《ね》たふりをすること）していたことがばれてしまったのです。似《に》たような心の働きは、現代《げんだい》の人にも思い当たるところがあるのではないでしょうか。

『宇治拾遺物語《うじしゅういものがたり》』には、このように、いつの時代にも当てはまる、人間の行いや気持ちを、生き生きと描《えが》いた話がたくさんおさめられています。

わかりやすい和文体で書かれ、当時の話しことばも使われる

『宇治拾遺物語《うじしゅういものがたり》』の文章は、和文体（日本語本来のことばを使った書き方）で書かれています。やさしく、わかりやすい文章で書かれているのが特徴《とくちょう》です。もとにした話が漢文体（中国語のことばを使った書き方）だった場合は、和文体に書きかえられています。

また、会話文は、平安《へいあん》時代末期から鎌倉《かまくら》時代初期に使われていた話しことばで書かれており、庶民《しょみん》の間で口伝えに受けつがれてきた話の味わいを感じることができます。

このような点が、『宇治拾遺物語《うじしゅういものがたり》』の特色となっています。

盛《さか》んになった説話文学

説話は、本当にあったこととして言い伝えられてきた話をさします。その内容《ないよう》から、仏《ぶっ》教《きょう》に関する仏教説話《ぶっきょうせつわ》と一般《いっぱん》の人々の姿《すがた》を描《えが》く世俗《せぞく》説話に分かれます。

平安《へいあん》時代から説話集がつくられ、説話文学という、新しい文学の分野がおこりました。これを受け、平安《へいあん》時代末期から鎌倉《かまくら》時代にかけては「説話の時代」と言われるほど多くの説話集がつくられたのです。

この時代は、貴族《きぞく》の力がおとろえ、力をつけてきた武士《ぶし》たちが時代の主役になっていく変動の時代でした。また、戦乱《せんらん》が多く、都と地方の交流が盛《さか》んになりました。このような背景《はいけい》から、説話にも庶民《しょみん》を生き生きと描《えが》く話が多くなりました。『宇治拾遺物語《うじしゅういものがたり》』は、その代表的な作品の一つです。

小倉百人一首《おぐらひゃくにんいっしゅ》

歌の名手である藤原定家《ふじわらのさだいえ》が、古くからの優《すぐ》れた歌人百人から一首ずつ和歌を選んだ。

編者《へんじゃ》

藤原定家《ふじわらのさだいえ／ていか》（一一六二～一二四一年）

平安《へいあん》～鎌倉《かまくら》時代の歌人。父・俊成《としなり》も有名な歌人で、父に学んで優《すぐ》れた和歌をよみました。『源氏物語《げんじものがたり》』（→54ページ）などの研究もしました。

ベスト百の和歌を集める

藤原定家《ふじわらのさだいえ》が選んだ、百人による百首の和歌。

藤原定家《ふじわらのさだいえ》

平安《へいあん》～鎌倉《かまくら》時代の歌人。和歌の名手と言われた。

山荘《さんそう》で歌を選ぶ

小倉《おぐら》山のふもとにあった山荘《さんそう》で歌を選んだことから『小倉百人一首《おぐらひゃくにんいっしゅ》』という。

勅撰《ちょくせん》和歌集の撰者《せんじゃ》

『新古今和歌集《しんこきんわかしゅう》』、『新勅撰和歌集《しんちょくせんわかしゅう》』の撰者《せんじゃ》を務《つと》めた。

定家《さだいえ》の好みで選ばれた和歌

恋《こい》の歌が好き?

百首のうち半分以上は恋《こい》の歌。定家《さだいえ》は恋《こい》の歌が好きだったようだ。

飛鳥《あすか》時代から鎌倉《かまくら》時代まで

『小倉百人一首《おぐらひゃくにんいっしゅ》』には、およそ五百五十年間によまれた歌がおさめられている。

かるたになって広まる

『小倉百人一首《おぐらひゃくにんいっしゅ》』の百首の歌は、「歌かるた」になって、江戸《えど》時代には庶《しょ》民《みん》の間にも広まった。

作品の内容《ないよう》

『小倉百人一首《おぐらひゃくにんいっしゅ》』は、歌人の藤原定家《ふじわらのさだいえ》が、それまでの多くの歌の中から優《すぐ》れた歌百首を選んだものです。

歌人一人について一首の歌が、ほぼ時代順に並《なら》べられています。百首すべてが勅撰《ちょくせん》和歌集（天皇《てんのう》が命じて編集《へんしゅう》させた和歌集）から選ばれています。それらは、平安《へいあん》時代初期の『古今和歌集《こきんわかしゅう》』（→30ページ）から鎌倉《かまくら》時代の『続後撰和歌集《しょくごせんわかしゅう》』まで、約三百五十年間にわたる十の勅撰《ちょくせん》和歌集です。

百首の歌がよまれた時代は、飛鳥《あすか》時代（六世紀末～八世紀初め）から鎌倉《かまくら》時代までと、長期間にわたっています。

歌人は、男性《だんせい》が七十九人で、そのうち十三人が僧《そう》、女性《じょせい》が二十一人です。歌の内容《ないよう》で見ると、恋《こい》の歌が四十三首と最も多く、季節の歌は春が六首、夏が四首、秋が十六首、冬が六首です。そのほかに、別れの歌が一首、旅の歌が四首、その他のことがらをよんだ歌（雑《ざつ》）が二十首あります。

作品の背景《はいけい》

『小倉百人一首《おぐらひゃくにんいっしゅ》』が選ばれたのは、別荘《べっそう》のふすまにはる色紙に書く和歌から

藤原定家《ふじわらのさだいえ》は、五十六年もの間、『明月記《めいげつき》』という日記を書いていました。その中に、『小倉《おぐら》百人一首《ひゃくにんいっしゅ》』がつくられるきっかけが書いてあります。

一二三五年に定家《さだいえ》は、息子《むすこ》の妻《つま》の父である宇《う》都宮頼綱《つのみやよりつな》から、別荘《べっそう》のふすまにはる色紙に書く和歌を選んでほしいとたのまれます。これを受けて定家《さだいえ》が百首の和歌を選んでおくりました。この時に選んだ和歌は『百人秀歌《ひゃくにんしゅうか》』と呼《よ》ばれます。『百人秀歌《ひゃくにんしゅうか》』は『小倉百人一首《おぐらひゃくにんいっしゅ》』と、九十七首が共通していますが、並《なら》び順《じゅん》は大きくちがいます。この『百人秀歌《ひゃくにんしゅうか》』をもとに改訂《かいてい》したものが『小倉百人一首《おぐらひゃくにんいっしゅ》』だと考えられています。

定家《さだいえ》が百首の歌を選んだ場所は、京都の嵯峨《さが》野《の》にある小倉《おぐら》山のふもとにある山荘《さんそう》でした。この百首が後に『小倉百人一首《おぐらひゃくにんいっしゅ》』と呼《よ》ばれるようになったのは、その場所にちなんでいます。

藤原定家《ふじわらのさだいえ》の山荘《さんそう》があった京都・嵯峨野《さがの》の小倉《おぐら》山（左の山）。

平安《へいあん》～鎌倉《かまくら》時代初期にできた歌集

山家集《さんかしゅう》

西行《さいぎょう》（1118～1190年）の歌集で、平安《へいあん》時代末にできました。3巻《かん》に約1560首の和歌がおさめられています。西行《さいぎょう》は、もともと武士《ぶし》でしたが、仏門《ぶつもん》に入り、諸《しょ》国《こく》を旅しながら歌人としても名を上げました。素直《すなお》で自由、情熱《じょうねつ》的な歌が特徴《とくちょう》です。

新古今和歌集《しんこきんわかしゅう》

歌人でもあった後鳥羽上皇《ごとばじょうこう》が命じて1205年にできた勅撰《ちょくせん》和歌集（天《てん》皇《のう》が命じて編集《へんしゅう》させた和歌集）です。20巻《かん》に約2000首の和歌が、内容《ないよう》別に並《なら》べられています。藤原定家《ふじわらのさだいえ》、藤《ふじ》原家隆《わらのいえたか》ら5人が撰者《せんじゃ》です。西行《さいぎょう》、慈《じ》円《えん》、藤原俊成《ふじわらのとしなり》、式子内親王《しょくしないしんのう》、後鳥羽上《ごとばじょう》皇《こう》らの歌が多くおさめられています。

金槐和歌集《きんかいわかしゅう》

鎌倉幕府《かまくらばくふ》三代将軍《しょうぐん》の源実朝《みなもとのさねとも》（1192～1219年）の歌集で、鎌倉《かまくら》時代初めにできました。実朝《さねとも》は武士《ぶし》でしたが、歌の世界にあこがれ、藤原定家《ふじわらのさだいえ》の指導《しどう》を受けて歌づくりに熱中しました。『万葉集《まんようしゅう》』（→16ページ）の影響《えいきょう》を受けた力強い歌が特徴《とくちょう》です。

ひさかたの光《ひかり》
のどけき春《はる》の日《ひ》に
しづ《(ず)》心《ごころ》なく花《はな》の
散《ち》るらむ《(ん)》
紀友則《きのとものり》

夏《なつ》の夜《よ》はまだよひ《(い)》ながら
明《あ》けぬるを雲《くも》のいづ《(ず)》こに
月《つき》やどるらむ《(ん)》
清原深養父《きよはらのふかやぶ》

さびしさに宿《やど》を立《た》ち出《い》でて
ながむればいづ《(ず)》こも
同《おな》じ秋《あき》の夕暮《ゆうぐれ》
良暹法師《りょうぜんほうし》

現代語訳《げんだいごやく》

うららかに日の光がさしている春の日なのに、落ち着いた心もなく桜《さくら》の花は散っていくのだろうか。

昔は、「花」と言えば桜《さくら》をさしました。花びらが散る桜《さくら》をおしみ、そのはかなさをよんでいます。

夏の夜は短く、夜になったばかりだと思っているうちに明けてしまった。西まで行けない月は、雲のどの辺りに泊《と》まっているのだろう。

「夜になったと思ったら、もう夜明けになってしまった」と、夏の夜の短さを強調しています。

さびしさにたえられず、家を出て辺りをながめると、どこも同じようにさびしい秋の夕暮《ゆうぐ》れが広がっていることよ。

「宿」は小さな家をさします。作者は、京都の大《おお》原《はら》という山里で暮《く》らしていて、秋の夕暮《ゆうぐ》れのさびしさを感じています。

山里はいつもさびしいものだが、冬は特にさびしく感じる。人が来ることもなく、草もかれてしまうと思うので。

「かれる」には、「人がいなくなる」という意味と「草木がかれる」という意味があり、この歌では、両方の意味を表しています。

春夏秋冬の季節をよんだ歌も多数 最も多いのは秋の歌

春夏秋冬の季節は和歌の代表的な題材で、季節ごとの情景《じょうけい》やそれを見た気持ちをよみます。『小倉百人一首《おぐらひゃくにんいっしゅ》』の百首の中には、季節をよんだ歌が三十二首ありますが、最も多いのが秋の歌です。これは、藤原定家《ふじわらのさだいえ》が秋の歌を好んだからと考えられます。定家《さだいえ》は、「余情《よじょう》」（直接表現《ちょくせつひょうげん》しないけれど感じられるしみじみとした趣《おもむき》）を重んじました。草木がかれ始め、景色にさびしさを感じる秋は、「余情《よじょう》」を表すのに向いていたのでしょう。特に秋の夕暮《ゆうぐ》れは、弱々しい日が落ちていく、何とも言えないさびしさがあり、秋の夕暮《ゆうぐ》れをよんだ有名な歌があります。

掛詞《かけことば》や縁語《えんご》など、和歌の技巧《ぎこう》を使った歌が多い

和歌は、ひらがなにして数えるとわずか三十一文字でつくられます。短く限《かぎ》られた文字の中に、深い思いをこめるため、和歌にはさまざまな技巧《ぎこう》が使われています。

『小倉百人一首《おぐらひゃくにんいっしゅ》』の歌によく見られるのが、掛詞《かけことば》と縁語《えんご》です。掛詞《かけことば》とは、右の「山里は〜」の歌で、「かれる」に「人がいなくなる」と「草木がかれる」の二つの意味を持たせるような技巧《ぎこう》です。縁語《えんご》とは、「玉の緒《たまのお》」（命）と「絶《た》える」「弱る」のように、意味に関係のあることばをいくつか読みこむものです。縁語《えんご》を用いることで、歌の表現《ひょうげん》におもしろみや深みが出ます。

和歌を学ぶ時のお手本になった『小倉百人一首《おぐらひゃくにんいっしゅ》』

『小倉百人一首《おぐらひゃくにんいっしゅ》』を選んだ藤原定家《ふじわらのさだいえ》は、歌に優《すぐ》れ、数々の研究もしています。室町《むろまち》時代の歌人の正徹《しょうてつ》は「歌人であって、定家《さだいえ》をよく思わない人は神や仏《ほとけ》に守られず、罰《ばつ》を受けるだろう」とまでほめたたえています。

それほどの人が選んだ『小倉百人一首《おぐらひゃくにんいっしゅ》』なので、和歌を学ぶ際《さい》のお手本と考えられるようになり、それぞれの歌の意味やテクニックを解説《かいせつ》する書物が多くつくられました。江戸《えど》時代には、『小倉百人一首《おぐらひゃくにんいっしゅ》』を使ったかるた遊びが広まり、書道のお手本にもなりました。

現代《げんだい》でも、『小倉百人一首《おぐらひゃくにんいっしゅ》』は、古典を学ぶ入り口としてふさわしいものであり、多くの人に親しまれています。

藤原定家《ふじわらのさだいえ》の肖像《しょうぞう》。

写真＝公益財団法人　冷泉家時雨亭文庫

しのぶれど色《いろ》に出《い》でにけりわが恋《こい》は
ものや思《おも》ふ《(う)》と人《ひと》の問《と》ふ《(う)》まで
平兼盛《たいらのかねもり》

現代語訳《げんだいごやく》

だれにも知られないようにかくしてきたけれど、顔色に出てしまったようだ、私《わたし》の恋《こい》する思いが。「もの思いをしているのですか」と人がたずねるほどに。

「しのぶ」には、「気持ちが外に出そうになることをじっとこらえる」という意味があります。また、「色」は「顔色」のことで、表情《ひょうじょう》や態度《たいど》という意味です。ある人に恋《こい》をしている思いをかくそうとしているのに、「もの思い」（恋《こい》のなやみごと）でもしているように思われるほどに表に現《あらわ》れてしまったと言っています。

恋《こい》をしているという私《わたし》のうわさが早くも世間で立ってしまった。だれにも知られないように、心の中で思い始めたばかりなのに。

「てふ《(ちょう)》」は「〜といふ《(う)》」が変化したもので、和歌ではよく使われる言い方です。「恋《こい》すてふ《(ちょう)》」で「恋《こい》をしているという」の意味になります。

人に知られないように気持ちを表に出さないようにしている恋《こい》なのに、ぼんやりしているようすが、ほかの人には恋《こい》をしているとわかってしまうと言っています。

なお、平兼盛《たいらのかねもり》と壬生忠見《みぶのただみ》は、ともに三十六歌仙《かせん》（特に優《すぐ》れた三十六人の歌人）に選ばれています。

恋《こひ》すてふ《(ちょう)》わが名《な》はまだき立《た》ちにけり
人知《ひとし》れずこそ思《おも(い)》ひそめしか
壬生忠見《みぶのただみ》

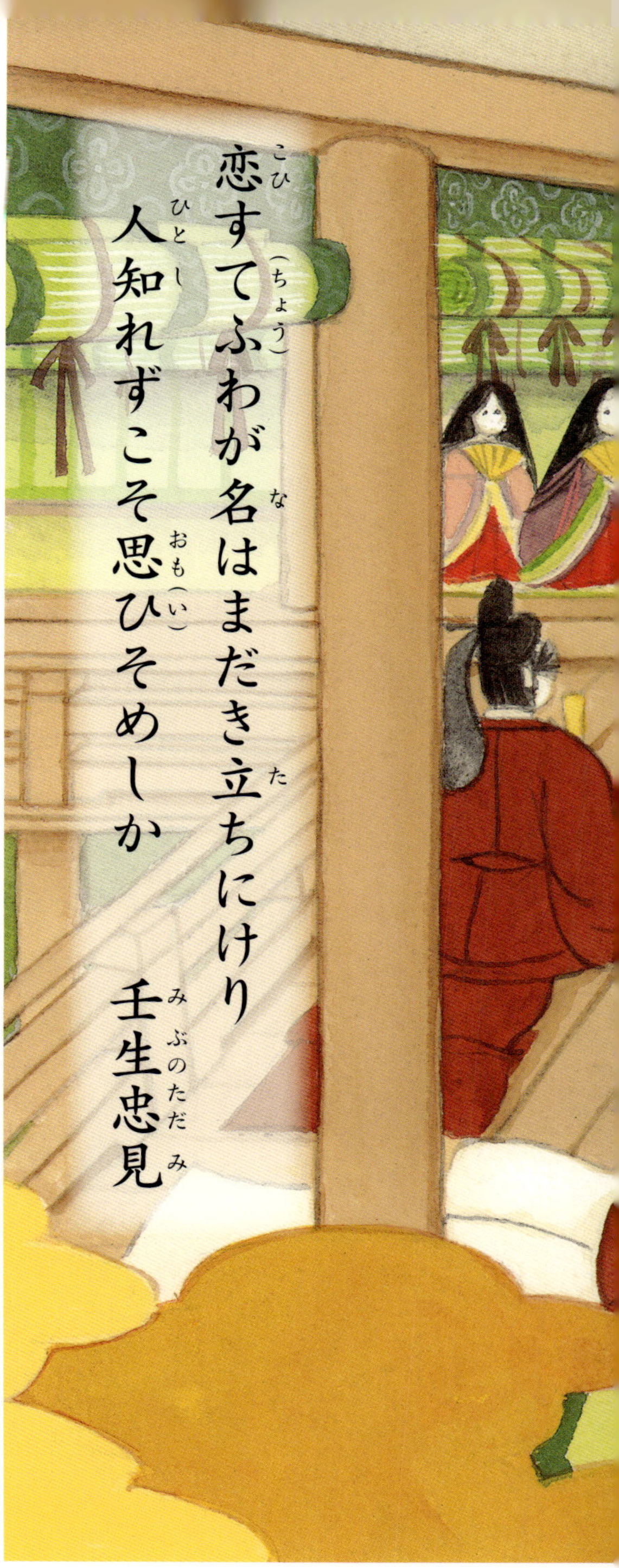

歌のライバルが、宮中の「歌合《うたあわせ》」で対決 すさまじい結末とは？

右の二首は、平安《へいあん》時代前期の村上天皇《むらかみてんのう》の時代に宮中で行われた「歌合《うたあわせ》」でよまれた歌です。歌合《うたあわせ》とは、歌人が二組に分かれて歌をよみ、審《しん》判《ぱん》役が勝敗を判定《はんてい》するもよおしです。

この時、平兼盛《たいらのかねもり》と壬生忠見《みぶのただみ》という優《すぐ》れた歌人が、「初恋《はつこい》」（恋《こい》の始まり）という題材で対決することになりました。二人の歌は共にすばらしく、審判《しんぱん》は勝ち負けを決められません。困《こま》っていたところ、天皇《てんのう》が兼盛《かねもり》の歌をくり返し口にしているので、こちらを勝ちにしました。負けた忠見《ただみ》はくやしがり、食べ物がのどを通らなくなって死んでしまったとも言われています。

恋《こい》のかけひきに欠かせない歌 「お題」に合わせてつくることも

昔は、男女の恋《こい》のかけひきに、歌をやりとりすることが多くありました。『小倉百人一首《おぐらひゃくにんいっしゅ》』でも、恋《こい》の歌が最もたくさん選ばれています。恋《こい》にもいろいろな恋《こい》があります。恋《こい》する気持ちを相手に伝える歌のほか、自分の気持ちをはっきり言わず相手をじらして気持ちを向けさせようとする歌など、さまざまな歌がよまれました。歌合《うたあわせ》などでは、「お題」（テーマ）に合わせて歌がよまれることもありました。お題には「しのぶ恋《こい》」、「別れる恋《こい》」、「待つ恋《こい》」など、さまざまな段階《だんかい》の恋《こい》があります。歌合《うたあわせ》は、優雅《ゆうが》で上品な遊びの一つでした。

競技《きょうぎ》かるた大会のようす。

写真＝一般社団法人全日本かるた協会

『小倉百人一首《おぐらひゃくにんいっしゅ》』を使って行われる遊びや競技《きょうぎ》

『小倉百人一首《おぐらひゃくにんいっしゅ》』は、お正月などに行われるかるた遊びに使われています。下《しも》の句《く》（後の七七の部分）を書いた取り札をばらまき、読み手が上《かみ》の句《く》（前の五七五の部分）から読み始めた歌の札を早く取ることを競います。江戸《えど》時代中期には、お正月の遊びとして広まっていました。

明治時代には、札を取り合う競技《きょうぎ》かるたが行われるようになりました。一対一で対戦して、二十五枚《まい》の持ち札を早くなくすことを競います。記憶《きおく》力、瞬発《しゅんぱつ》力に加え、体力も必要なので、上級者の対戦では、激《はげ》しい札の取り合いになります。

徒然草《つれづれぐさ》

兼好法師《けんこうほうし》が、日々考えたさまざまなことを自由に書き、まとめた随筆《ずいひつ》集。

❖世間をはなれ、世の中を見つめて書いた随筆《ずいひつ》

序文《じょぶん》に続き二百四十三の話が書かれた随筆《ずいひつ》集。

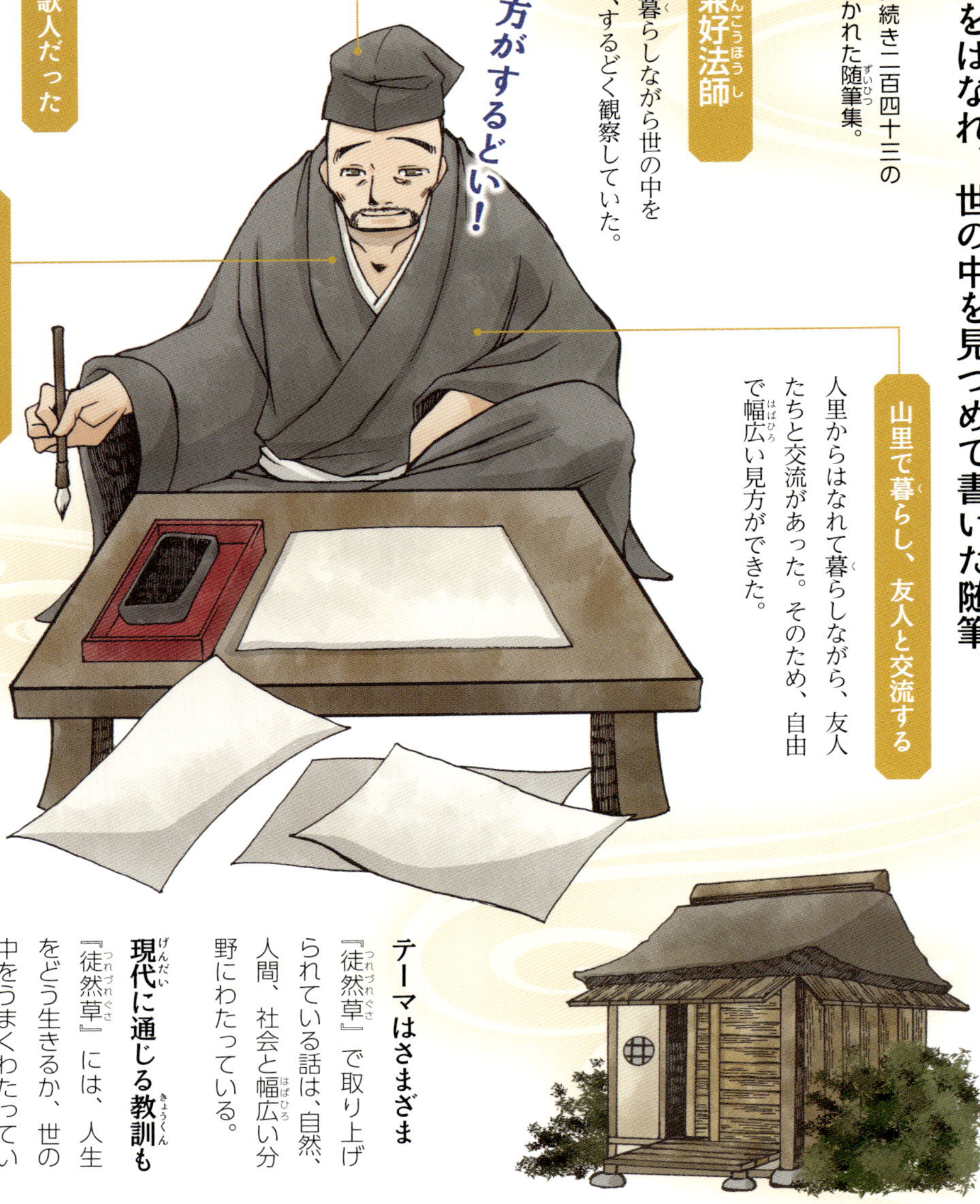

山里で暮《く》らし、友人と交流する

人里からはなれて暮《く》らしながら、友人たちと交流があった。そのため、自由で幅広《はばひろ》い見方ができた。

兼好法師《けんこうほうし》

山里で暮《く》らしながら世の中を見つめ、するどく観察していた。

ものの見方がするどい！

優《すぐ》れた歌人だった

歌が得意で、当時の「和歌四天王」の一人とされた。

古い時代を愛した

貴族《きぞく》たちの文化へのあこがれを持っていた。

テーマはさまざま

『徒然草《つれづれぐさ》』で取り上げられている話は、自然、人間、社会と幅広《はばひろ》い分野にわたっている。

現代《げんだい》に通じる教訓《きょうくん》も

『徒然草《つれづれぐさ》』には、人生をどう生きるか、世の中をうまくわたっていくにはどうすればよいかなどの教訓《きょうくん》がもりだくさん。

作者

兼好法師《けんこうほうし》（一二八三?〜一三五二年ごろ）

僧《そう》になる前は、卜部兼好《うらべかねよし》でした。若《わか》いころ宮中に仕え、三十歳《さい》ごろに僧《そう》になりました。後に、京都の山里で暮《く》らしましたが、鎌倉《かまくら》を訪《おとず》れたこともあります。

作品の内容《ないよう》

『徒然草《つれづれぐさ》』は、思ったことを自由に書き表した随筆《ずいひつ》です。全部で二百四十三の章段《しょうだん》があり、その前に、この随筆《ずいひつ》を書くことになったいきさつを書いた序段《じょだん》があります。それぞれの章段《しょうだん》には、関連性《かんれんせい》はなく、作者の兼好法師《けんこうほうし》の考えや見聞きしたことが書かれています。

平安《へいあん》時代に貴族《きぞく》たちがはなやかに暮《く》らしていたころをなつかしむ思いや、仏教《ぶっきょう》の無常観《むじょうかん》（あらゆるものは移《うつ》り変《か》わり、変わらないものはない、世の中ははかないとする考え）が全体に流れながらも、さまざまな話題について語られています。

各章段《しょうだん》は、内容《ないよう》から、仏教《ぶっきょう》の無常観《むじょうかん》についての考えを述《の》べるもの、仏教《ぶっきょう》の修行《しゅぎょう》に関するもの、暮《く》らしや趣味《しゅみ》、恋愛《れんあい》、芸《げい》、美などに関するもの、人間をよく観察して教訓《きょうくん》を語るもの、作者が見聞きしたり、伝え聞いたりした話、しきたりなどに関する話、作者の思い出や自慢《じまん》を語るものなどに分かれます。わかりやすく、筋道《すじみち》立てて語られる文章が特徴《とくちょう》です。

作品の背景《はいけい》

人間や世の中を見つめ、さまざまな話題を取り上げてするどく批評《ひひょう》する

兼好法師《けんこうほうし》は、『徒然草《つれづれぐさ》』の中で、心に思いつくままに、幅広《はばひろ》い話題を取り上げています。「桜《さくら》は満開の時だけ、月は満月だけを見るのがよいというものではない。部屋の中にいて花を思う時や雨の日に月を恋《こい》しく思うことにも深い味わいがある」と、ものの見方を語る一方で、「よい友とは、第一に、ものをくれる人」と、笑ってしまうような話題も書いています。また、「冬はどうにでもなるが、夏の暑いのはどうにもならないから、家は、夏涼《すず》しく過《す》ごせるようにしなさい」と、経験《けいけん》から語る章段《しょうだん》もあります。

話題は豊富《ほうふ》ですが、どれも作者が人間や世の中を深く見つめ、するどく批評《ひひょう》する姿勢《しせい》に基《もと》づいています。『徒然草《つれづれぐさ》』が現代《げんだい》まで長く愛読されてきたのは、こうした姿勢《しせい》が読者の共感をよんだからなのです。

兼好法師《けんこうほうし》のつくられた家柄《いえがら》 本当の姿《すがた》はどうだったのか

兼好法師《けんこうほうし》は、京都にある吉田《よしだ》神社の神官（神主など）を務《つと》める卜部《うらべ》氏の人とされ、吉田兼《よしだけん》好《こう》と呼《よ》ばれることもありました。しかし、最近の研究では、兼好法師《けんこうほうし》は吉田《よしだ》氏とは関係なく、鎌倉幕府《かまくらばくふ》で執権《しっけん》（事実上、最高の役職《やくしょく》）を務《つと》めた北条《ほうじょう》氏の一門の金沢貞顕《かねざわさだあき》の家臣《かしん》だったとする説が出されています。

新説では、戦国時代に、吉田《よしだ》神社の神官だった吉田（卜部《うらべ》）兼倶《かねとも》が、有名な兼好法師《けんこうほうし》を自分の家の系図《けいず》に書き加えたことで、その後長い間、兼好法師《けんこうほうし》＝吉田（卜部《うらべ》）兼好《けんこう》と信じられてきたと説明しています。

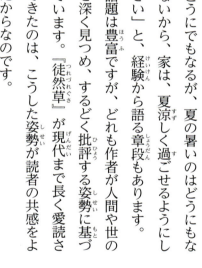

つれづれなるままに、日《ひ》ぐらしすずりに
向《む》かひ《(い)》て、心《こころ》にうつりゆくよしなしごとを
そこはかとなく書《か》き付《つ》くれば、
あやしう《(しゅう)》こそ物《もの》ぐるほ《(お)》しけれ。

現代語訳《げんだいごやく》

することもなく手持ち無沙汰《ぶさた》のままに、一日中すずりに向かって、次々に心にうかんでは消えるとりとめのないことを、気ままに書きつけていると、不思議でおかしな気分になってくるものだ。

「つれづれなる」は、「手持ち無沙汰《ぶさた》」、「することがない」という意味です。することがないので、心にうかぶことを書いていると述《の》べ、たいしたことを書くわけではないと謙遜《けんそん》しています。

京都の双ヶ丘《ならびがおか》の長泉寺《ちょうせん》にある兼好法師《けんこうほうし》の墓《はか》。兼好法師《けんこうほうし》は、山里にかくれ住んで『徒然草《つれづれぐさ》』を書いた。　2007年2月16日　京都新聞掲載

『徒然草《つれづれぐさ》』の書名は、序段《じょだん》の冒頭《ぼうとう》にある「つれづれ」からついた

『徒然草《つれづれぐさ》』の序段《じょだん》で、この随筆《ずいひつ》を書くことになったいきさつを説明しています。世の中をはなれ、山里で暮《く》らしていた兼好法師《けんこうほうし》は、「することがない」ので書くことにしたと言います。「つれづれ」は、書名にもなっています。

同じ随筆《ずいひつ》の『方丈記《ほうじょうき》』(→68ページ)の初めの文章が、格調《かくちょう》高く書かれ、作品全体の思いを示《しめ》すものだったのに対し、『徒然草《つれづれぐさ》』の初めの文章は、そっけないほどあっさりしています。

しかし、実際《じっさい》には、『徒然草《つれづれぐさ》』は、一三三〇年から何段階《だんかい》かに分け、かなり長い期間をかけてしっかり書いたとする説もあります。

あらゆるものは移《うつ》り変《か》わるとする「無常観《むじょうかん》」がにじみ出る話

『徒然草《つれづれぐさ》』が書かれた時代には、仏教《ぶっきょう》の教えが広まり、「無常観《むじょうかん》」(この世ははかないという思想)が人々の基本《きほん》的な考えになっていました。兼好法師《けんこうほうし》も、『徒然草《つれづれぐさ》』のあちこちで、無常《むじょう》観《かん》に基《もと》づく記述《きじゅつ》をしています。ただし、兼好法《けんこうほう》師《し》は、無常《むじょう》の世の中をなげくのではなく、「世は定めなきこそいみじけれ(世の中は無常《むじょう》だからこそすばらしい)」、「折節《おりふし》のうつりかはる(わ)こそものごとにあはれ(わ)なれ(季節の移《うつ》り変《か》わりに趣《おもむき》を感じる)」と、移《うつ》り変《か》わるからこそよいのだと述《の》べています。無常《むじょう》な世の中だからこそどう生きるか考えるのが、兼好法師《けんこうほうし》の姿勢《しせい》でした。

有名になったのは江戸《えど》時代

兼好法師《けんこうほうし》は、生きているころは歌人として有名でしたが、『徒然草《つれづれぐさ》』のことはほとんど知られていませんでした。兼好法師《けんこうほうし》の死後約百年たったころに、正徹《しょうてつ》という歌人でもあった僧《そう》が『徒然草《つれづれぐさ》』に注目しました。正徹《しょうてつ》は「兼好法師《けんこうほうし》のような考え方の人は、ただ一人しかいない」と高く評価《ひょうか》しています。

こうして世に知られるようになった『徒然《つれづれ》草《ぐさ》』は、江戸《えど》時代になると、印刷《いんさつ》されて売り出されました。内容《ないよう》が庶民《しょみん》にも親しみやすく、文章もわかりやすかったので、多くの人に読まれることになりました。

「初心《しょしん》の人《ひと》、二《ふた》つの矢《や》を持《も》つことなかれ。後《のち》の矢《や》を頼《たの》みて、初《はじ》めの矢《や》になほ《(お)》ざりの心《こころ》あり。毎度《まいど》ただ得失《とくしつ》なく、この一矢《ひとや》に定《さだ》まるべしと思《おも》へ《(え)》」と言《い》ふ《(う)》。

現代語訳《げんだいごやく》

「(弓の) 初心者は、二本の矢を持ってはいけない。もう一本あるからと思い、一本めの矢を真剣《しんけん》に射《い》ないことがある。一本射《い》るたびに当たるかどうか考えるのではなく、この一本の矢で勝負が決まると思いなさい」と言う。

兼好法師《けんこうほうし》が耳にした話です。

ある人が、弓を射《い》る練習をする際《さい》に、二本の矢を持って的に向かいました。そこで、師匠《ししょう》が右のように言ったというのです。

これを聞いた兼好法師《けんこうほうし》は、「たった二本の矢しか持っていないのに、師匠《ししょう》の前で弟子が矢をおろそかにしようとは思わないはずだが、師匠《ししょう》は弟子本人が気づいていない気持ちを察しているのだなあ」と、感心しています。

そして、「この教えは、どんなことにも当てはまるのだ」と言います。それに続けて、「仏《ほとけ》の道を学ぶ人は、夕方には、朝まで時間があるだろう、朝には夕方まで時間があるだろうと考え、次は念を入れて修行《しゅぎょう》しようと当てにしている。そんなふうに、後の時間を当てにしているのだから、この一《いっ》瞬《しゅん》に、修行《しゅぎょう》をおこたる心が起こっていることに気づきもしない。この一瞬《いっしゅん》に、このいましめを実行することは、なんと難《むずか》しいのだろう」となげいています。弓の師匠《ししょう》の言ったことは、弓のことだけでなく、何事にも通用する教えですよと、読者に語りかけています。

ものごとに秀《ひい》でた人のするどい指摘《してき》に感心する兼好法師《けんこうほうし》

『徒然草《つれづれぐさ》』には、右の話のように、何かに秀《ひい》でた人は深い知恵《ちえ》を持っているという話があります。「高名《こうみょう》の木登《きのぼ》り」という話では、「木登りの名人が、人を指図して高い木に登らせた。男が高い所にいる時は何も言わず、軒《のき》くらいの高さまで降《お》りたところで初めて『気をつけて降《お》りなさい』と言った。私《わたし》がその理由を聞くと、名人は『高い所では自分で用心するが、安心できるような所では、気がゆるんでけがをしやすいのです』と言った」と、体験談を語っています。

兼好法師《けんこうほうし》はこれを、人間の心にひそむ油断《ゆだん》の気持ちをいましめる話として紹介《しょうかい》しています。

現代《げんだい》の人にも参考になる教訓《きょうくん》がたくさんある

『徒然草《つれづれぐさ》』には、ある話を紹介《しょうかい》して、兼好法《けんこうほう》師《し》が感想を述《の》べる文章がよく見られます。

こんな話があります。「ある僧《そう》が、石清水《いわしみず》神社にお参りに行った。その神社は山の上にあったが、それを知らない僧《そう》は、山のふもとの神社をお参りして帰ってきた。僧《そう》は仲間に『山の上には何があったんでしょう』と言った。ちょっとしたことでも教えてあげる人がいてほしいものだ」というものです。これは、笑い話でもある失敗談ですが、現代《げんだい》の人にも似《に》たようなことが思い当たるはずです。『徒然草《つれづれぐさ》』は、多くの教訓《きょうくん》をふくんでいるのです。

小さいころから賢《かしこ》かった？疑問《ぎもん》を追求する子ども

兼好法師《けんこうほうし》は、『徒然草《つれづれぐさ》』では自分のことを謙遜《けんそん》していることが多いのですが、最後の章《しょう》段《だん》では、めずらしく自慢《じまん》めいた話をしています。

兼好法師《けんこうほうし》が八歳《さい》のころ。父に「仏《ほとけ》はどんなものか」と聞くと、父は「人が仏《ほとけ》になったのだ」と答えます。そこで「人はどうやって仏《ほとけ》になったのですか」と聞くと、父は「仏《ほとけ》の教えでなった」と答えます。質問《しつもん》をくり返し、「最初に教えを始めた仏《ほとけ》はどんな仏《ほとけ》だったのでしょう」と言うと、「空から降《ふ》ってきたか、地面からわき出したか」と苦笑しました。

幼《おさな》いころから疑問《ぎもん》を追求する子どもだったことを、誠実《せいじつ》に対応《たいおう》してくれた父の思い出と共に語っています。

江戸《えど》時代に描《えが》かれた兼好法師《けんこうほうし》の肖像《しょうぞう》。

神奈川県立金沢文庫蔵

能《のう》

役者が、せりふに節をつけてうたいながら舞《ま》う、日本独特《どくとく》の音楽劇《げき》。

主な作者

世阿弥《ぜあみ》（一三六三〜一四四三年）

能《のう》役者の観阿弥《かんあみ》の子として大和《やまと》（奈良《なら》県）に生まれました。能《のう》役者であるとともに、能《のう》作者として五十をこえる作品をつくりました（改訂《かいてい》作をふくむ）。

謡《うたい》や囃子《はやし》に合わせて役者がうたい、舞《ま》う

うたと舞《ま》いが中心となる音楽劇《げき》。

日本古来のミュージカル！

武将《ぶしょう》

源氏《げんじ》と平氏《へいし》の戦いで死んだ武将《ぶしょう》の亡霊《ぼうれい》が登場することが多い。

能面《のうめん》をつけている

武将《ぶしょう》は能面《のうめん》をつけて登場する。

ほかにもいろいろな能面《のうめん》がある。

右肩《みぎかた》をぬいでいる

上着の右肩《みぎかた》をぬいで、ここでは戦っていることを表す。

美しい衣装《いしょう》

能装束《のうしょうぞく》という美しい衣装《いしょう》を着ている。

シテ・ワキなどが登場

能《のう》は、主役であるシテ、相手役のワキ、お供《とも》をする従者《じゅうしゃ》のツレ・トモなどが演《えん》じる。

幽玄《ゆうげん》の美

謡《うたい》と舞《ま》いで演《えん》じられる能《のう》は、優雅《ゆうが》な美という意味で、「幽玄《ゆうげん》」と言われる。

作品の内容《ないよう》

能《のう》は、うたと舞《ま》いを中心とした音楽劇《げき》です。能舞台《のうぶたい》の上で能《のう》役者が演《えん》じ、囃子方《はやしかた》と呼《よ》ばれる人が、笛《ふえ》、小鼓《こつづみ》、大鼓《おおつづみ》、太鼓《たいこ》を用いて囃子《はやし》（音楽）を演奏《えんそう》します。主役をシテ、相手役をワキ、それぞれに関連する役をツレ・トモと言います。主にシテとツレの能《のう》役者は面をつけ（つけない役もある）、豪華《ごうか》な能衣装《のういしょう》を着て、うたい、舞《ま》います。能《のう》のことばを謡《うたい》と言い、せりふなどには独特《どくとく》の節があります。

『伊勢物語《いせものがたり》』（↓42ページ）や『源氏物語《げんじものがたり》』（↓54ページ）、『平家物語《へいけものがたり》』（↓74ページ）などを題材とした内容《ないよう》が多く、武将《ぶしょう》、老人、神様、高貴《こうき》な女性《じょせい》、天狗《てんぐ》などの役柄《やくがら》があります。

正式な能《のう》は、「五番立《ごばんだて》」と言って、「初番目《しょばんめ》物《もの》」（神がシテ）、「二番目物《ばんめもの》」（武将《ぶしょう》がシテ）、「三番目物《ばんめもの》」（女性《じょせい》などがシテ）、「四番目物《ばんめもの》」（ほかのものに入らない役柄《やくがら》がシテ）、「五番目物《ばんめもの》」（鬼《おに》や天狗《てんぐ》がシテ）の順に演《えん》じられ、その間に狂言《きょうげん》（↓103ページ）がはさまれます。ほかに、国の繁栄《はんえい》などを祝う、特別な「翁《おきな》」があります。

作品の背景《はいけい》

猿楽《さるがく》や田楽《でんがく》が発展《はってん》し、室町《むろまち》時代に大成された

奈良《なら》時代に中国から、曲芸《きょくげい》や手品、ものまねなどをする「散楽《さんがく》」という芸能《げいのう》が伝わりました。散楽《さんがく》は、やがて「猿楽《さるがく》」と呼《よ》ばれるようになりました。一方、平安《へいあん》時代中期から、農民の間で田植えなどの時に演《えん》じる芸能《げいのう》の「田楽《でんがく》」がおこり、鎌倉《かまくら》〜室町《むろまち》時代に武将《ぶしょう》たちの間で演《えん》じられるようになりました。

猿楽《さるがく》と田楽《でんがく》は、共にうたって舞《ま》う劇《げき》となり、それぞれ「猿楽《さるがく》の能《のう》」、「田楽《でんがく》の能《のう》」と呼《よ》ばれるようになりました。

室町《むろまち》時代に、観阿弥《かんあみ》が猿楽《さるがく》に田楽《でんがく》などの特色を取り入れて新しい猿楽能《さるがくのう》をつくり、その子の世阿弥《ぜあみ》が芸術《げいじゅつ》として今日まで続く「能《のう》」を大成しました。江戸《えど》時代に、能《のう》は将軍《しょうぐん》や大名に保護《ほご》され、武士《ぶし》の芸能《げいのう》とされました。「能《のう》」と呼《よ》ばれるようになったのは、明治時代以降《いこう》です。

能《のう》役者。『風姿花伝《ふうしかでん》』という能《のう》の理論《りろん》書を書いた。

役柄《やくがら》や感情《かんじょう》を表す能面《のうめん》

能《のう》を演《えん》じる時につける仮面《かめん》を「能面《のうめん》」、または「面《おもて》」と言います。役柄《やくがら》に応《おう》じて、いろいろな種類があります。

若《わか》くて美しい女性《じょせい》を表す「小面《こおもて》」、悲しみをあらわにし、鬼《おに》となって角《つの》が生えた女性《じょせい》を表す「般若《はんにゃ》」、鬼《おに》などを演《えん》じる時につける「しかみ」、少年などを表す「童子《どうじ》」などが主な能面《のうめん》です。

能面《のうめん》は上に向けると明るい表情《ひょうじょう》に、下に向けると悲しい表情《ひょうじょう》になります。変化がないように思われがちな能面《のうめん》ですが、角度によって豊《ゆた》かな表情《ひょうじょう》になるのです。

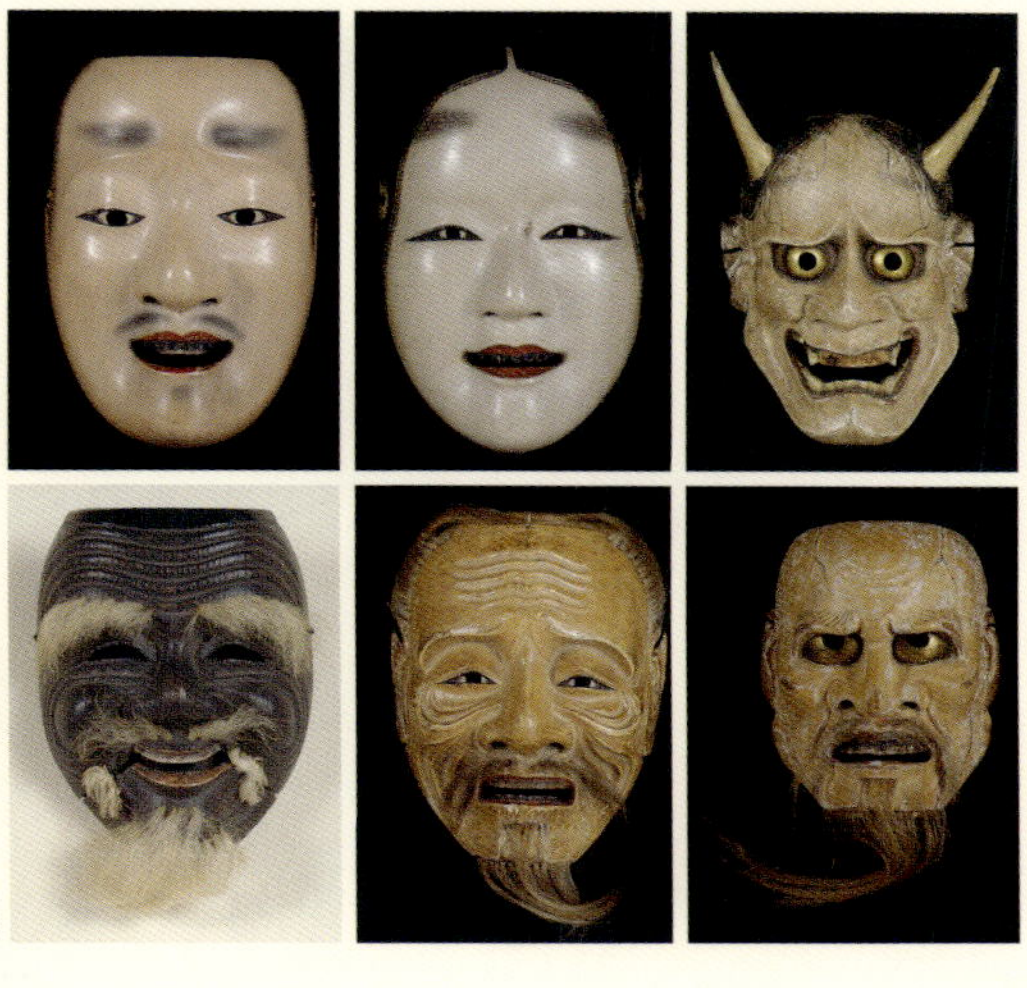
江戸《えど》時代につくられたさまざまな能面《のうめん》。石川県金《かな》沢《ざわ》市の尾山《おやま》神社に奉納《ほうのう》されたもの。

四海波静《しかいなみしず》かにて、国《くに》も治《おさ》まる時《とき》つ風《かぜ》、
枝《えだ》を鳴《な》らさぬ御代《みよ》なれや、あひ《（い）》に相生《あいおい》の、
松《まつ》こそめでたかりけれ。

現代語訳《げんだいごやく》

四方の海は波が静かで、国も平和に治まっている時、おりからふく風は、木の枝も音をたてない、おだやかな時世である。相生《あいおい》の松《まつ》は、本当にめでたいことだ。

能《のう》の「高砂《たかさご》」という曲の一部です。

九州の肥後《ひご》（熊本県《くまもとけん》）にある阿蘇《あそ》神社の神官は、都へ向かう途中《とちゅう》、美しい松《まつ》が生える、播磨《はりま》（兵庫県《ひょうごけん》）の高砂《たかさご》の浦《うら》を見物します。そこへ老夫《ろうふう》婦《ふ》が現《あらわ》れ、ほうきと熊手《くまで》で松《まつ》の葉をはき始めます。老夫婦《ろうふうふ》は「播磨《はりま》の高砂《たかさご》の松《まつ》と、大阪《おおさか》の住吉《すみよし》の松《まつ》は、『相生《あいおい》の松《まつ》』で、はなれていても夫婦《ふうふ》なのです」と語ります。「相生《あいおい》の松《まつ》」とは、一つの根から幹《みき》が分かれた松《まつ》のことで、夫婦《ふうふ》の仲のよさを表します。老夫婦《ろうふうふ》はさらに、いつも葉が青々としている松《まつ》のめでたさや和歌の道が盛《さか》んになることは、よい世の中であることをたたえるたとえなのだと言います。そして、上の場面のように「四海波静かにて、国も治まる…」とほめたたえます。

老夫婦《ろうふうふ》は、自分たちは高砂《たかさご》と住吉《すみよし》の松《まつ》の精《せい》であると神官に打ち明けて舟《ふね》に乗り、沖《おき》へこぎ出して姿《すがた》を消します。神官は松《まつ》の精《せい》を追って舟《ふね》を出し、住吉《すみよし》に着きます。するとそこに住吉明神《すみよしみょうじん》が現《あらわ》れ、さっそうと舞《ま》います。神主は感激《かんげき》し、住吉明神《すみよしみょうじん》はさらに舞《ま》い続《つづ》けます。

夫婦《ふうふ》の仲のよさと長寿《ちょうじゅ》を祝う 和歌と国の末長い平安を願う

「高砂《たかさご》」は、世阿弥《ぜあみ》作で、神がシテ（主役）となる「初番目物《しょばんめもの》」です。松《まつ》はいつも葉が青く、かれることのない、めでたい植物とされます。また、老夫婦《ろうふうふ》は、仲よく長生きする男女で、これもめでたいとされます。このように、めでたいものや人が登場し、和歌がさかんになること、ひいては国が繁栄《はんえい》することを願う内容《ないよう》です。

老夫婦《ろうふうふ》がこぎ出す場面では「高砂《たかさご》や、この浦《うら》舟《ぶね》に帆《ほ》を上げて…」とうたい、夫婦《ふうふ》が波を乗りこえて出発することを祝っています。この一節は、夫婦《ふうふ》の門出を祝うものとして、今も結婚披《けっこんひ》露宴《ろうえん》でうたわれます。

霊《れい》が姿《すがた》を変えて現《あらわ》れる夢幻能《むげんのう》 夢《む》幻能《げんのう》が能《のう》を芸術《げいじゅつ》作品に高めた

能《のう》の曲の多くは、神や亡霊《ぼうれい》のように、実際《じっさい》には存在《そんざい》しないものがシテとなり、人間に、身の上話や、今いる場所で昔起こったできごとなどを語ります。そして、自分こそがその人であると打ち明けて消え、後で正体を明かすという展開《てんかい》になります。このような形式の能《のう》は、世阿弥《ぜあみ》が完成させたもので、「夢幻能《むげんのう》」と呼《よ》ばれます。夢《む》幻能《げんのう》の形式をとることで、時間や空間をこえた情感《じょうかん》が感じられるようになり、能《のう》が一つの芸《げい》術《じゅつ》となり、「幽玄《ゆうげん》」の美を表現《ひょうげん》しています。

夢幻能《むげんのう》に対して、実際《じっさい》に生きている人がシテになる能《のう》を、「現在能《げんざいのう》」と言います。

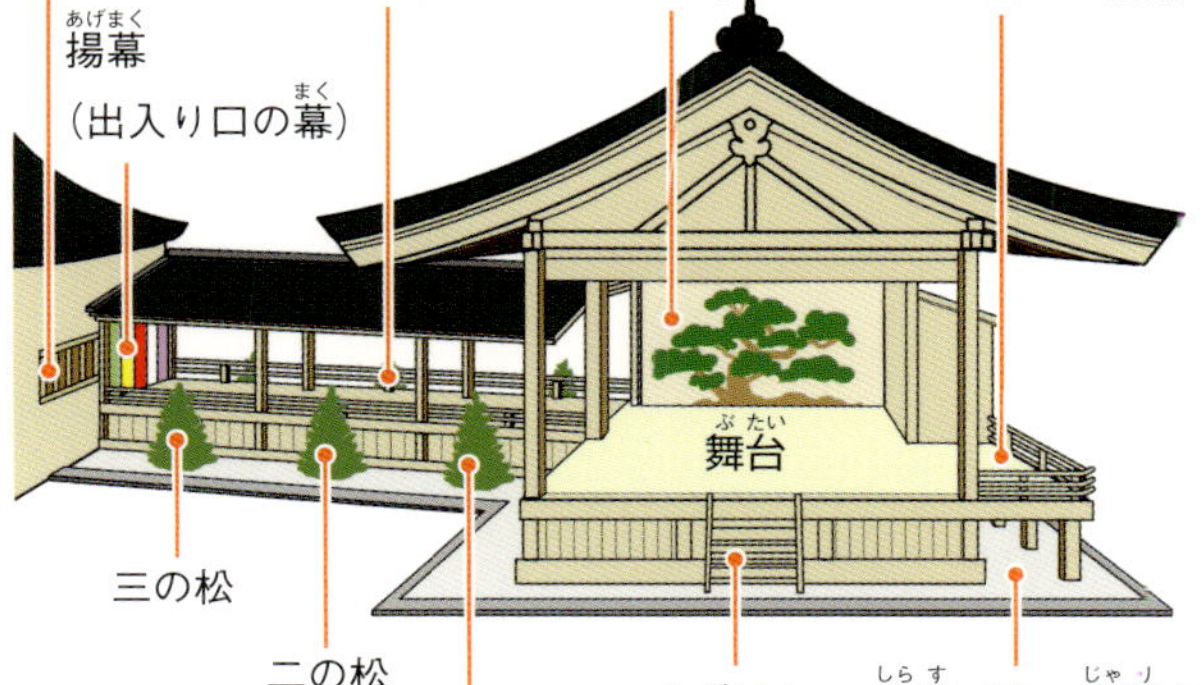

簡素《かんそ》なつくりの能舞台《のうぶたい》

能《のう》を演《えん》じる能舞台《のうぶたい》は簡素《かんそ》で、背景《はいけい》や大きな道具などはほとんどありません。もともとは神社の境内《けいだい》などにあり、明治時代以降《いこう》は屋内につくられるようになりました。舞台《ぶたい》に屋根があるのは、屋外にあったころの名残《なごり》です。

能舞台《のうぶたい》は、客席につき出すようにつくられているので、観客は正面以外の角度からも能《のう》を見ることができます。能《のう》役者は舞台《ぶたい》に対してななめについている「橋がかり」という廊《ろう》下《か》を通って出入りします。

シテ「いかに蓮生《れんせい》、敦盛《あつもり》こそ参《まい》りて候《そうら(え)》へ。
ワキ「不思議《ふしぎ》やな凫鐘《ふしょう》を鳴《な》らし法事《ほうじ》をなして、まどろむひまもなきところに、敦盛《あつもり》の来《きた》り給《たま(う)》ふぞや、さては夢《ゆめ》にてあるやらん。

現代語訳《げんだいごやく》

シテ「もうし、蓮生坊《れんせいぼう》、敦盛《あつもり》が参りました。
ワキ「不思議なことだ、鐘《かね》（凫鐘《ふしょう》）を鳴らして法事をして、ねむる時間もないところに、敦盛《あつもり》がおいでになるとは、きっと夢《ゆめ》なのだろう。

能《のう》の「敦盛《あつもり》」の一部です。

敦盛《あつもり》は、平安時代《へいあんじだい》末期の武将《ぶしょう》、平敦盛《たいらのあつもり》のことです。敦盛《あつもり》は源氏《げんじ》と平氏《へいし》が争《あらそ》うさなか、一の谷《いちのたに》の戦いで、源氏方の武将《ぶしょう》、熊谷直実《くまがいなおざね》に討《う》ち取られました。この時、敦盛《あつもり》はまだ十七歳《さい》の少年でした。直実《なおざね》は、自分の息子《むすこ》と同じくらいの年の若者《わかもの》を見のがしたいと思いながら、自分が討《う》たなければ、ほかのだれかに討《う》たれると思い、やむなくその首を討《う》ちます。しかし、このことで世のはかなさを感じ、仏門《ぶつもん》に入りました。

この話は、僧《そう》になって蓮生《れんせい》と名前を変えた直実《なおざね》が、敦盛《あつもり》の霊《れい》をとむらうために、一の谷《いちのたに》（兵庫県《ひょうごけん》）にやってくるところから始まります。蓮生《れんせい》の前に現《あらわ》れ、話を交わした男たちのうち、最後に残った男は、自分が敦盛《あつもり》であることをほのめかして姿《すがた》を消します。蓮生《れんせい》が敦盛《あつもり》の法事を始めると、そこに敦盛《あつもり》の霊《れい》が現《あらわ》れます。霊《れい》は、栄華《えいが》をほこった平家《へいけ》があっけなくほろび去ったことを語り、舞《ま》いをします。そして、「自分は直実《なおざね》に討《う》たれたが、こうして直実《なおざね》は、とむらいに来てくれた。敵《てき》ではなかった。どうか私《わたし》のとむらいをしてください」と言います。

悲劇《ひげき》の最期《さいご》をとげた若《わか》き貴公子《きこうし》 平敦盛《たいらのあつもり》の亡霊《ぼうれい》が現《あらわ》れる

「敦盛《あつもり》」は世阿弥《ぜあみ》がつくった曲で、『平家物語《へいけものがたり》』（→74ページ）でもよく知られている平敦《たいらのあつ》盛《もり》と、彼《かれ》を討《う》ちとった熊谷直実《くまがいなおざね》が登場します。

武将《ぶしょう》の亡霊《ぼうれい》がシテ（主役）となる曲は、「二番目物《ばんめもの》」、または「修羅物《しゅらもの》」と呼《よ》ばれます。討《う》ち死《じ》にした武将《ぶしょう》が合戦のことや苦しみを語り、自分のために供養《くよう》をしてほしいと訴《うった》える展開《てんかい》です。修羅物《しゅらもの》の多くは、『平家物語《へいけものがたり》』に登場する源氏《げんじ》と平氏《へいし》の武将《ぶしょう》がシテになります。

修羅物《しゅらもの》でただ一人、女性《じょせい》として登場するのが、木曽義仲《きそよしなか》の妻《つま》で、女武者《むしゃ》として合戦でも活躍《かつやく》した「巴《ともえ》」です。

能役者《のうやくしゃ》、能作家《のうさっか》として活躍《かつやく》した世阿弥《ぜあみ》 能《のう》の理論書《りろんしょ》も書く

室町《むろまち》時代に能《のう》を芸術《げいじゅつ》に高めた世阿弥《ぜあみ》は、能役《のうやく》者でもあり、能《のう》作家でもありました。幼《おさな》いころから美少年として、室町幕府《むろまちばくふ》三代将軍《しょうぐん》の足利義《あしかがよし》満《みつ》らにかわいがられ、能《のう》役者としても人気を集めました。

能《のう》作家としては、導入《どうにゅう》、展開《てんかい》、結末の三段階《だんかい》の内容《ないよう》で演《えん》じられる「序破急《じょはきゅう》」の構成《こうせい》を持つ曲を多くつくりました。また、「夢幻能《むげんのう》」をつくり出しました。さらに、能《のう》の演技《えんぎ》やけいこのしかたの理論《りろん》書も多く書いています。『風姿花伝《ふうしかでん》』はその代表で、優雅《ゆうび》な美を意味する「花」「幽玄《ゆうげん》」の解説《かいせつ》などが全七巻《かん》に書かれています。

こっけいな寸劇《すんげき》

狂言《きょうげん》

能《のう》と同じく猿楽《さるがく》から発展《はってん》した演劇《えんげき》に、狂言《きょうげん》があります。こっけいな内容《ないよう》が、せりふとしぐさで演《えん》じられます。歴史上の人物は登場せず、一般《いっぱん》の庶民《しょみん》が主人公となり、夫婦《ふうふ》げんかや失敗などを題材とする寸劇《すんげき》を演《えん》じます。主役をシテ、相手役をアドと言い、一部を除《のぞ》いては面をつけることはなく、道具類も簡単《かんたん》なものばかりです。狂言《きょうげん》役者は、狂言《きょうげん》を演じるほか、能《のう》に出演《しゅつえん》して、アイと呼《よ》ばれる役を演《えん》じることもあります。

狂言《きょうげん》の「棒縛《ぼうしばり》」。主人が出かけている間に、手をしばられている家来たちが、何とかして酒を飲もうとする、こっけいな話。

鎌倉《かまくら》～安土桃山《あづちももやま》時代のそのほかの古典

南北朝の戦乱《せんらん》を描《えが》いた軍記物語

太平記《たいへいき》

◆内容《ないよう》

鎌倉《かまくら》時代末期から、室町《むろまち》時代前期までの戦乱《せんらん》の続いた時代を描《えが》いた軍記物語です。

後醍醐天皇《ごだいごてんのう》のもとで、武将《ぶしょう》の足利《あしかが》尊氏《たかうじ》や新田義貞《にったよしさだ》、楠木正成《くすのきまさしげ》らが味方して鎌倉幕府《かまくらばくふ》をたおし、「建武《けんむ》の新《しん》政《せい》」と呼《よ》ばれる新しい政治《せいじ》が始まります。しかし、やがて尊氏《たかうじ》が天皇《てんのう》にそむき、戦乱《せんらん》の時代となります。尊《たか》氏《うじ》は京都に室町幕府《むろまちばくふ》を開き、後醍醐《ごだいご》天皇《てんのう》は吉野《よしの》（奈良《なら》県）へのがれます。その後、幕府《ばくふ》の中でも権力争《けんりょくあらそ》いがくり広げられます。『太平記《たいへいき》』では、この約五十年におよぶ戦乱《せんらん》の時代を、全四十巻《かん》で描《えが》いています。

時代が移《うつ》り変《か》わる中で、身分の低い者が力をつけて上の者をたおす「下剋上《げこくじょう》」のようすや、それまでの権威《けんい》に従《したが》わない武将《ぶしょう》たちなどが登場します。

◆できた時期

室町《むろまち》時代前期で、一三七五年ごろにできたと考えられています。何回か改訂《かいてい》されています。

◆作者

未詳《みしょう》。ある貴族《きぞく》の日記に、小島法《こじまほう》師《し》という僧《そう》が書いたという記録があります。また、後醍醐天皇《ごだいごてんのう》や足利尊《あしかがたか》氏《うじ》との交流があった玄恵《げんえ》という僧《そう》が書いたという説もあります。

◆特徴《とくちょう》

漢語（中国語から取り入れられたことば）を多く使い、格調《かくちょう》高い文体になっています。江戸《えど》時代には、講《こう》釈師《しゃくし》（書物を読み、説明する人）が、庶民《しょみん》に『太平記《たいへいき》』を語り、「太平記《たいへいき》読み」として人気を集めました。

後醍醐天皇《ごだいごてんのう》

能《のう》の理論《りろん》をまとめる

風姿花伝《ふうしかでん》

◆内容《ないよう》

能《のう》（→98ページ）について論《ろん》じた能楽書《のうがくしょ》です。略《りゃく》して『花伝《かでん》』、『花伝《かでん》書《しょ》』と言うこともあります。全七編《へん》からなる、日本で最も古い、演劇《えんげき》についての理論書《りろんしょ》です。

作者の世阿弥《ぜあみ》が、父の観阿弥《かんあみ》から教えられたことをもとに書いたもので、七歳《さい》から五十歳《さい》までの年齢《ねんれい》ごとに合ったけいこの心構《こころがま》えについて書いた部分や、男・女・神・鬼《おに》の演《えん》じ方《かた》、芸の上での心得を質問《しつもん》と回答の形式で説いた部分などがあります。

そのほかに、能《のう》のもとになった猿楽《さるがく》の歴史や能《のう》の美としての「花《はな》」や、世阿弥《ぜあみ》がめざす「幽玄《ゆうげん》（優雅《ゆうが》な美）」についての解説《かいせつ》も書かれています。

◆できた時期

室町《むろまち》時代前期で、一四〇〇年ごろに三編《べん》までまとめられましたが、残りの四編《べん》ができるまでに、二十年近くかかったとされています。その間、作者自身が内容《ないよう》を補《おぎな》ったり、改訂《かいてい》したりしていたと考えられています。

◆作者

世阿弥《ぜあみ》（一三六三～一四四三年）。大和《やまと》（奈良《なら》県）に生まれ、能《のう》役者、能《のう》作者として活躍《かつやく》しました。晩年《ばんねん》は佐渡《さど》（新潟《にいがた》県）に島流しになるなど、不幸でした。

『風姿花伝《ふうしかでん》』を書き始めたのは、四十歳《さい》になる前のことです。世阿弥《ぜあみ》は、このほかに、『花鏡《かきょう》』（一四二四年にできたもので、「初心忘《しょしんわす》るべからず」のことばがある）という能楽《のうがく》書《しょ》を書いています。また、息子《むすこ》が世《ぜ》阿弥《あみ》のことばをまとめた『申楽談《さるがくだん》義《ぎ》』（一四三〇年）もあります。

◆特徴《とくちょう》

この時代の芸能論《げいのうろん》としては、世界的にも優《すぐ》れています。能《のう》の演技《えんぎ》や心《こころ》構《がま》えなどについて述《の》べているだけでなく、芸術《げいじゅつ》についてや、弟子への教育のしかたなど、現代《げんだい》でも通用する内容《ないよう》と価値《かち》があります。

第四部

江戸《えど》時代の古典

江戸《えど》時代は、平和な時代が続き、
街道の整備《せいび》などによって、都市と
地方の交流が盛《さか》んになりました。
経済《けいざい》の成長と、寺子屋などでの教育の
普及《ふきゅう》によって、町人たちが文学を担《にな》うようになりました。
また、印刷《いんさつ》技術《ぎじゅつ》が発達し、たくさんの本を出版《しゅっぱん》できるようになりました。
江戸《えど》時代前期は上方《かみがた》(大阪《おおさか》・京都)、
後期は江戸《えど》(東京)が文化の中心となり、
俳諧《はいかい》、小説などの文学が盛《さか》んに
なりました。
町人に人気の人形浄瑠璃《にんぎょうじょうるり》や
歌舞伎《かぶき》の台本も
多く書かれました。

主な作品

『おくのほそ道《みち》』(▶P106)
『蕪村七部集《ぶそんしちぶしゅう》』(▶P112)
『おらが春《はる》』(▶P113)
『曽根崎心中《そねざきしんじゅう》』(▶P114)
『仮名手本忠臣蔵《かなでほんちゅうしんぐら》』(▶P120)
『義経千本桜《よしつねせんぼんざくら》』(▶P121)
『菅原伝授手習鑑《すがわらでんじゅてならいかがみ》』(▶P121)
『勧進帳《かんじんちょう》』(▶P121)
『雨月物語《うげつものがたり》』(▶P126)
『東海道中膝栗毛《とうかいどうちゅうひざくりげ》』(▶P132)
『浮世風呂《うきよぶろ》』(▶P133)
『日本永代蔵《にっぽんえいたいぐら》』(▶P138)
『誹風柳多留《はいふうやなぎだる》』(▶P138)
『南総里見八犬伝《なんそうさとみはっけんでん》』(▶P139)
『東海道四谷怪談《とうかいどうよつやかいだん》』(▶P139)

おくのほそ道《みち》

芭蕉《ばしょう》が、弟子と共に東北地方を旅し、俳諧《はいかい》（俳句《はいく》）を交えて書きとめた紀行文。

旅の中で生まれた名句《めいく》の数々

東北地方を旅して、俳諧《はいかい》（俳句《はいく》）をよんだ紀行文。

旅に出たくてたまらない！

松尾芭蕉《まつおばしょう》

江戸《えど》時代前期の俳人《はいじん》。俳諧《はいかい》（俳句《はいく》）を芸術《げいじゅつ》作品に高めた。

「軽み」を重んじた

身近なものを、わかりやすいことばでさらりと表現《ひょうげん》した。

何度も旅に出た

芭蕉《ばしょう》は、たびたび旅に出て句《く》をよんだ。『おくのほそ道《みち》』に描《えが》かれる旅もその一つ。

約二千四百キロメートルを歩き通した

五か月あまりの間、長い距離《きょり》を歩き通した。一日平均《へいきん》十六キロメートル歩いたことになる。

東北地方を中心とした旅の記録

『おくのほそ道《みち》』は、江戸《えど》（東京）から東北地方、北陸地方を通って、美濃《みの》（岐阜《ぎふ》県）の大垣《おおがき》までの旅を記録する。

フィクションも交えた芸術《げいじゅつ》作品

『おくのほそ道《みち》』は、単なる旅の記録ではなく、実際《じっさい》のできごととはちがうことも書いた文学作品である。

作者

松尾芭蕉《まつおばしょう》（一六四四〜一六九四年）

伊賀《いが》（三重県）に生まれ、俳諧連歌《はいかいれんが》を学びました。後に江戸《えど》（東京）に移《うつ》り、俳諧《はいかい》を新しい芸術《げいじゅつ》につくり上げました。たびたび、句《く》をつくる旅に出ました。

作品の内容《ないよう》

『おくのほそ道《みち》』は、一六八九年に、松尾芭蕉《まつおばしょう》が、江戸《えど》（東京）から東北地方を回り、北陸地方を経《へ》て美濃《みの》（岐阜《ぎふ》県）の大垣《おおがき》までを旅したことをつづったものです。約五か月にわたる旅の紀行文と、その先々でよんだ約五十の俳諧《はいかい》（俳句《はいく》）とで構成《こうせい》されています。ほとんどの道のりを、弟子の河合曽良《かわいそら》と共に歩いています。

春三月に江戸《えど》の深川《ふかがわ》をたち、日光《にっこう》（栃木《とちぎ》県）、塩釜《しおがま》・松島《まつしま》（宮城《みやぎ》県）と北上し、夏のさかりに、かつて奥州藤原《おうしゅうふじわら》氏が栄華《えいが》をほこった平泉《ひらいずみ》（岩手県）にいたります。立石寺《りっしゃく》（山形県）に立ち寄《よ》った後、最上《もがみ》川を下り、出羽《でわ》三山、象潟《きさかた》（秋田県）と、日本海側に出ます。そこからは海岸沿《ぞ》いに南下し、越後《えちご》（新潟《にいがた》県）、越中《えっちゅう》（富山《とやま》県）を通って金沢《かなざわ》（石川県）に着くころは秋の気配がただよっていました。そして、さらに大垣《おおがき》（岐阜《ぎふ》県）まで足をのばして旅を終えています。

芭蕉《ばしょう》は、生涯《しょうがい》に何度も旅に出ていますが、『おくのほそ道《みち》』の旅は、期間も距離《きょり》も最も長いものでした。

作品の背景《はいけい》

味わい深い芭蕉《ばしょう》の俳諧《はいかい》（俳句《はいく》）の「さび」「しをり《(お)》」「細み」「軽み」

室町《むろまち》～江戸《えど》時代初期に、連歌《れんが》からおこった「俳諧《はいかい》（こっけいな）連歌《れんが》」を、芸術《げいじゅつ》作品に高めたのが松尾芭蕉《まつおばしょう》です。芭蕉《ばしょう》の句《く》の味わいは「蕉風《しょうふう》」と呼《よ》ばれ、閑寂《かんじゃく》（もの静かで趣《おもむき》がある）で風雅《ふうが》（みやびやか）をめざします。

芭蕉《ばしょう》の俳諧《はいかい》は、生涯《しょうがい》を通じて変化しました。若《わか》いころは、ことば遊びや漢語（中国語から取り入れられたことば）を使った俳諧《はいかい》をよんだ時期もあります。それを大きく変えたのは、『おくのほそ道《みち》』の旅でした。この旅で、芭蕉《ばしょう》は、「不易流行《ふえきりゅうこう》」の理念を見出《みいだ》します。「不易《ふえき》」は永遠に変わらないもの、「流行《りゅうこう》」は常《つね》に変わるもので、「新しいもの（流行《りゅうこう》）を求めることこそが変わらないこと（不易《ふえき》）である」という考えです。その考えが大もとにあり、「さび」、「しをり《(お)》」、「細み」といった考えを取り入れ、さらに、身近なものをさらりと表現《ひょうげん》する「軽み」を追い求めるのが、蕉風《しょうふう》の特徴《とくちょう》です。

蕉風《しょうふう》

さび
自然と一体になって、かれた中にある美しさ

しをり《(お)》
こまやかな感情《かんじょう》が余情《よじょう》としてにじみ出る

細み
句《く》の対象《たいしょう》に対する、深くこまやかな心の働き

↓

軽み
身近なものに新しい詩情《しじょう》を見出《みいだ》し、さらりと表現《ひょうげん》する

不易流行《ふえきりゅうこう》

いつまでも変化しない本質《ほんしつ》的なものを忘《わす》れない中にも、新しく変化を重ねているものをも取り入れていくこと。

不易《ふえき》 ― **流行《りゅうこう》**

不易《ふえき》と流行《りゅうこう》はつながっている。

『おくのほそ道《みち》』の旅の中で見出《みいだ》したとされる。

連歌《れんが》から生まれた「俳諧《はいかい》の連歌《れんが》」が芭蕉《ばしょう》によって芸術《げいじゅつ》作品に

古くからよまれていた和歌は、五・七・五・七・七の三十一文字でつくられます。室町《むろまち》時代になると、和歌の上《かみ》の句《く》（前の五・七・五）をさす長句《ちょうく》と下《しも》の句《く》（後の七・七）をさす短《たん》句を交互《こうご》によんでいく連歌《れんが》が盛《さか》んになりました。その中で、こっけいな味わいを主とした「俳諧《はいかい》の連歌《れんが》」が生まれました。俳諧《はいかい》とは、「こっけい」という意味です。俳諧《はいかい》の連歌《れんが》は、江戸《えど》時代前期に、芭蕉《ばしょう》によって芸術《げいじゅつ》作品に高められ、単に「俳諧《はいかい》」と呼《よ》ばれ、長句《ちょうく》（五・七・五）は「発句《ほっく》」と言われるようになりました。なお、発句《ほっく》が「俳句《はいく》」と呼《よ》ばれるようになるのは、明治《めいじ》時代になってからのことです。

連歌《れんが》から俳諧《はいかい》へ

和歌 → **連歌《れんが》** → **俳諧連歌《はいかいれんが》** → **俳諧《はいかい》**

和歌：五・七・五・七・七の三十一文字できている。前の五・七・五を上《かみ》の句《く》、後の七・七を下《しも》の句《く》という。

連歌《れんが》：長句《ちょうく》（五・七・五）と短句《たんく》（七・七）を別の人が交互《こうご》によんでいく。

俳諧連歌《はいかいれんが》：こっけい味を持つ連歌《れんが》。

俳諧《はいかい》：芸術《げいじゅつ》作品に高められたもの。連歌《れんが》の長句《ちょうく》（五・七・五）を発句《ほっく》（現在《げんざい》の俳《はい》句《く》）という。

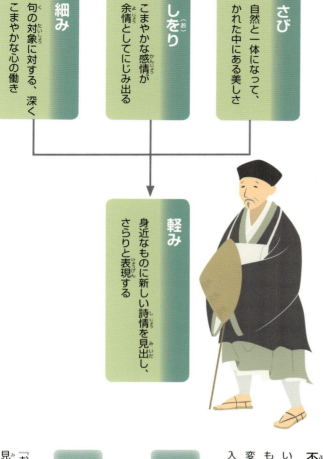

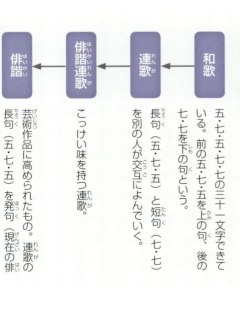

月日《つきひ》は百代《はくたい》の過客《かかく》にして、行《ゆ》きかふ《(う)》年《とし》もまた旅人《たびびと》なり。舟《ふね》の上《うえ》に生涯《しょうがい》をうかべ、馬《うま》の口《くち》とらへ《(え)》て老《おい》をむかふ《(う)》るものは、日々《ひび》旅《たび》にして旅《たび》をすみかとす。

現代語訳《げんだいごやく》

月日は永遠の旅人であり、来ては過《す》ぎていく年も同じように旅人である。船頭として一生を船の上で過《す》ごす者や、馬子《まご》として馬のくつわを取って年老いていく者は、毎日毎日を旅をして過《す》ごし、旅の中で生きているのだ。

「百代《はくたい》」は、「長い年月」で、「永遠」という意味を表します。また、「過客《かかく》」は「過《す》ぎていく者」で、旅人をさします。芭蕉《ばしょう》は、船頭や馬子《まご》（馬に人や荷物を乗せ、操《あやつ》る人）のように生涯《しょうがい》を旅に生きる人にあこがれ、旅に出たいと思っていました。この文章に続き、「昔の人も旅の途中《とちゅう》で死んでいった」と書き、中国の詩人李白《りはく》や日本の西行《さいぎょう》（→87ページ）が旅に生き、旅に死んだことへの思いやあこがれをつのらせています。

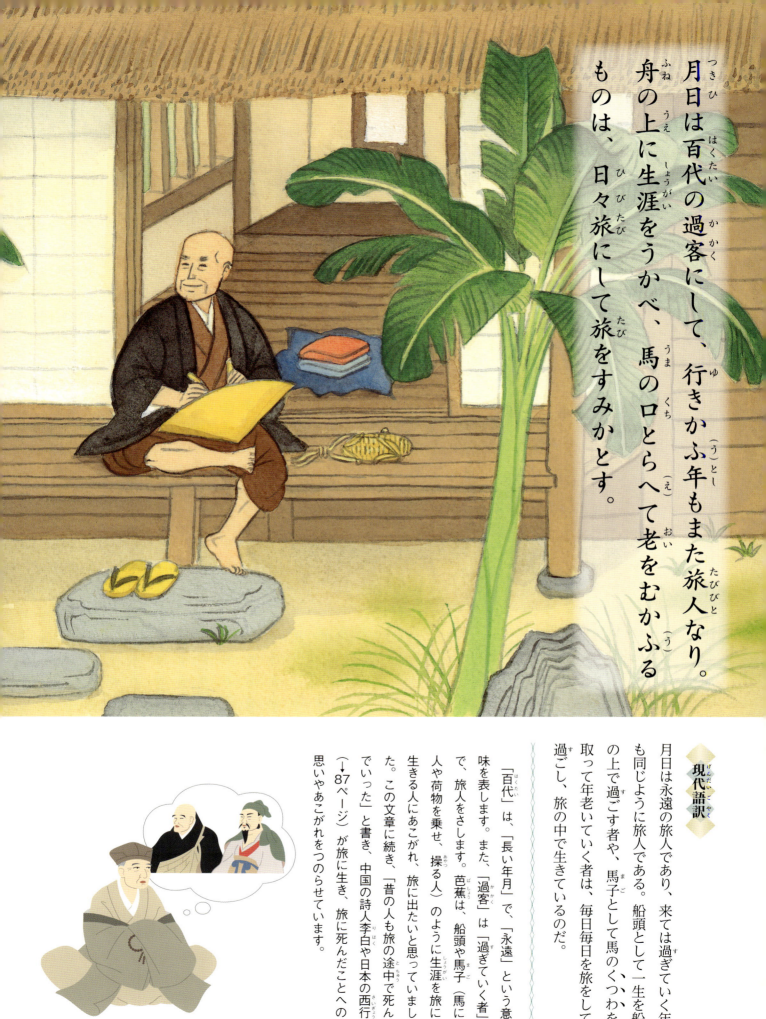

『おくのほそ道《みち》』の旅に出るまでのいきさつ

伊賀《いが》（三重県）の上野《うえの》に生まれた芭蕉《ばしょう》は、若《わか》いころから俳諧連歌《はいかいれんが》に親しみました。江戸《えど》に出てからは一流の俳諧師《はいかいし》となり、多くの弟子を持つようになりました。それまでにも芭蕉《ばしょう》は、たびたび俳諧《はいかい》（俳句《はいく》）をつくる旅に出ていますが、またも旅への思いがつのり、東北地方へ旅に出る決意をします。

東北地方に向かったのは、西行《さいぎょう》がこの地方を旅したことも影響《えいきょう》していると思われます。ほかに、世の中からはなれて自然と一体になる、昔の和歌によまれた場所を自分の目で見る、各地の弟子に会うなどの目的もありました。

親しい人たちとの別れをおしみつついよいよ旅に出発する

右の文章は、『おくのほそ道《みち》』の書き出しです。旅への思いを正直に述《の》べ、いても立ってもいられなくなったと書いています。江戸《えど》・深川《ふかがわ》の粗《そ》末《まつ》な住まいで、旅支度《じたく》をする間も、行く先々の光景が目にうかびます。

三月の出発の日、船で千住《せんじゅ》まで行きます。親しい人々がここまで見送りに来てくれました。いよいよ別れとなり、それさえも幻《まぼろし》ではないかと思うとなみだがあふれます。「行く春や鳥啼《なき》魚の目は泪《なみだ》（春が終わろうとしている時、春をおしんで鳥が鳴き、魚の目もなみだをうかべているようだ）」の句《く》をよんで出発しました。

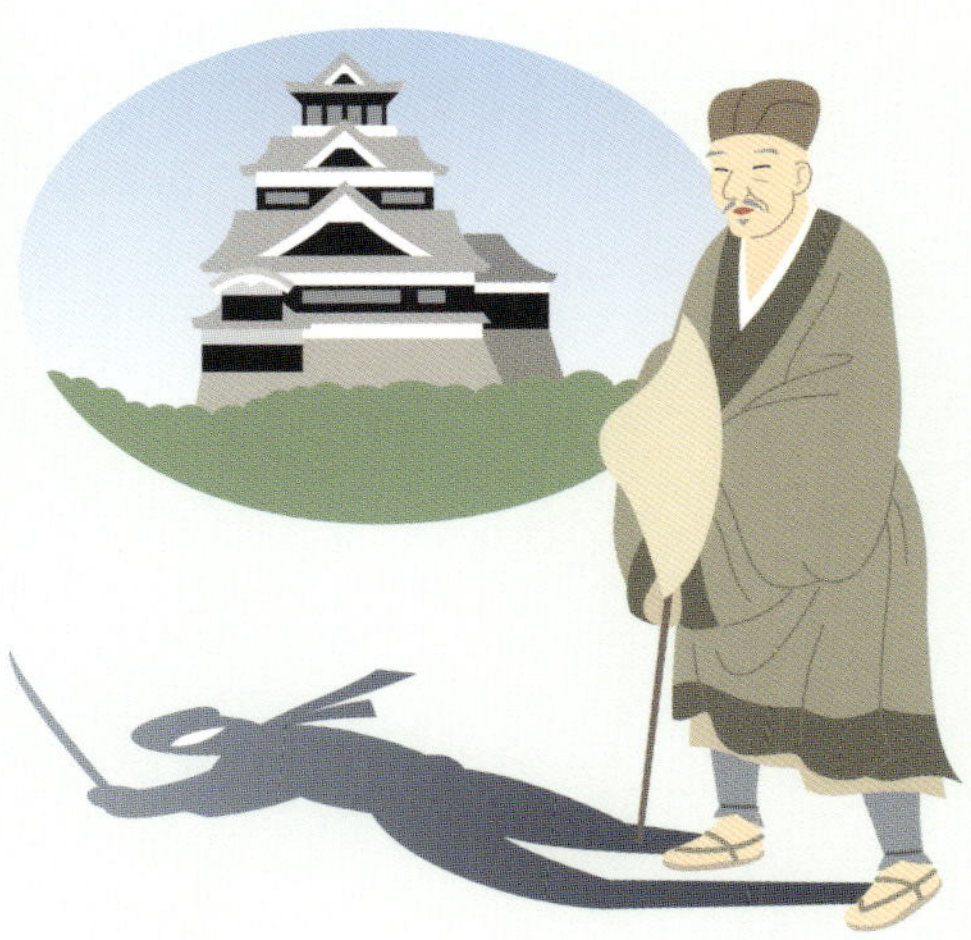

生涯《しょうがい》を旅に生きた芭蕉《ばしょう》

芭蕉《ばしょう》は旅にあこがれ、たびたび出かけています。それは、尊敬《そんけい》する詩人・歌人たちが、旅を好んだことに影響《えいきょう》されているとも考えられます。

芭蕉《ばしょう》の紀行文は、一六八四年の『野《の》ざらし紀行《きこう》』に始まり、『鹿島紀行《かしまきこう》』、『笈《おい》の小文《こぶみ》』（共に一六八七年）、『更科紀行《さらしなきこう》』（一六八八年）と続きます。こうした旅を重ねる中で、芭蕉《ばしょう》の句風《くふう》である蕉風《しょうふう》が確立《かくりつ》されていきました。

当時の旅は徒歩によるものでしたが、芭蕉《ばしょう》はかなり速いスピードで歩いています。そのため、忍者《にんじゃ》の里である伊賀《いが》（三重県）上野《うえの》出身の芭蕉《ばしょう》は、実は忍者《にんじゃ》で、幕府《ばくふ》の命令で各地を探《さぐ》る旅に出ていたのではないかという説があるほどです。

さても義臣《ぎしん》すぐつて（っ）
この城《じょう》にこもり、
功名一時《こうめいいちじ》の草村《くさむら》となる。
国破《くにやぶ》れて山河《さんが》あり、
城春《じょうはる》にして草青《くさあお》みたりと、

現代語訳《げんだいごやく》

それにしても、義《ぎ》を重んじる武士《ぶし》たちがここにあった城《しろ》（館《やかた》）にたてこもり、見事に戦ったものだが、その手柄《てがら》や名声も一時のもので、今はそのあとは、ただの草むらになっている。「国破《やぶ》れて山河《さんが》あり、城春《じょう》にして草青みたり」という詩の一節を思い出し、笠《かさ》をしき、腰《こし》を下ろして、長い間なみだを落としていた。

夏草や兵《つわもの》どもが夢《ゆめ》の跡《あと》

（この辺りは、今は夏草が生いしげっているだけだが、昔の兵士たちが手柄《てがら》を立て、名声を上げようと戦ったあとである。昔の栄華《えいが》を思うと、なにもかもむなしい思いである。）

芭蕉《ばしょう》は、弟子の曽良《そら》と共に、平泉《ひらいずみ》までやってきました。平泉《ひらいずみ》は、平安《へいあん》時代に奥州藤原《おうしゅうふじわら》氏という豪《ごう》族《ぞく》が約百年間にわたって繁栄《はんえい》し、栄華《えいが》をほこった地です。また、『平家物語《へいけものがたり》』（↓74ページ）にも登場する武将《ぶしょう》の源義経《みなもとのよしつね》が兄の頼朝《よりとも》に追われてにげ、最期《さいご》をとげた地でもあります。芭蕉《ばしょう》が訪《おとず》れた時は、すでにそのころから約五百年がたち、夏草の生いしげる場所になっていました。「国破《やぶ》れて山《さん》河《が》あり～」は、中国の詩人、杜甫《とほ》がよんだ詩の一節で、「戦いに敗れても自然は変わらない」という思いを述べています。芭蕉《ばしょう》も同じ思いをいだくと共に、どんな栄華《えいが》も長く続かないむなしさを感じて、この句《く》をよんだのです。

笠打《かさう》ちしきて、時《とき》のうつるまでなみだを落《おと》しはべりぬ。

夏草《なつくさ》や兵《つわもの》どもが夢《ゆめ》の跡《あと》

繁栄《はんえい》と栄華《えいが》のあと地で感じるむなしさをよんだ名句《めいく》

平泉《ひらいずみ》（岩手県）を訪《おとず》れることは、芭蕉《ばしょう》にとってこの旅での大きな目的の一つでした。芭蕉《ばしょう》があこがれる西行《さいぎょう》（↓87ページ）が訪《おとず》れた場所であり、かつて藤原《ふじわら》氏が繁栄《はんえい》し、義経《よしつね》が討《う》たれる悲劇《ひげき》もあったこの地を、自分の目で確《たし》かめたいという思いがあったのでしょう。

しかし、目の前の光景に昔のおもかげはなく、夏草が青々としげっているだけです。どんな栄《えい》華《が》もむなしく消えていく。これは、仏教《ぶっきょう》の無常《むじょう》観《かん》（あらゆるものは移《うつ》り変《か》わり、同じでなく、すべてはむなしい）を思い起こさせます。そこでよんだこの句《く》は、芭蕉《ばしょう》の代表的な名句《めいく》です。

旅を通してさらなる高い境地《きょうち》へと句風《くふう》を発展《はってん》させる

芭蕉《ばしょう》は旅を通して、自《みずか》らの句風《くふう》（蕉風《しょうふう》）を高めていきました。『おくのほそ道《みち》』の旅では、蕉風《しょうふう》の大もととなる「不易流行《ふえきりゅうこう》」を見出《みいだ》しました。その旅を終えた芭蕉《ばしょう》は、一六九〇年に近江《おうみ》（滋賀《しが》県）で、弟子たちと句集《くしゅう》をつくりますが、この時の句《く》はそれまでとはちがい、深い思いをさらりと表現《ひょうげん》する「軽み」が現《あらわ》れたものでした。

一六九四年、芭蕉《ばしょう》は西国への旅を志《こころざ》しますが、その途中《とちゅう》の大阪《おおさか》で亡《な》くなります。「旅に病んで夢《ゆめ》は枯《か》れ野《の》をかけめぐる（旅の途中《とちゅう》で病気になったが、夢《ゆめ》の中では、かれ野をかけめぐっている）」が、人生で最後の句《く》でした。

『おくのほそ道《みち》』でよまれた主な俳諧《はいかい》（俳句《はいく》）

五月雨《さみだれ》を集めて早し最上《もがみ》川

梅雨《つゆ》時の雨を集めて流れるように勢《いきお》いよく流れる最上《もがみ》川であることだ。（最上《もがみ》川）

閑《しず》かさや岩にしみ入る蟬《せみ》の声

静《しず》まり返った中で、岩にしみこむようにせみの声が聞こえてくる。（立石《りっしゃく》寺）

荒海《あらうみ》や佐渡《さど》に横たふ（う）天の川

あらあらしく波立つ海の向こうに佐渡《さど》が見える。その島の上に、天の川が壮大《そうだい》に横たわっている。（市振《いちぶり》）

蛤《はまぐり》のふたみに別れ行く秋ぞ

はまぐりが、ふた（殻《から》）と身に分かれるように、友と別れて、二見《ふたみ》（伊勢《いせ》［三重県］の地名）に向かう秋の日だ。（大垣《おおがき》）

蕪村七部集《ぶそんしちぶしゅう》

与謝蕪村《よさぶそん》に関係する代表的な俳諧《はいかい》書を集めた選集。絵画のような印象《いんしょう》の句《く》が多い。

作者

与謝蕪村《よさぶそん》（一七一六〜一七八三年）
摂津《せっつ》（大阪府《おおさかふ》）に生まれ、二十歳《さい》ごろに江戸《えど》（東京）に出て俳諧《はいかい》を学びました。師匠《ししょう》の死後、北関東を放浪《ほうろう》します。俳人《はいじん》・画家として活躍《かつやく》しました。

死後百数十年後に評価《ひょうか》された与謝蕪村《よさぶそん》の価値《かち》

江戸《えど》時代中期の俳諧《はいかい》を支《ささ》えた与謝蕪村《よさぶそん》ですが、その死後は忘《わす》れ去《さ》られていました。しかし、百数十年がたった明治時代に、歌人・俳人《はいじん》として活躍《かつやく》した正岡子規《まさおかしき》が、俳諧《はいかい》（俳句《はいく》）を新しい芸術《げいじゅつ》へと改革《かいかく》する中で、蕪村《ぶそん》を高く評価《ひょうか》したことから、再《ふたた》び注目を浴びることになりました。

子規《しき》は、蕪村《ぶそん》がものごとを客観的に観察し、写生するように句《く》をよんだことをほめたのです。

作品の内容《ないよう》

一八〇八年に刊行《かんこう》された、与謝蕪村《よさぶそん》に関係する俳諧《はいかい》書を集めた選集です。『其雪影《そのゆきかげ》』、『明烏《あけがらす》』、『桃李《ももすもも》』など八編《へん》がおさめられています。

蕪村《ぶそん》は、摂津《せっつ》（大阪府《おおさかふ》）に生まれ、二十歳《さい》のころに江戸《えど》（東京）で早野巴人《はやのはじん》に俳諧《はいかい》を学びましたが、一方で、子どものころから絵にも親しんでいました。三十六歳《さい》で京都に行って絵を本業とし、日本の伝統《でんとう》的な絵画のほか、中国の絵の技術《ぎじゅつ》も学びました。

本格《ほんかく》的に俳諧《はいかい》に打ちこむようになったのは五十五歳《さい》ごろからです。その句《く》の多くは、歴史や古典を題材として、絵画のような印象《いんしょう》をあたえるものです。それは、蕪村《ぶそん》の持つ教養《きょうよう》と、画家としての技量《ぎりょう》に基《もと》づいています。

松尾芭蕉《まつおばしょう》（→106ページ）の後、俳諧《はいかい》の世界はいくつもの流派《りゅうは》ができ、それぞれが自分の流派《りゅうは》を盛《さか》んにすることを考えたため、芸術性《げいじゅつせい》の追求からはなれたものになっていました。蕪村《ぶそん》は、芭蕉《ばしょう》が打ち立てた蕉風《しょうふう》にもどることを唱え、天《てん》明期《めい》（十八世紀末）の俳諧《はいかい》の中心となりました。

蕪村《ぶそん》の句《く》

※『蕪村七部集《ぶそんしちぶしゅう》』以外の句《く》もふくむ。

菜《な》の花《はな》や月《つき》は東《ひがし》に日《ひ》は西《にし》に

見わたす限《かぎ》りの菜の花畑。夕日が西の空にしずもうとしています。そして、東の空を見ると、美しい月がのぼってきます。雄大《ゆうだい》で、絵にかいたような春の情景《じょうけい》が思いうかびます。

さみだれや大河《たいが》を前《まえ》に家《いえ》二軒《にけん》

「さみだれ」は「五月雨」で、現在《げんざい》の梅雨《つゆ》のことです。毎日降《ふ》り続《つづ》く梅雨《つゆ》のために、川の水かさが増《ま》しています。川の向こう岸に、小さな家が二軒《にけん》、今にもおし流されそうに建っている光景をよんだ句《く》です。

朝《あさ》がほ《（お）》や一輪《いちりん》深《ふか》き淵《ふち》のいろ

「淵《ふち》」は、川などで、深く、流れのないところです。淵《ふち》は、水の色がこく、あい色に見えます。秋の朝、一輪だけさいている朝顔は、深い淵《ふち》の色のように、深みのある色合いをしているとよんでいます。

化《ば》けさう《（そ）》な傘《かさ》かす寺《てら》の時雨《しぐれ》かな

知り合いの寺を訪《たず》ねて帰ろうとすると、冬の雨になっています。かさを借りると、なんとも古ぼけたかさで、夜になると化《ば》け物《もの》になりそうです。そんなかさをさして帰るようすを想像《そうぞう》すると、くすりと笑えます。

おらが春《はる》

小林一茶《こばやしいっさ》が、一年間のできごとと感想を、俳諧《はいかい》と共につづった俳文《はいぶん》集。

作者

小林一茶《こばやしいっさ》（一七六三〜一八二七年）

信濃《しなの》（長野県）の農家に生まれました。十五歳《さい》で江戸《えど》（東京）に出て俳諧《はいかい》を学び、その後、各地を旅しました。五十一歳《さい》からは故郷《こきょう》で暮《く》らしました。

作品の内容《ないよう》

一八一九年、小林一茶《こばやしいっさ》が五十七歳《さい》の年の元旦《がんたん》から年末までの一年間に起こったできごとや、その感想などに、折々によんだ句《く》を交えて書きつづった俳文集《はいぶんしゅう》です。

前の年に生まれた長女が幼《おさな》くして病気で亡《な》くなり、その悲しみの気持ちがありのままにつづられています。文章も句《く》も優《すぐ》れ、年を重ねた一茶《いっさ》の円熟《えんじゅく》ぶりが感じられます。

刊行《かんこう》されたのは、一茶《いっさ》が亡《な》くなってから二十五年がたった一八五二年のことでした。題名は、巻頭《かんとう》の「目出度《めでた》さもちう（ちゅう）位《くらい》なりおらが春《はる》」の句《く》からとられています。

最後の句《く》は、「ともかくもあなた任《まか》せの年の暮《く》れ」で、一茶《いっさ》が信仰《しんこう》していた浄土真宗《じょうどしんしゅう》の「他《た》力本願《りきほんがん》」の考えをふまえています。「他力本願《たりきほんがん》」とは、自分の力ではなく、阿弥陀仏《あみだぶつ》が民衆《みんしゅう》を救おうとする力によって救われようとするものです。この句《く》は、「すべてを阿弥陀《あみだ》様にお任《まか》せする」という意味で、自分の身を阿弥陀仏《あみだぶつ》に投げ出して願う気持ちを表しています。

一茶《いっさ》の句《く》

目出度《めでた》さもちう（ちゅう）位《くらい》なりおらが春《はる》

「春」は正月のこと。何の用意もなくむかえる正月だが、年をとった自分には、めでたいと言ってもいい加減《かげん》なもの。あるがままの姿《すがた》で新年をむかえようとよんでいます。ほかの読み取り方を示《しめ》す説もあります。

我《われ》と来《き》て遊《あそ》べや親《おや》のない雀《すずめ》

春の日、親とはぐれてしまったように見える子すずめに、「こっちに来ていっしょに遊ぼう」と呼《よ》びかけています。幼《おさな》くして母を亡《な》くした一茶《いっさ》が、子どものころを思い出してよんだ句《く》です。

名月《めいげつ》を取《と》つ（っ）てくれろとなく子《こ》かな

秋の十五夜の月が美しく夜空にうかんでいるのを見て、「あの月を取って」と泣《な》く子どものようすをよんだ句《く》です。むじゃきな子どもの姿《すがた》を、ほほえましいと感じています。

雀《すずめ》の子《こ》そこのけそこのけ御馬《おんま》が通《とお》る

春の日、子すずめがいる所を馬が通ろうとしています。「危《あぶ》ないから、どいたどいた」と、子すずめに優《やさ》しく注意するようすをよんでいます。権力者《けんりょくしゃ》（馬）と弱者（子すずめ）の関係に心を痛《いた》めているとする説もあります。

家庭生活にめぐまれない中で弱者への同情《どうじょう》を句《く》にする

三歳《さい》で母を亡《な》くした一茶《いっさ》は、八歳《さい》でまま母をむかえますが、うまくなじめず、故郷《こきょう》をはなれます。その後も、家族との財産争《ざいさんあらそ》いが続きました。五十二歳《さい》で結婚《けっこん》しますが、子どもや妻《つま》を次々に亡《な》くすなど、家庭生活にはめぐまれませんでした。

そんな人生で一茶《いっさ》がよんだ句《く》は、弱者へ目を向け、同情《どうじょう》する内容《ないよう》が多いのが特徴《とくちょう》です。ことばづかいも素朴《そぼく》で、かざりけのないものです。

曽《そ》根《ね》崎《ざき》心《しん》中《じゅう》

近松門左衛門《ちかまつもんざえもん》が人形浄瑠璃《にんぎょうじょうるり》の脚本《きゃくほん》として、悲しい男女の事件《じけん》を描《えが》く。

お初《はつ》と徳兵衛《とくべえ》の悲しく切ない事件《じけん》

この時代に起こった事件《じけん》をもとに脚色《きゃくしょく》を加えた物語。

お初《はつ》

大阪《おおさか》の遊女。十九歳《さい》。

徳兵衛《とくべえ》

大阪《おおさか》のしょうゆ屋で働いている。二十五歳《さい》。

いちずな恋《こい》をつらぬく

ほかの女性《じょせい》との結婚《けっこん》をすすめられても、お初《はつ》を愛しているので応《おう》じなかった。

愛する人を最後まで信じる

恋人《こいびと》である徳兵衛《とくべえ》を信じ、あの世でいっしょになることを願う。

「世話物《せわもの》」ブームの火つけ役

人形浄瑠璃《にんぎょうじょうるり》で上演《じょうえん》

『曽根崎心中《そねざきしんじゅう》』は、人形浄《にんぎょうじょう》瑠璃《るり》という、人形を操《あやつ》って見せる芝居《しばい》で演《えん》じられた。

人形浄瑠璃《にんぎょうじょうるり》では初めての「世話物《せわもの》」

『曽根崎心中《そねざきしんじゅう》』は、実際《じっさい》に起こったできごとをもとにした「世話物《せわもの》」として、人形浄瑠璃《にんぎょうじょうるり》では初めての作品。大ブームのきっかけになった。

作者

近松門左衛門《ちかまつもんざえもん》（一六五三〜一七二四年）

越前《えちぜん》（福井《ふくい》県）の武士《ぶし》の家に生まれ、京に上って浄《じょう》瑠璃《るり》作者の修業《しゅぎょう》をしました。浄瑠璃《じょうるり》と歌舞伎《かぶき》の作者として数々の名作を書きました。

作品の内容《ないよう》

大阪《おおさか》の曽根崎《そねざき》で、恋人同士《こいびと》のお初《はつ》と徳兵衛《とくべえ》が心中（男女がいっしょに自殺すること）するまでのいきさつが描《えが》かれています。

大阪《おおさか》の内本町《うちほん》にあるしょうゆ屋で働く徳兵衛《とくべえ》は、北《きた》の新地《しんち》の天満《てんま》屋の遊女、お初《はつ》とたがいに好き合う仲でした。徳兵衛《とくべえ》は、店の主人の妻《つま》のめいとの結婚《けっこん》をすすめられますが、お初《はつ》がいるからと断《ことわ》ります。主人はおこり、徳兵衛《とくべえ》に店をやめ、徳兵衛《とくべえ》のまま母にわたした持参金を返せと言います。徳兵衛《とくべえ》は、なんとかまま母からお金を取り返しますが、三日間だけ貸《か》してほしいという友人に、そのお金を貸《か》してしまいます。ところが友人は、そんなお金は借りていないと言《い》い張《は》り、証文《しょうもん》（お金を預《あず》かったという書きつけ）はにせものだと逆《ぎゃく》に徳兵衛《とくべえ》を責《せ》めてなぐります。主人に見放され、友人に裏切《うらぎ》られ、お金も失った徳兵衛《とくべえ》はどうにもならず、お初《はつ》と共に心中する道を選びます。二人は夜ふけに手と手を取り合って曽根崎《そねざき》の天神の森に向かい、心中をはたします。

作品の背景《はいけい》

実際《じっさい》にあった事件《じけん》を芝居《しばい》にして大当たり。義理《ぎり》と人情《にんじょう》の間でゆれる心を描《えが》く

江戸《えど》時代の初め、上方《かみがた》（大阪《おおさか》や京都）で人気のあった人形浄瑠璃《にんぎょうじょうるり》は、その時代より昔のできごとを題材として、つくられた作品が演《えん》じられていました。このような作品は、「時代物」と呼《よ》ばれます。

そんな中で近松門左衛門《ちかまつもんざえもん》は、実際《じっさい》にあった事件《じけん》を題材として人形浄瑠璃《にんぎょうじょうるり》の脚本《きゃくほん》を書き、一七〇三年に『曽根崎心中《そねざきしんじゅう》』を発表しました。

このように、同じ時代のできごとを描《えが》いた作品を、「世話物《せわもの》」と言います。『曽根崎心中《そねざきしんじゅう》』は大当たりとなり、その後も世話物《せわもの》がブームとなりました。

近松門左衛門《ちかまつもんざえもん》は、『曽根崎心中《そねざきしんじゅう》』で、主人への義理《ぎり》と、恋人《こいびと》を思う人情《にんじょう》とにはさまれてゆれ動く人間の行動や気持ちを、美しく、また悲しく描《えが》いています。この作品では心中を、たがいに恋《こい》する者同士がやむを得ず選んだ、思いをつらぬく美しい道としています。

上方《かみがた》で大人気となった人形浄瑠璃《にんぎょうじょうるり》

人形浄瑠璃《にんぎょうじょうるり》は、三味線《しゃみせん》を伴奏《ばんそう》に、大夫《たゆう》によってせりふや説明のことばが語られ、それに合わせて人形つかいが人形を操《あやつ》る芸能《げいのう》です。

室町《むろまち》時代に、物語に節をつけて語る浄瑠璃《じょうるり》節《ぶし》がおこりました。十六世紀後半に琉球《りゅうきゅう》（沖縄《おきなわ》）から三味線《しゃみせん》が伝わると、浄瑠璃《じょうるり》節《ぶし》は改良《かいりょう》した三味線《しゃみせん》の伴奏《ばんそう》で語られるようになりました。さらに、操《あやつ》り人形の芝居《しばい》の興行《こうぎょう》をしていた「くぐつ師《し》」と浄瑠璃節《じょうるりぶし》が結びついて、人《にん》形浄瑠璃《ぎょうじょうるり》が演《えん》じられるようになりました。江《え》戸《ど》時代になり、十七世紀末に竹本義太夫《たけもとぎだゆう》が、語りの技術《ぎじゅつ》を大成し、「義太夫節《ぎだゆうぶし》」と言われるようになりました。さらに、近松門左衛門《ちかまつもんざえもん》の作品、特に世話物《せわもの》が上演《じょうえん》されると、上方《かみがた》の町人たちの人気を集めました。

人形浄瑠璃《にんぎょうじょうるり》の人形は、左の絵のように、三人で一体を操《あやつ》り、細かい動きを演出《えんしゅつ》します。

げにや安楽世界《あんらくせかい》より。
今《いま》この娑婆《しゃば》に示現《じげん》して。
我《われ》らがための観世音《かんぜおん》
（中略《ちゅうりゃく》）
を《（お）》りはのこひ《（い）》目《め》三六《さぶろく》の。
十八九《じゅうはちく》なるかほ《（お）》よ花《ばな》。
今《いま》咲《さ》き出《だ》しの。
初花《はつはな》に笠《かさ》は着《き》ずとも。
召《め》さずとも。
照《て》る日《ひ》の神《かみ》も男神《おとこがみ》。
よけて日負《ひま》けは
よもあらじ。

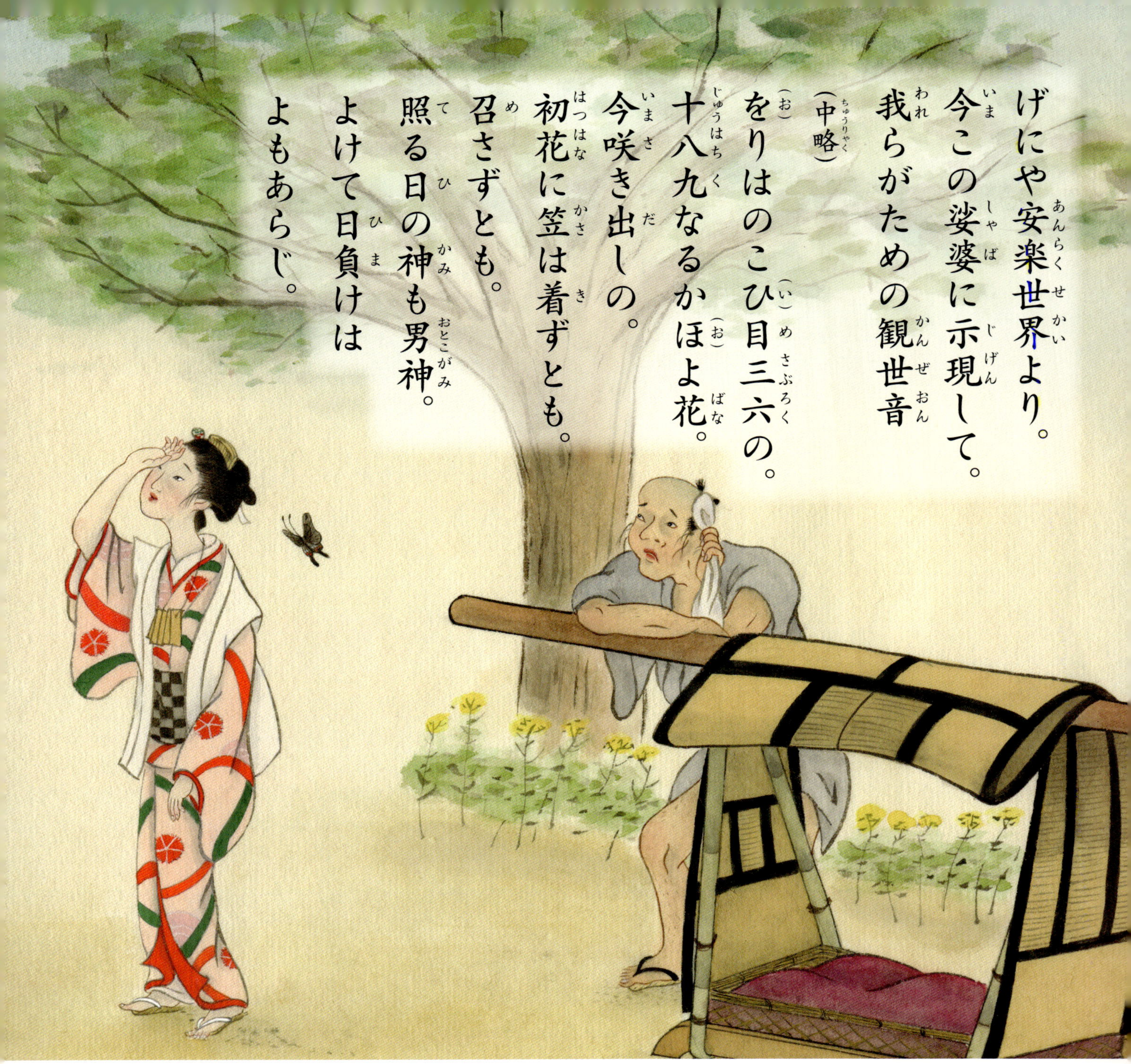

現代語訳《げんだいごやく》

まことに、極楽《ごくらく》の世界から、この世に現《あらわ》れて私《わたし》たちを救ってくださるという観世音菩薩《かんぜおんぼさつ》。（中《ちゅう》略《りゃく》）目元に恋心《こいごころ》を秘《ひ》めた十八か九のかきつばたのような美人だ。今さき始めたばかりの花のような美しさに、笠《かさ》はかぶっていなくても、太陽の神様も男だから、遠慮《えんりょ》して日をささず、日焼けするようなことも決してあるまい。

「安楽」は、安らかでおだやかなこと。「安楽世界」というと、「おだやかな極楽《ごくらく》（仏教《ぶっきょう》でいう理想的で安らかな世界）」になります。観世音菩薩《かんぜおんぼさつ》は、人間の声を聞き、救ってくれるとされる観音《かんのん》様のことです。続いて、この話の主人公の一人であるお初《はつ》の若《わか》さと美しさが強調されます。

お初《はつ》が観音参《かんのんまい》りをした寺の一つ、太融寺《たいゆうじ》（大阪市《おおさかし》）。

七五調を使ったテンポのよさ たくみなことばの表現《ひょうげん》

右の文章は、『曽根崎心中《そねざきしんじゅう》』の冒頭《ぼうとう》です。「げにや安楽」のような七音と「世界より」のような五音を繰《く》り返《かえ》す七五調で、テンポよく語られています。また、「三六《さぶろく》の」は、3×6＝18で、次の十八を引き出します。ことばの意味を重ね三味線《しゃみせん》に合うリズムのよい文章を書くのが近松《ちかまつ》門左衛門《もんざえもん》のたくみなところでした。

ここは、お初《はつ》が客と共に大阪《おおさか》三十三所観音《かんのん》めぐりをする場面です。これは、大阪《おおさか》各地にある観音《かんのん》様をまつる寺をめぐってお参りし、ご利益《りやく》を得ようとするものです。大阪《おおさか》の人には手軽な行楽で、身近な話として聞いたと考えられます。

『曽根崎心中《そねざきしんじゅう》』のもとになった心中事件《じけん》が起こった〝お初《はつ》天神〟

『曽根崎心中《そねざきしんじゅう》』は、一七〇三年に現在《げんざい》の大阪《おおさか》市北区にある露天《つゆのてん》神社であった心中事件《じけん》をもとにしています。世間で評判《ひょうばん》のこの事件《じけん》は、すぐに歌舞伎《かぶき》になりましたが、近松門左衛門《ちかまつもんざえもん》は独《どく》自《じ》の工夫をして人形浄瑠璃《にんぎょうじょうるり》の脚本《きゃくほん》にまとめ、事《じ》件《けん》からちょうど一か月後に上演《じょうえん》されました。

人形浄瑠璃《にんぎょうじょうるり》の人気が出たことから神社も有名になり、「お初《はつ》天神」と呼《よ》ばれるようになりました。

露天《つゆのてん》神社にあるお初《はつ》・徳兵衛《とくべえ》の像《ぞう》。

「日本のシェークスピア」と呼《よ》ばれる劇《げき》作家、近松門左衛門《ちかまつもんざえもん》

近松門左衛門《ちかまつもんざえもん》は、三十一歳《さい》の時に書いた浄《じょう》瑠璃《るり》の『世継曽我《よつぎそが》』という作品で世に認《みと》められました。一六九三年からの十年間ほどは、『けいせい仏《ほとけ》の原《はら》』などの歌舞伎《かぶき》の脚本《きゃくほん》を書きました。その後、再《ふたた》び浄瑠璃《じょうるり》の作者として、一七〇三年に『曽根崎心中《そねざきしんじゅう》』を発表、『冥途《めいど》の飛脚《ひきゃく》』、『国性爺合戦《こくせんやかっせん》』、『心中天の網島《しんじゅうてんのあみじま》』などの作品を次々に発表しました。

イギリスの劇《げき》作家として世界的に有名なシェークスピアになぞらえて、「日本のシェークスピア」と呼《よ》ばれることもあります。

近松門左衛門《ちかまつもんざえもん》の肖像《しょうぞう》。

早稲田大学演劇博物館所蔵
00287「近松巣林子像（模写）近松門左衛門」

この世《よ》のなごり。
夜《よ》もなごり。
死《し》にに行《ゆ》く身《み》をたとふ《(う)》れば
あだしが原《はら》の道《みち》の霜《しも》。
一足《ひとあし》づ《(ず)》つに消《き》えてゆく。
夢《ゆめ》の夢《ゆめ》こそあは《(わ)》れなれ。

現代語訳《げんだいごやく》

この世との最後の別れの時、夜も明けようとしている。死ににゆくこの身を何かにたとえるならば、火葬場《かそうば》まで続く道の霜《しも》のようなものだ。一歩歩くごとに霜《しも》が消えてゆくように、この命も夢《ゆめ》の中の夢《ゆめ》のようにはかない。なんとしみじみとしてもの悲しいことだろう。
おや、あの鐘《かね》の音を数えてみると、明け方の七つ(午前三時)の時を知らせる鐘《かね》が六つまで鳴って、残りの一つはこの世での、最後の聞き納《おさ》めの鐘《かね》の音になるのだ。その鐘《かね》の音は、「寂滅為《じゃくめつい》楽《らく》(死んだ後に本当の安らぎが得られる)」と言っているかのようにひびいている。

心中を決意したお初《はつ》と徳兵衛《とくべえ》は、その場所を曽《そ》根崎《ねざき》の天神の森と定め、手に手を取って向かいます。上の文章は、そこへ向かう「道行《みちゆき》」という場面です。「あだし」は、「はかない」「かりそめの」という意味で、「あだしが原」は、火葬場《かそうば》や墓地《ぼち》をさします。つまり、死んでいく場所に向かっていることを表しています。
ちょうどその時、明け方の三時ごろを知らせる鐘《かね》の音がひびいてきます。「寂滅為楽《じゃくめついらく》」は、仏教《ぶっきょう》のことばで、「この世で生きることは苦しみだが、死後に理想的な場所である『ねはん』に達すると、あらゆる苦しみからはなれた安らぎを得ることができる」という意味です。

あれ数《かぞ（う）》ふれば暁《あかつき》の。
七《なな》つの時《とき》が六《む》つ鳴《な》りて
残《のこ》る一《ひと》つが今生《こんじょう》の。
鐘《かね》のひびきの聞《き》き納《おさ》め。
寂滅《じゃくめつ》為楽《いらく》とひびくなり。

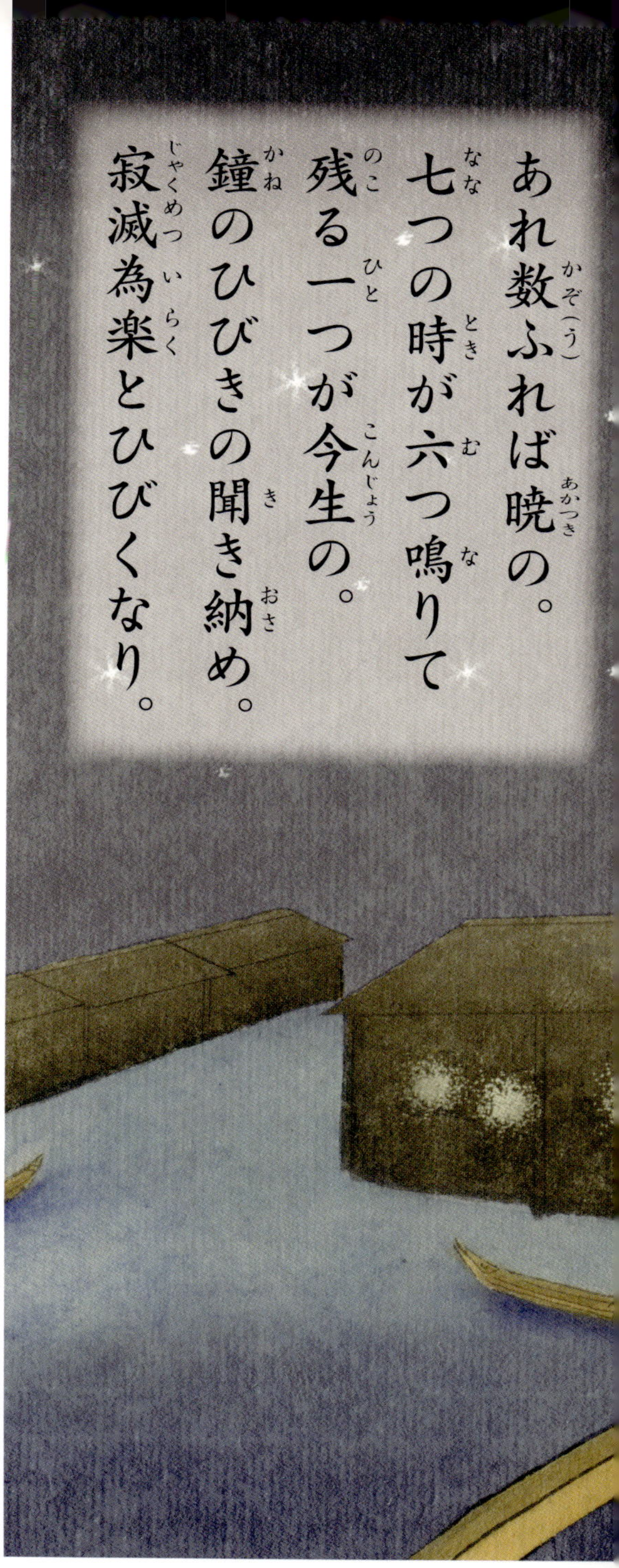

死を覚悟《かくご》したお初《はつ》と徳兵衛《とくべえ》が曽根崎《そねざき》の天神の森に向かう名場面「道行《みちゆき》」

お初《はつ》と徳兵衛《とくべえ》が心中を決意して曽根崎《そねざき》の天神の森に向かう「道行《みちゆき》」の場面は、『曽根崎心中《そねざきしんじゅう》』の中で最高の見せ場、聞かせどころです。七五調で美しく、名文として有名です。死を前にした二人の切ない心情《しんじょう》が歌い上げられ、観客のなみだをさそいます。

森に着くと、徳兵衛《とくべえ》はお初《はつ》ののどを刃物《はもの》でついた後、自分ののどにも刃物《はもの》をつき立て、二人は心中をはたします。

物語の最後は、「疑《うたが（い）》ひなき恋《こい》の手本となりにけり（まちがいなく、男女の恋《こい》のお手本となったのである）」と結ばれています。

心中物の作品が次々につくられ上演《じょうえん》される

『曽根崎心中《そねざきしんじゅう》』が大当たりしたことで、その後も人形浄瑠璃《にんぎょうじょうるり》で「世話物《せわもの》」が演《えん》じられました。また、心中を題材にした、『心中天の網島《しんじゅうてんのあみじま》』などの作品が上演《じょうえん》されました。

心中は、愛し合う男女が、いっしょに死んで愛をつらぬこうとすることですが、江戸《えど》時代には世間をさわがせる行いであるとして厳《きび》しい取りしまりを受けました。心中して生き残った者は罪人《ざいにん》とされたのです。また、心中物の芝居《しばい》の上演《じょうえん》が禁止《きんし》されたこともあります。しかし、さまざまにおさえつけられていた庶民《しょみん》は、心中を美しいものと見なしてもてはやしました。

人形浄瑠璃《にんぎょうじょうるり》と歌舞伎《かぶき》の関係は？

江戸《えど》時代に人形浄瑠璃《にんぎょうじょうるり》と並《なら》んで人気のあった芸能《げいのう》に歌舞伎《かぶき》（→125ページ）があります。人形浄瑠璃《にんぎょうじょうるり》は人形が演じ、歌舞伎《かぶき》は役者が演《えん》じるというちがいはありますが、おたがいに演目《えんもく》や演出《えんしゅつ》のしかたを取り入れ合っていました。

人形浄瑠璃《にんぎょうじょうるり》の作品から歌舞伎《かぶき》に取り入れられた演目《えんもく》は「丸本物《まるほんもの》」、「でんでん物」と呼《よ》ばれました（現在《げんざい》は丸本歌舞伎《まるほんかぶき》）。逆《ぎゃく》に人形浄瑠璃《にんぎょうじょうるり》にも、歌舞伎《かぶき》で評判《ひょうばん》になった場面や演出《えんしゅつ》方法が取り入れられることがありました。

現在《げんざい》は、人形浄瑠璃《にんぎょうじょうるり》も歌舞伎《かぶき》も、能《のう》（→98ページ）と共にユネスコの無形文化遺産《いさん》（保護《ほご》していくべき芸能《げいのう》や祭り、伝統工芸《でんとうこうげい》の技術《ぎじゅつ》など）に登録されています。

仮名手本忠臣蔵《かなでほんちゅうしんぐら》

「赤穂事件《あこうじけん》」をもとにした人形浄瑠璃《にんぎょうじょうるり》の演目《えんもく》。歌舞伎《かぶき》でも上演《じょうえん》される。

作者

二代目竹田出雲《たけだいずも》（一六九一～一七五六年）

人形浄瑠璃《にんぎょうじょうるり》の興行主《こうぎょうぬし》で、有能《ゆうのう》だったことから「親方出雲《いずも》」と尊敬《そんけい》されました。浄瑠璃《じょうるり》作家でもあります。この作品は、三好松洛《みよししょうらく》、並木千柳《なみきせんりゅう》との合作です。

❖現実《げんじつ》の事件《じけん》を題材にしたあだ討《う》ち劇《げき》

主君のかたきを討《う》つために、家老たち浪士《ろうし》が立ち上がる。

大星由良之助《おおぼしゆらのすけ》

塩谷判官《えんやはんがん》に仕える家老。

主君のうらみ、はらします！

高師直《こうのもろなお》

足利家《あしかが》に仕える。わがままな性格《せいかく》。

塩谷判官《えんやはんがん》に意地悪をする

塩谷判官《えんやはんがん》の妻《つま》に好意を寄《よ》せ、すげなくされたことなどから判官《はんがん》につらく当たる。

主君のうらみをはらす

主君のかたきを討《う》つため、同志《どうし》と共に計画を練《ね》り、ついに討《う》ち入《い》りをはたす。

人形浄瑠璃《にんぎょうじょうるり》と歌舞伎《かぶき》の演目《えんもく》

『仮名手本忠臣蔵《かなでほんちゅうしんぐら》』は、人形浄瑠璃《にんぎょうじょうるり》の台本として書かれ、後に歌舞伎《かぶき》でも演《えん》じられた。

最も人気の高い演目《えんもく》

『仮名手本忠臣蔵《かなでほんちゅうしんぐら》』は、浄瑠璃《じょうるり》の三大傑作《けっさく》の一つ。その中で最も人気が高い。「劇場《げきじょう》の客の入りが悪くなったらこの演目《えんもく》を出せば客が入る」と言われたほど。

作品の内容《ないよう》

『仮名手本忠臣蔵《かなでほんちゅうしんぐら》』は、人形浄瑠璃《にんぎょうじょうるり》（→115ページ）の台本として書かれ、後に歌舞伎《かぶき》でも演じられるようになった作品です。

一七〇一年、江戸城《えどじょう》で、赤穂《あこう》（兵庫県《ひょうごけん》）藩《はん》主《しゅ》の浅野内匠頭《あさのたくみのかみ》が吉良上野介《きらこうずけのすけ》に切りつけるという事件《じけん》が起こりました。浅野内匠頭《あさのたくみのかみ》はただちに切腹《せっぷく》を命じられ、赤穂藩《あこうはん》は取りつぶしになりました。赤穂藩《あこうはん》の家老大石内蔵助《おおいしくらのすけ》を始めとする四十七人の浪士《ろうし》（仕える家のない武士《ぶし》）は、一年九か月後に、主君のかたきとして吉良上野介《きらこうずけのすけ》の屋敷《やしき》に討《う》ち入《い》り、主君のうらみをはらします。これを「赤穂事件《あこうじけん》」と言います。

『仮名手本忠臣蔵《かなでほんちゅうしんぐら》』は、この事件《じけん》をもとにして構成されています。ただし、近い時代の事件を実際《じっさい》のままに上演《じょうえん》することは禁《きん》じられていたため、物語の時代を室町《むろまち》時代に置きかえ、浅《あさ》野内匠頭《のたくみのかみ》を塩谷判官《えんやはんがん》、吉良上野介《きらこうずけのすけ》を高師直《こうのもろなお》、大《おお》石内蔵助《いしくらのすけ》を大星由良之助《おおぼしゆらのすけ》という役名にするなどのアレンジが加えられています。また、お軽《かる》と勘平《かんぺい》の恋愛《れんあい》話も加えられています。

作品の背景《はいけい》

歴史上の人物を題材にする「時代物」をよそおって、赤穂事件《あこうじけん》を演《えん》じる

人形浄瑠璃《にんぎょうじょうるり》では、もともと江戸《えど》時代より前に起こったできごとを題材にする「時代物」が演《えん》じられていましたが、近松門左衛門《ちかまつもんざえもん》の『曽根崎心中《そねざきしんじゅう》』（↓114ページ）以来、同じ時代に起こったできごとを題材にする「世話物《せわもの》」が演じられるようになっていました。

『仮名手本忠臣蔵《かなでほんちゅうしんぐら》』は、建前としては室町《むろまち》時代のできごとを演《えん》じているため、「時代物」とされますが、大筋《おおすじ》は、近い時代に起こった赤穂《あこう》事件《じけん》をもとにしています。

赤穂事件《あこうじけん》で、主君のかたきを討《う》った大石内蔵助《おおいしくらのすけ》たちは、庶民《しょみん》の間では忠義《ちゅうぎ》にあつい義士《ぎし》とされましたが、幕府《ばくふ》からは、幕府《ばくふ》が下した裁定《さいてい》に不服をとなえた浪士《ろうし》とされました。それを美談として演《えん》じることは、幕府《ばくふ》にはばかられるため、時代設定《せってい》などを変え、恋愛《れんあい》話などを盛《も》りこみました。しかし、観客はみな、赤穂事件《あこうじけん》を描《えが》いていることがわかっていて拍手《はくしゅ》したのです。

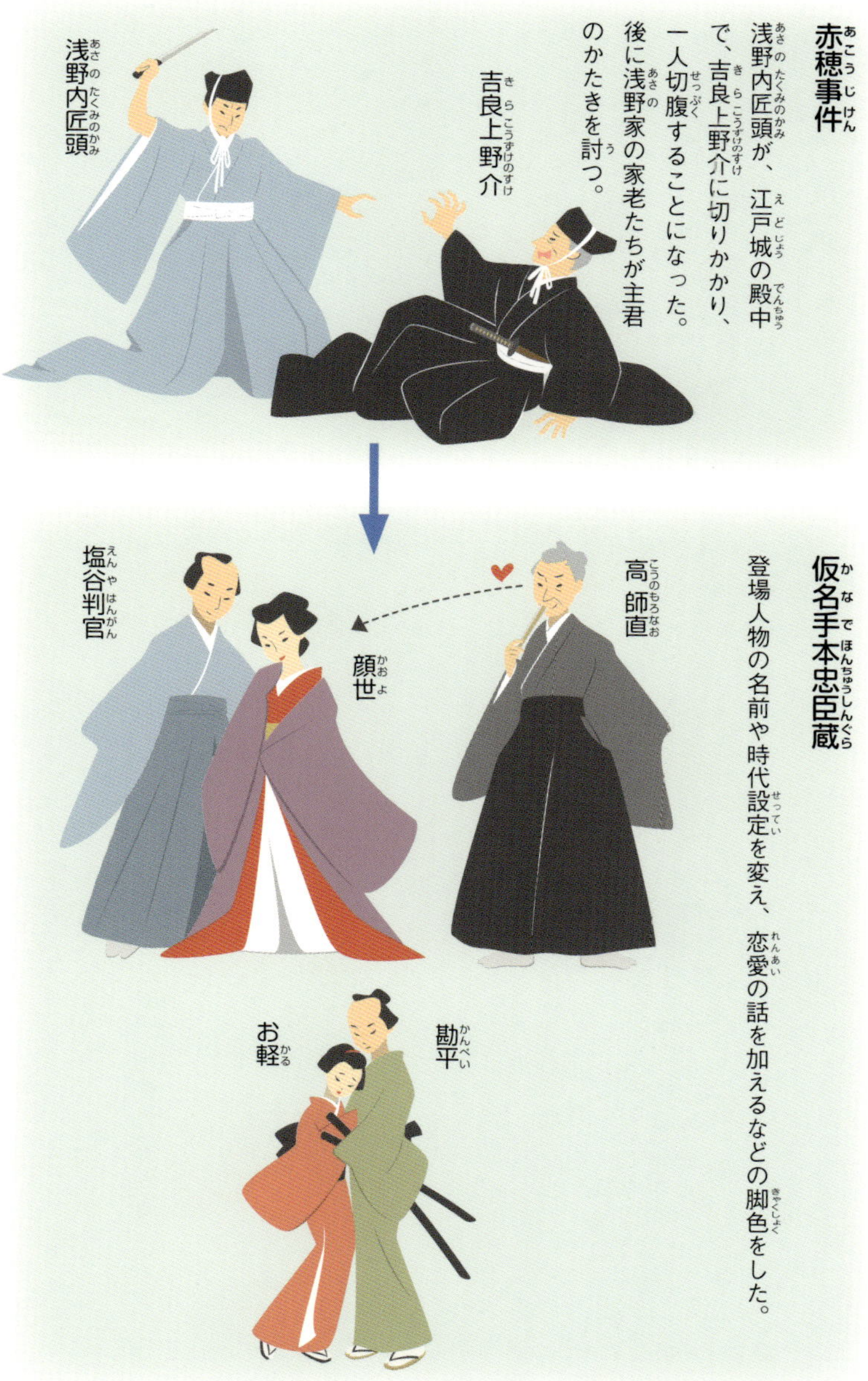

赤穂事件《あこうじけん》
浅野内匠頭《あさのたくみのかみ》が、江戸城《えどじょう》の殿中《でんちゅう》で、吉良上野介《きらこうずけのすけ》に切りかかり、一人切腹《せっぷく》することになった。後に浅野《あさの》家の家老たちが主君のかたきを討《う》つ。

仮名手本忠臣蔵《かなでほんちゅうしんぐら》
登場人物の名前や時代設定《せってい》を変え、恋愛《れんあい》の話を加えるなどの脚色《きゃくしょく》をした。

人形浄瑠璃《にんぎょうじょうるり》・歌舞伎《かぶき》の人気が高い演目《えんもく》

義経千本桜《よしつねせんぼんざくら》

人形浄瑠璃《にんぎょうじょうるり》の作品で、歌舞伎《かぶき》でも演《えん》じられます。二代目竹田出雲《たけだいずも》らの合作です。『仮名手本忠臣蔵《かなでほんちゅうしんぐら》』、『菅原伝授手習鑑《すがわらでんじゅてならいかがみ》』と共に歌舞伎《かぶき》の三大名作です。題材は源義経《みなもとのよしつね》ですが、話の中心は、平知盛《たいらのとももり》ら、ほろびゆく平氏《へいし》の３人の武将《ぶしょう》の運命を描《えが》くことにあります。

菅原伝授手習鑑《すがわらでんじゅてならいかがみ》

人形浄瑠璃《にんぎょうじょうるり》の作品で、歌舞伎《かぶき》でも演《えん》じられます。初代竹田出雲《たけだいずも》らの合作です。平安《へいあん》時代の政治家《せいじか》、菅原道真《すがわらのみちざね》に関するさまざまな伝説を題材に、道真《みちざね》が都から九州に流されたことを中心の筋《すじ》として、梅王丸《うめおうまる》、松王丸《まつおうまる》、桜丸《さくらまる》の三つ子兄弟の伝説などを取り入れた構成《こうせい》です。時代物の名作とされます。

勧進帳《かんじんちょう》

歌舞伎《かぶき》の作品で、作者は三世並木五瓶《なみきごへい》です。源義経《みなもとのよしつね》は、兄である源頼朝《みなもとのよりとも》に追われ、山伏《やまぶし》一行をよそおって都から奥州《おうしゅう》(東北地方)に向かいます。その途中《とちゅう》、加賀《かが》(石川県)の安宅《あたか》の関所をこえるため、家来の弁慶《べんけい》が機転を利かせる話を中心に描《えが》いています。

判官《はんがん》、腹《はら》にするゑ《(え)》かね、（中略《ちゅうりやく》）抜《ぬ》き討《う》ちに、真《ま》つ《(っ)》向《こう》へ切《き》りつくる、眉間《みけん》の大《おお》きず、これはとしずむ身《み》のかは《(わ)》し。烏帽子《えぼし》の頭《かしら》二つに切《き》れ、また切《き》りかかるを、抜《ぬ》けつくぐりつ、

現代語訳《げんだいごやく》

塩谷判官《えんやはんがん》は、いかりをおさえ切れず、（中略《ちゅうりやく》）刀をぬくやいなや、真正面から切りつける。（高師直《こうのもろなお》は）額《ひたい》の真ん中に大傷《おおきず》を受け、「これはどうしたことか」と、こしを低くして身をかわす。その烏帽子《えぼし》の先は二つに切れ、判官《はんがん》がまた切りかかってくるのを、ぬけたりくぐったりして、（にげようとする。）

時代は室町《むろまち》時代の初めのことです。幕府《ばくふ》の将軍《しょうぐん》足利尊氏《あしかがたかうじ》の弟直義《ただよし》が、都（京都）から鎌倉《かまくら》に下ってくることになりました。むかえるのは足利《あしかが》家に執事《しつじ》として仕え、鎌倉《かまくら》にいる高師直《こうのもろなお》で、塩谷判官《えんやはんがん》が接待《せったい》役（もてなす係）を命じられました。さまざまな準備《じゅんび》をする間に、師直《もろなお》は、判官《はんがん》の妻《つま》の顔世《かおよ》を好きになります。師直《もろなお》は、顔世《かおよ》あてに手紙を送って気をひこうとしますが、手厳《てきび》しく断《ことわ》られてしまいます。師直《もろなお》は、それをうらみに思い、顔世《かおよ》の夫である判官《はんがん》に厳《きび》しく当たり、何かと意地悪をするようになり、さらに、判官《はんがん》をののしります。ついにがまんしきれなくなった判官《はんがん》は、殿中《でんちゅう》（御殿《ごてん》の中）であるにもかかわらず、刀をぬいて師直《もろなお》に切りかかります。しかし、師直《もろなお》の額《ひたい》に一太刀《たち》浴びせたところで、近くにいた加古川本蔵《かこがわほんぞう》に後ろからだきとめられ、取りおさえられてしまいます。このさわぎで、殿中《でんちゅう》はあわただしくなります。師直《もろなお》は、軽いけがですみました。

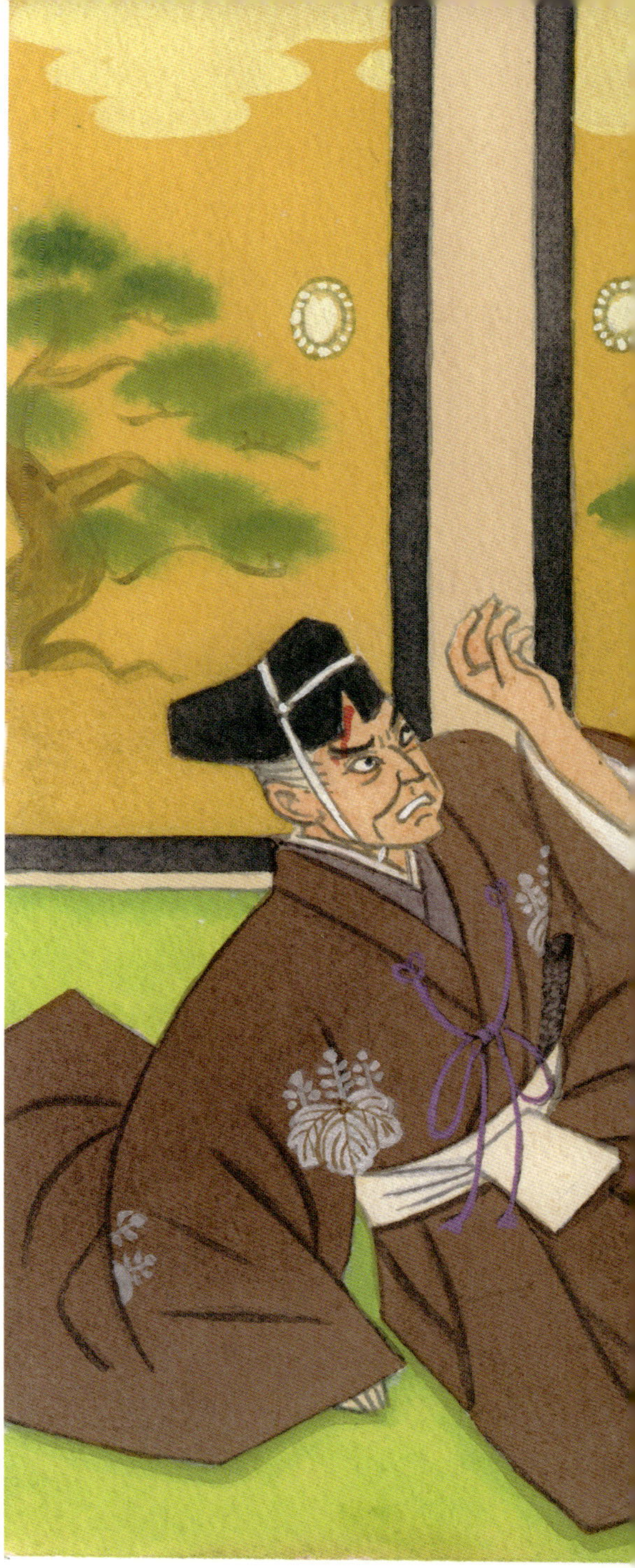

江戸城《えどじょう》で起こった刃傷事件《にんじょうじけん》を脚色《きゃくしょく》し、判官《はんがん》が切りかかる場面を描《えが》く

実際《じっさい》の赤穂事件《あこうじけん》では、江戸《えど》（東京）の幕府《ばくふ》が、京都から天皇《てんのう》の使者をむかえた際《さい》、浅野内匠頭《あさのたくみのかみ》が接待役《せったい》を命じられ、その指導係《しどう》を吉良上野介《きらこうずけのすけ》が務《つと》めました。ところが、接待《せったい》の当日、江戸城《えどじょう》の松《まつ》の廊下《ろうか》で、浅野《あさの》が吉良《きら》に切りかかります。江戸城《じょうない》で刀をぬくことは固く禁《きん》じられていたため、浅野《あさの》は近くにいた者たちに取りおさえられ、その日のうちに切腹《せっぷく》を命じられました。浅野《あさの》が切りかかった原因《げんいん》はよくわかっていません。

『仮名手本忠臣蔵《かなでほんちゅうしんぐら》』では、高師直《こうのもろなお》が塩谷判官《えんやはんがん》の妻《つま》を好きになったことが、事件《じけん》の原因《げんいん》の一つになったという脚色《きゃくしょく》が加えられています。

人形浄瑠璃《にんぎょうじょうるり》の作品として書かれ、歌舞伎《かぶき》でも上演《じょうえん》され大人気に

『仮名手本忠臣蔵《かなでほんちゅうしんぐら》』は、人形浄瑠璃《にんぎょうじょうるり》の脚本《きゃくほん》として書かれ、一七四八年に大阪《おおさか》で初めて上演《じょうえん》されました。赤穂事件《あこうじけん》から五十年近くが過《す》ぎたころです。この公演《こうえん》が大人気となったため、同じ年に大阪《おおさか》で歌舞伎《かぶき》でも演《えん》じられ、翌年《よくねん》には江戸《えど》でも上演《じょうえん》されました。

江戸《えど》でも『仮名手本忠臣蔵《かなでほんちゅうしんぐら》』は、町人たちの人気を集め、「客の入りが悪い時は『忠臣蔵《ちゅうしんぐら》』を上演《じょうえん》しろ」と言われるほどの演目《えんもく》になりました。その後、演出《えんしゅつ》や役者の演技《えんぎ》にさまざまな工夫がこらされて発展《はってん》し、現在《げんざい》でも人気を集めています。

『仮名手本忠臣蔵《かなでほんちゅうしんぐら》』の意味は？

赤穂事件《あこうじけん》で、主君のかたきをとった義士《ぎし》は四十七人で、かなの文字の数と同じでした。「忠臣《ちゅうしん》」には、主君のために忠義《ちゅうぎ》をつくす家来という意味があります。「蔵《くら》」は、いろいろなものを集めた蔵《くら》と、義士《ぎし》をまとめた大《おお》石内蔵助《いしくらのすけ》の「蔵《くら》」の意味を持たせています。『仮名手本忠臣蔵《かなでほんちゅうしんぐら》』という題名には、「武士《ぶし》の手本になるような、立派《りっぱ》な四十七人を集めた芝居《しばい》」という意味があります。

また、四十七のかなを一回ずつ使った「いろは歌」には、「とか（が）なくてしす」、つまり、「咎《とが》（罪《つみ》）がないのに死んだ」ということばがかくされているとして、義士《ぎし》たちに罪《つみ》はないとほのめかしているという説もあります。

「いろは歌」

いろはにほへと●
ちりぬるをわか●
よたれそつねな●
らむうゐ《(い)》のおく●
やまけふこえて●
あさきゆめみし●
ゑ《(え)》ひもせす●

いちばん下の文字を右から読むと、
「とかなくてしす」（＝咎《とが》なくて死す）となる。

我々《われわれ》陪臣《ばいしん》の身《み》として、御館《おんやかた》へ踏《ふ》ん込《ご》み、狼籍《ろうぜき》つかまつるも、主君《しゅくん》の仇《あた》を報《ほう》じたさ、慮外《りょがい》のほど御許《おゆる》しくだされ。御尋常《ごじんじょう》に御首《おんしるし》をたまは《（わ）》るべし（中略《ちゅうりゃく》）

オオもつ《（っ）》とももつ《（っ）》とも、覚悟《かくご》はかねて。サア首《くび》取《と》れ

現代語訳《げんだいごやく》

（大星《おおぼし》）「我々《われわれ》が家来でありながら、この屋敷《やしき》にふみこみ、乱暴《らんぼう》をいたしましたのも、主君のかたきを取りたいためで、無礼をいたしましたことをお許《ゆる》しくださいませ。おとなしくお首をくださいますよう」（中略《ちゅうりゃく》）

（師直《もろなお》）「おお、もっとも、もっとも。覚悟《かくご》は前からできている。さあ、首を取れ」

塩谷《えんや》家の家老の大星由良之助《おおぼしゆらのすけ》は、塩谷判官《えんやはんがん》が切腹《せっぷく》する時に、「師直《もろなお》を討《う》て」と命じられていました。大星《おおぼし》は、同じ志《こころざし》を持つ仲間に呼《よ》びかけ、共に計画を練《ね》り、ついに師直《もろなお》の屋敷《やしき》に討《う》ち入《い》ります。雪の夜、大星《おおぼし》たちはそろいの装束《しょうぞく》を身に着け、大星《おおぼし》の打ち鳴らす陣太鼓《じんだいこ》の音を合図に、師直《もろなお》の屋敷《やしき》にふみこみます。師直《もろなお》の方も警戒《けいかい》はしていましたが、不意をつかれたこともあって次々に討《う》たれます。

しかし、かんじんの師直《もろなお》がなかなか見つからず、攻《せ》め手《て》はあせります。天井裏《てんじょうら》や井戸《いど》の中まで探《さが》して、ようやく柴《しば》小屋（柴《しば》やたきぎ、炭を入れておく物置小屋）にかくれていた師直《もろなお》を見つけます。師直《もろなお》は、浪士《ろうし》たちの前に引きずり出され、「覚悟《かくご》はできている」と油断《ゆだん》させて反撃《はんげき》するものの、最終的には首をはねられます。大星《おおぼし》は、主君の位牌《いはい》にその首を供《そな》え、同志《どうし》たちに、これまでの苦労をねぎらうことばをかけます。同志《どうし》たちは、見事に主君のかたきを討《う》った喜びにひたります。

師直《もろなお》の屋敷《やしき》に攻《せ》めこむ浪士《ろうし》たち 師直《もろなお》を討《う》ち、主君のかたきを討《う》つ

赤穂事件《あこうじけん》では、浅野内匠頭《あさのたくみのかみ》が切腹《せっぷく》させられ、赤穂藩《あこうはん》が取りつぶしになってから、赤穂藩《あこうはん》の家老だった大石内蔵助《おおいしくらのすけ》が中心となって、主君のかたきである吉良上野介《きらこうずけのすけ》を討《う》つ計画を進めます。江戸城《えどじょう》での刃傷事件《にんじょうじけん》があってから一年九か月後の十二月十四日、赤穂義士《あこうぎし》たちは、吉良邸《きらてい》に攻《せ》めこみ、主君のかたき討《う》ちをはたします。

『仮名手本忠臣蔵《かなでほんちゅうしんぐら》』では、おおよその筋《すじ》には実際《じっさい》にあったことを取り入れ、さまざまな脚色《きゃくしょく》を加えています。高師直《こうのもろなお》の屋敷《やしき》に攻《せ》めこみ、あだ討《う》ちをはたす場面では、観客は喜び、声援《せいえん》をおくったことでしょう。

『仮名手本忠臣蔵《かなでほんちゅうしんぐら》』の人気が高いのはなぜ？

『仮名手本忠臣蔵《かなでほんちゅうしんぐら》』の中心となるのは、主君のあだ討《う》ちをする大星《おおぼし》たちの物語です。あだ討《う》ちとは、親や兄弟、主君などを殺された人が、直接《ちょくせつ》その犯人《はんにん》に仕返しをするもので、古くから行われていました。江戸《えど》時代には、武士《ぶし》にとってあだ討《う》ちは立派《りっぱ》な行いとされ、庶民《しょみん》も気持ちがすっとする話と感じていました。『仮名手本《かなでほん》忠臣蔵《ちゅうしんぐら》』の人気が高いのは、義士《ぎし》たちが苦労の末に志《こころざし》をはたすところに観客がひかれるからだと考えられます。そのほか、善《ぜん》と悪の役がはっきりしていること、恋愛《れんあい》の要素《ようそ》をたくみに織《お》りこんでいることなども人気の秘密《ひみつ》です。

歌舞伎《かぶき》の『仮名手本忠臣蔵《かなでほんちゅうしんぐら》』の場面。 © 松竹株式会社

奇抜《きばつ》な姿《すがた》のおどりから始まった歌舞伎《かぶき》

歌舞伎《かぶき》は、一六〇〇年ごろに、出雲《いずも》（島根県）の阿国《おくに》という巫女《みこ》が、京都でおどったおどりがもとになったと言われています。阿国《おくに》は、胸《むね》に十字架《じゅうじか》、腰《こし》にひょうたんをつけておどったとされ、その姿《すがた》が奇抜《きばつ》だったことから「かぶきおどり」と言われるようになりました。「かぶき」は、並外《なみはず》れた格好《かっこう》や行動をするという意味の「傾《かぶ》く」から来ています。

その後、歌舞伎《かぶき》は、上方《かみがた》（京都・大阪《おおさか》）や江戸《えど》（東京）で人気となり、現在《げんざい》まで演《えん》じ続《つづ》けられています。

雨月物語《うげつものがたり》

うらみを抱《いだ》いて怨霊《おんりょう》になった上皇《じょうこう》に会う話など、奇怪《きかい》な話を集めた短編《たんぺん》小説集。

こわくて不思議な九つの物語

幽霊《ゆうれい》や化《ば》け物《もの》などが登場する怪異《かいい》物語。

丈部左門《はせべさもん》
「菊花《きっか》の約《ちぎり》」の登場人物。学者。

友人が来るのを待ちこがれる
約束した日に宗右衛門《そうえもん》がやってくることを心待ちにする。

かたい友情《ゆうじょう》で結ばれた二人だったが…

赤穴宗右衛門《あかなそうえもん》
「菊花《きっか》の約《ちぎり》」の登場人物。武士《ぶし》。

幽霊《ゆうれい》になって飛んでくる
約束の日に間に合いそうもなくなったため、幽霊《ゆうれい》になってやってきた。

上田秋成《うえだあきなり》が書いた
『雨月物語《うげつものがたり》』の作者は上田秋成《うえだあきなり》。物語を書くほかにも、多彩《たさい》な才能《さいのう》を持っていた。

読本《よみほん》の名作
『雨月物語《うげつものがたり》』には、読本《よみほん》（＝小説）の最高峰《さいこうほう》とされる名作がそろっている。こわいだけでなく、人間の真《しん》の姿《すがた》を描《えが》いている。

日本と中国の話を題材に
『雨月物語《うげつものがたり》』は、日本の古典や中国の小説から構想《こうそう》を練《ね》り、たくみに構成《こうせい》している。

作者

上田秋成《うえだあきなり》（一七三四〜一八〇九年）
作家、歌人、俳人《はいじん》として知られています。若《わか》いころに俳諧《はいかい》、和歌などを学びました。『雨月物語《うげつものがたり》』などの物語を書いたほか、古典の研究もしました。

作品の内容《ないよう》

『雨月物語《うげつものがたり》』は、九話がおさめられた物語集です。いずれも幽霊《ゆうれい》や化《ば》け物《もの》などが登場する怪談《かいだん》で、それぞれ次のような内容《ないよう》です。

「白峰《しらみね》」…歌人で僧《そう》の西行《さいぎょう》（→87ページ）が讃岐《さぬき》（香川県《かがわけん》）を訪《おとず》れ、うらみを抱《いだ》いて死に、怨霊《おんりょう》となった崇徳上皇《すとくじょうこう》に出会い、議論《ぎろん》する。

「菊花《きっか》の約《ちぎり》」→128ページ参照。

「浅茅《あさじ》が宿《やど》」…七年ぶりに家に帰った男が、待ち続けた妻《つま》と一晩《ひとばん》語り合う。

「夢応《むおう》の鯉魚《りぎょ》」…鯉《こい》の絵の名人が、姿《すがた》を鯉《こい》に変えて琵琶湖《びわこ》を泳ぐ。

「仏法僧《ぶっぽうそう》」…僧《そう》の父子が、高野山《こうやさん》（和歌山県）に行き、悲劇《ひげき》の死をとげた豊臣秀次《とよとみひでつぐ》に会う。

「吉備津《きびつ》の釜《かま》」…夫に捨《す》てられた妻《つま》が、怨霊《おんりょう》となって夫たちを取り殺す。

「蛇性《じゃせい》の婬《いん》」→130ページ参照。

「青頭巾《あおずきん》」…鬼《おに》になった僧《そう》が高僧《こうそう》のおかげでさとりを開き、消え去る。

「貧福論《ひんぷくろん》」…金銭《きんせん》をありがたがる男のところに黄金の精《せい》が現《あらわ》れ、金銭《きんせん》に関する話をする。

作品の背景《はいけい》

恐《おそ》ろしい物語の中に、人間の真実の姿《すがた》や悲しみをたくみに描《えが》く

『雨月物語《うげつものがたり》』は、江戸《えど》時代中期の一七七六年に出版《しゅっぱん》されました。日本の古典や中国の小説に題材を取り、怪談《かいだん》として構成《こうせい》し直したものです。ストーリーを洗練《せんれん》させ、美しい文章で書くことによって、もとの話とは異《こと》なる物語の世界をつくり上げることに成功《せいこう》しています。

どの話にも、幽霊《ゆうれい》や化《ば》け物《もの》が登場しますが、その多くはうらみを持っており、執念《しゅうねん》からこの世に現《あらわ》れます。作者の上田秋成《うえだあきなり》は、そうした執念《しゅうねん》の悲しさと恐《おそ》ろしさを通して、人間の真実の姿《すがた》を描《えが》き出《だ》しています。その意味では、『雨《う》月物語《げつものがたり》』は単なる怪談《かいだん》ではありません。

なお、『雨月物語《うげつものがたり》』の序文《じょぶん》(初めの文)には、「雨月が上がり、月がおぼろげに見える夜にこれをまとめた。『雨月物語《うげつものがたり》』と題をつけた」と、題名の由来が書いてあります。

●人間の真実の姿《すがた》　執念《しゅうねん》の悲しさと恐《おそ》ろしさ

困難《こんなん》の中で、幅広《はばひろ》い才能《さいのう》を見せた上田秋成《うえだあきなり》

『雨月物語《うげつものがたり》』の作者上田秋成《うえだあきなり》は、さまざまな困難《こんなん》に出会いながらも、幅広《はばひろ》い才能《さいのう》を見せた人でした。

四歳《さい》で商家の養子《ようし》となりましたが、子どものころにかかったほうそうのために、指の一部が不自由でした。二十八歳《さい》で家をつぎますが、商売は苦手でした。その中で、俳諧《はいかい》や和歌、国学《こくがく》(古典などの研究)などを学びます。三十八歳《さい》の時、家が火事になって全財産《ざいさん》を失い、医術《いじゅつ》を学んで医師《いし》として生計を立てました。『雨月物語《うげつものがたり》』を出版《しゅっぱん》したのは、四十三歳《さい》の時です。六十歳《さい》ごろから視力《しりょく》が弱くなり、さらに、妻《つま》に先立たれます。そのような中でも小説『春雨物語《はるさめものがたり》』や随筆《ずいひつ》などの作品を次々に発表しました。

上田秋成《うえだあきなり》の肖像《しょうぞう》。
天理大学附属天理図書館蔵

踊《おど》りあがるここちして、「小弟《しょうてい》はやくより待《ま》ちて今《いま》にいたりぬる。盟《ちかい》たがは《(わ)》で来《きた》り給《たま》ふ《(う)》ことのうれしさよ。いざ入《い》らせ給《たま》へ《(え)》」といふ《(う)》めれど、ただうなづ《(ず)》きて物《もの》をもいは《(わ)》である。

現代語訳《げんだいごやく》

(左門《さもん》は) おどり上がるようなうれしさで、「私《わたし》は朝から待ち続け、今になりました。約束をたがえずに来てくださったことは、なんとうれしいことでしょう。さあ、中へお入りください」などと言ったが、(赤穴《あかな》は) ただうなずくばかりで、ひと言も言わずにいる。

上の文章は、『雨月物語《うげつものがたり》』の中の「菊花《きっか》の約《ちぎり》」の一部です。

播磨《はりま》(兵庫《ひょうご》県) の学者丈部左門《はせべさもん》が、旅の途中《とちゅう》で病気になった出雲《いずも》(島根県) の武士《ぶし》、赤穴宗右衛門《あかなそうえもん》を助けます。それをきっかけに、二人は意気投合し、義《ぎ》兄弟 (兄弟同様のつき合いをする関係) の約束を交わします。やがて宗右衛門《そうえもん》は故郷《こきょう》に帰りますが、九月九日にはもどってくると固い約束をします。その日をむかえ、左門《さもん》は宗右衛門《そうえもん》の帰りを待ちわびます。夜になり、ようやく宗右衛門《そうえもん》の姿《すがた》が現《あらわ》れます。しかし、それは、宗右衛門《そうえもん》のたましい (幽霊《ゆうれい》) だったのです。

義兄弟《ぎ》との約束をはたすために 死を選び、たましいとなって訪《おとず》れる

「菊花《きっか》の約《ちぎり》」は、義兄弟《ぎ》の約束をした丈部左門《はせべさもん》と赤穴宗右衛門《あかなそうえもん》の話です。

待ちわびる左門《さもん》の前に現《あらわ》れた宗右衛門《そうえもん》は幽霊《ゆうれい》でした。左門《さもん》は、「故郷《こきょう》に帰ると、仕えていた家が、尼子経久《あまごつねひさ》という武将《ぶしょう》に乗っ取られてしまっていた。いとこのすすめで経久《つねひさ》に会ったが、信用できず、退出《たいしゅつ》しようとしたが、とらわれてしまった。約束の日に間に合わず、『たましいは一日で長い距離《きょり》をひとっ飛びする』というので、自殺して、たましいとなってきたのだ」と説明します。宗右衛門《そうえもん》は、信頼《しんらい》し合う友との約束をはたすために、命を絶《た》ったのでした。

友としてのつき合いを求めるなら 軽々しい人はさけなさい

宗右衛門《そうえもん》のたましいは、やがて消えていきます。左門《さもん》は一晩《ひとばん》泣き明かした末、出雲《いずも》（島根県）に向かいます。そして、宗右衛門《そうえもん》を裏切《うらぎ》ったいとこを訪《たず》ね、「あなたは、約束を守ろうとする人を死なせた。私《わたし》も約束を守るためにここへ来た」と言って、いとこを切《き》り捨《す》てます。

「菊花《きっか》の約《ちぎり》」には、初めに「交《まじ（わ）》はりは軽薄《けいはく》の人と結ぶことなかれ」、最後に「軽薄《けいはく》の人と交わりは結ぶべからず」とあります。共に「軽々しい人とつき合ってはならない」の意味です。義《ぎ》にあつく思いやりのある人を友に選ぶべきとの教訓が読み取れるという考え方もあります。

八年間も文章を練《ね》り直《なお》して完成させた作品なのか？

『雨月物語《うげつものがたり》』の作者上田秋成《うえだあきなり》は、序文《じょぶん》（初めの文章）の中で、この作品を一七六八年に書いたと記しています。しかし、作品が出版《しゅっぱん》されたのは一七七六年のことでした。序文《じょぶん》に書いてあることが本当だとしたら、作品ができあがってから出版《しゅっぱん》されるまでに、八年間もかかっていることになります。この間、作者は何度も文章を練《ね》り直《なお》していたとも言われています。『雨月物語《うげつものがたり》』が名文とされるのは、このように作品を見直す期間が長かったからかもしれません。

しかし、成立と刊行《かんこう》のずれについては諸説《しょせつ》があり、まだはっきりしていません。

現代語訳《げんだいごやく》

雪が積もったよりも真っ白で、きらきら光り、目は鏡のようで、角はかれ木のよう、三尺《じゃく》（約九十センチメートル）あまりもある口を開き、真っ赤な舌を出して、一口で飲みこんでしまおうという勢《いきお》いである。

上の文章は、『雨月物語《うげつものがたり》』の中の「蛇性《じゃせい》の婬《いん》」の一部です。

紀伊《きい》（和歌山県）の漁師《りょうし》である大宅豊雄《おおやとよお》は、真《ま》女児《なご》という美しい女性《じょせい》と夫婦《ふうふ》になります。しかし、真女児《まなご》は大蛇《だいじゃ》の化身《けしん》で、その正体を見ぬかれて姿《すがた》を消します。豊雄《とよお》は別の富子《とみこ》という女性《じょせい》と結婚《けっこん》しますが、実は富子《とみこ》の体には、真女児《まなご》が取りついていたのでした。正体を現《あらわ》した大蛇《だいじゃ》を退治《たいじ》しようと、ある僧《そう》が立ち向かいますが、逆《ぎゃく》にやられて死んでしまいます。

雪《ゆき》を積《つ》みたるよりも白《しろ》く
きらきらしく、眼《まなこ》は鏡《かがみ》のごとく、
角《つの》は枯木《かれき》のごと、三尺余《さんたけあま》りの口《くち》を
開《ひら》き、紅《くれない》の舌《した》をはいて、ただ
一《ひと》のみに飲《の》むらん勢《いきお（い）》ひをなす。

人に化《ば》けて青年をたぶらかす蛇《へび》が退治《たいじ》されるまでを描《えが》く

「蛇性《じゃせい》の婬《いん》」は、人間と動物との結婚《けっこん》で起こるおどろおどろしい物語です。蛇《へび》の執念《しゅうねん》がすさまじく、あやしい話が見事に描《えが》かれています。

右の場面の後、主人公の豊雄《とよお》は蛇《へび》の化身《けしん》がたくさんの人にわざいをもたらさないよう、自分の身をあたえようと決意します。それを聞いた妻《つま》の富子《とみこ》の父は、道成寺《どうじょう》という寺の法海和尚《ほうかいおしょう》に助けを求めます。和尚《おしょう》は豊雄《とよお》にけさをあたえて真女児《まなご》が取りついた富子《とみこ》をおさえさせ、呪文《じゅもん》を唱えてその正体をあばきます。現《あらわ》れたのは一メートルほどの蛇《へび》でした。和尚《おしょう》は蛇《へび》を鉄のはちに入れ、はちごと土にうめてしまったそうです。

「蛇性《じゃせい》の婬《いん》」のもとになった「安珍清姫《あんちんきよひめ》」の伝説

「蛇性《じゃせい》の婬《いん》」は、紀伊《きい》（和歌山県）の道成寺《どうじょう》に関係する、安珍《あんちん》という僧《そう》と清姫《きよひめ》という少女の伝説がもとになっていると言われています。

これは、「清姫《きよひめ》が安珍《あんちん》を好きになるが、裏切《うらぎ》られたため安珍《あんちん》を追いかけ、いかりのあまり蛇《へび》の姿《すがた》に変わってしまう。安珍《あんちん》は、道成寺《どうじょう》の鐘《かね》の中にかくれるが、蛇《へび》になった清姫《きよひめ》が鐘《かね》に巻《ま》きつき、そのまま安珍《あんちん》を焼き殺してしまった」という伝説で、能《のう》、人形浄瑠璃《にんぎょうじょうるり》、歌舞伎《かぶき》などでも演《えん》じられています。このように、『雨月物語《うげつものがたり》』の話は、さまざまな伝説や説話（本当にあったとされる話）も題材としています。

『雨月物語《うげつものがたり》』は、「読本《よみほん》」の代表作品

江戸《えど》時代になって平和な世が続くと、町人たちが文学に親しむようになりました。

江戸《えど》時代前期の十七世紀には、上方《かみがた》（大《おお》阪《さか》・京都）で、井原西鶴《いはらさいかく》（→138ページ）の『日本永代蔵《にっぽんえいたいぐら》』など、町人の暮らしぶりなどを描《えが》いた小説である「浮世草子《うきよぞうし》」が登場しました。その後、上方《かみがた》、江戸《えど》（東京）共に、さまざまな種類の読み物が流行し、さらに、十八世紀半ばになると、文章を主体とする「読本《よみほん》」と呼《よ》ばれる小説が登場します。『雨月《うげつ》物語《ものがたり》』は、この読本の代表的な作品です。

十八世紀末から十九世紀初めにかけて、読《よみ》本《ほん》の中心は、上方《かみがた》から江戸《えど》に移《うつ》ります。江戸《えど》の代表的な読本《よみほん》作家に、『南総里見八犬伝《なんそうさとみはっけんでん》』（→139ページ）を書《か》いた曲亭《きょくてい》（滝沢《たきざわ》）馬琴《ばきん》がいます。

東《とう》海《かい》道《どう》中《ちゅう》膝《ひざ》栗《くり》毛《げ》

弥次喜多《やじきた》のコンビが旅をするようすを、おもしろおかしく書いた物語。

作者

十返舎一九《じっぺんしゃいっく》（一七六五〜一八三一年）

作家。駿河《するが》（静岡《しずおか》県）の武士《ぶし》の家に生まれました。若《わか》いころは、大阪《おおさか》で人形浄瑠璃《にんぎょうじょうるり》の脚本《きゃくほん》を書き、後に江戸《えど》（東京）でこっけいな小説を書きました。

おもしろコンビの珍《ちん》道中

弥次喜多《やじきた》が旅をしながら巻《ま》き起《お》こすできごとを描《えが》く。

弥次郎兵衛《やじろべえ》

四十歳《さい》くらいの太ったおじさん。音楽や漢詩などの教養《きょうよう》が豊《ゆた》か。

喜多八《きたはち》

二十三、四歳《さい》くらい。弥次郎兵衛《やじろべえ》の家に住まわせてもらっていた。

失敗やくだらない行動の連続

江戸《えど》から京都・大阪《おおさか》まで旅をする

江戸《えど》（東京）から、西に向かい、伊勢《いせ》神宮に参詣《さんけい》した後、京都・大阪《おおさか》を見物する。

さまざまな騒動《そうどう》を起こす

行く先々で、大食い競争《きょうそう》をしたり、財布《さいふ》をぬすまれたりと、人さわがせでにくめない騒動《そうどう》を起こす。

「こっけい本」の決定版《ばん》

『東海道中膝栗毛《とうかいどうちゅうひざくりげ》』は、ばかばかしい笑いが中心で、狂《きょう》歌《か》で気持ちを表現《ひょうげん》している。

大人気で続編《ぞくへん》も

『東海道中膝栗毛《とうかいどうちゅうひざくりげ》』は、多くの庶民《しょみん》に愛読され、続編《ぞくへん》が次々に書かれた。

作品の内容《ないよう》

『東海道中膝栗毛《とうかいどうちゅうひざくりげ》』は、栃面屋弥次郎兵衛《とちめんややじろべえ》と喜多八《きたはち》の二人が、江戸《えど》（東京）を旅立って西へ進み、伊勢《いせ》神宮（三重県）を参詣《さんけい》した後、京都・大阪《おおさか》まで足をのばす中で起こるさまざまなできごとを描《えが》いた小説です。「弥次喜多《やじきた》道中」として、長く親しまれてきました。会話体の文章の途中《とちゅう》に、狂歌《きょうか》（和歌の形式でこっけいな内容《ないよう》をよんだもの）をはさむ書き方をしています。

「東海道《とうかいどう》」は、江戸《えど》時代に江戸《えど》と京都を結んでいた街道の名前です。また、「栗毛《くりげ》」は、栗《くり》毛《げ》色（明るめの黄かっ色）の馬を表し、「膝栗《ひざくり》毛《げ》」とは、ひざを栗毛《くりげ》の馬の代わりに動かして歩く、徒歩旅行という意味です。

主人公の二人は、行く先々でいたずらやくだらない行い、セクハラめいた下品な行動をします。旅の途中《とちゅう》で出会う人にだまされて高いお金をはらわされるなどの失敗話も盛《も》りだくさんです。何かを批判《ひはん》するのではなく、だれでもわかる笑い話の連続として、一般庶民《いっぱんしょみん》がおもしろおかしく読める内容《ないよう》となっています。

作品の背景《はいけい》

たわいのない笑いをさそう「こっけい本」の代表作

江戸《えど》時代は、平和な世の中が続き、商業や工業が盛《さか》んになったことから、人々の暮《く》らしが豊《ゆた》かになりました。町人たちは自由で活気にあふれ、庶民《しょみん》的な文学を生み出しました。

江戸《えど》時代後半になると、文化の中心が上方《かみがた》（大阪《おおさか》・京都）から江戸《えど》（東京）に移《うつ》り、江戸《えど》の町人の生き方を描《えが》いた小説が刊行《かんこう》されました。その中で、江戸《えど》町人の日常《にちじょう》生活の中から生まれてきた彼《かれ》らの気持ちや行動、生き方を、会話のやりとりを中心としておもしろおかしく描《えが》く「こっけい本」が生まれたのです。

だじゃれなどのことば遊びや芝居《しばい》のせりふなどを盛《も》りこみ、たわいのない笑いを描《えが》くこっけい本は、町人たちにもてはやされました。

『東海道中膝栗毛《とうかいどうちゅうひざくりげ》』は、こっけい本の代表的な作品です。

●いたずら

弥次喜多《やじきた》の二人が狂歌《きょうか》をよみながら歩いていると、親父《おやじ》が近づいてきて、名前をたずねる。弥次郎兵衛《やじろべえ》は、自分は「有名作家の十返舎一九《じっぺんしゃいっく》である」と言ってだます。

●失敗

二人が宿屋で寝《ね》ていると、わらに包んであったすっぽんがはい出してきて、喜多《きた》八《はち》のふとんに入る。手ではらいのけると、弥次郎兵衛《やじろべえ》の方に飛んでいき、その指をかむ。

●セクハラ

若《わか》い娘《むすめ》と同じ宿に泊《と》まることになった二人。真夜中に喜多八《きたはち》が二階で寝《ね》ている娘《むすめ》のふとんに入りこもうとするが、まちがっておばあさんのふとんに入ってしまい、どなられる。

続編《ぞくへん》が次々に出版《しゅっぱん》される

『東海道中膝栗毛《とうかいどうちゅうひざくりげ》』が初めて出版《しゅっぱん》されたのは、一八〇二年のことでした。そのおもしろさから、町人たちの間で大人気になったため、その後二十一年もの間、続編《ぞくへん》が書き続けられました。続編《ぞくへん》の中で、弥次喜多《やじきた》の二人は、四国や中国地方、善光寺《ぜんこう》（長野県）、草津温泉《くさつおんせん》（群馬《ぐんま》県）など、日本の各地を旅することになりました。

これらは地方の名所や名物などを紹介《しょうかい》する旅行ガイドの役割《やくわり》もはたし、江戸《えど》だけでなく、地方でもよく読まれました。また、『東海道《とうかいどう》中膝栗毛《ちゅうひざくりげ》』をまねた本も数多く刊行《かんこう》されました。

庶民《しょみん》の暮《く》らしを会話で描《えが》く

浮世風呂《うきよぶろ》

江戸《えど》時代後期に書かれたこっけい本。作者は式亭三馬《しきていさんば》です。江戸《えど》の町人の社交場でもあった銭湯《せんとう》でかわされる、町人たちの会話を通して、彼《かれ》らの暮《く》らしぶりを描《えが》いています。当時の会話のしかたを知る資料《しりょう》としても貴重《きちょう》です。舞台《ぶたい》を髪結床《かみゆいどこ》（まげをゆう店、現在《げんざい》の理容店《りようてん》）にした『浮世床《うきよどこ》』が続編《ぞくへん》として書かれています。

下駄《げた》にてぐは《（が）》たぐは《（が）》たとふみちらし、つゐ《（い）》にかまの底《そこ》をふみぬき、べつ《（つ）》たりとしりもちをつきければ、湯《ゆ》はみな流《なが》れてシウシウシウシウシウシウ。

喜多《きた》「ヤアイ助《たす》けぶね助《たす》けぶね

弥次《やじ》「どふ《（う）》したどふ《（う）》した。ハハハハハハハハ（中略《ちゅうりゃく》）

現代語訳《げんだいごやく》

（喜多八《きたはち》が）げたでがたがたとふみ散らしたので、とうとうかまの底をふみぬいてしまった。喜多八《きたはち》がべったりとしりもちをつくと、ふろの湯が全部流れ出してしゅうしゅうと音がした。

喜多《きた》「おうい、助けてくれ、助けてくれ」

弥次《やじ》「どうしたどうした、はははははは」

（中略《ちゅうりゃく》）

（狂歌《きょうか》）水風呂《すいふろ》のかまの底をぬいた罰《ばつ》で、宿屋の主人にしりぬぐいをさせられた。

江戸《えど》を出発した二人は、小田原《おだわら》（神奈川県《かながわけん》）に泊《と》まります。その宿の風呂《ふろ》は、五右衛門風呂《ごえもんぶろ》でした。五右衛門風呂《ごえもんぶろ》は、かまの上に風呂《ふろ》おけをのせてあり、湯にういている木のふたを足でしずめて入るものです。ところが、二人は入り方がわからず、木のふたを取ってしまいます。

先に入った弥次郎兵衛《やじろべえ》は、熱くてたまらないので、近くにあった便所のげたをはいて入りますが、出る時にいたずらをして、げたをかくしてしまいます。次に入った喜多八《きたはち》も熱がり、なんとかげたを探《さが》し出して入ります。しかし、調子に乗ってげたをふみならしたために、風呂《ふろ》のかまの底がぬけて湯が流れ出してしまいました。

二人は、宿屋の主人にこっぴどくしかられ、修理費《しゅうりひ》を取られます。そこで狂歌《きょうか》をよみます。「水風呂《すいふろ》」は、水からわかす風呂《ふろ》のことです。「尻《しり》をよこす」は「責任《せきにん》を取らせる」という意味です。

水《すい》風《ふ》呂《ろ》の釜《かま》をぬきたる科《とが》ゆへ《(え)》に 宿屋《やどや》の亭主《ていしゅ》尻《しり》をよこした

小田原《おだわら》の宿で五右衛門風呂《ごえもんぶろ》に入り 風呂《ふろ》のかまの底をふみぬく

『東海道中膝栗毛《とうかいどうちゅうひざくりげ》』には、弥次喜多《やじきた》の二人のさまざまな失敗話がありますが、その中でもよく知られているのが、五右衛門風呂《ごえもんぶろ》のかまの底をふみぬいてしまう場面でしょう。

五右衛門風呂《ごえもんぶろ》は、燃料《ねんりょう》の節約になる風呂《ふろ》で、当時、上方《かみがた》（大阪《おおさか》・京都）にはよくありましたが、江戸《えど》にはありませんでした。まして二人は、ふだん江戸《えど》では銭湯《せんとう》に通っています。当然、入り方がわからないのですが、わざわざ聞くのもばかばかしいと、見栄《みえ》をはった（?）ために、このような大失敗の結果になってしまったのです。

こっけいなやりとりがおもしろい 会話体で書かれた『東海道中膝栗毛《とうかいどうちゅうひざくりげ》』

『東海道中膝栗毛《とうかいどうちゅうひざくりげ》』の話は、弥次喜多《やじきた》を中心とした軽妙《けいみょう》な会話のやりとりで進んでいき、ところどころに、その場の状況《じょうきょう》をおもしろくよんだ狂歌《きょうか》がはさまれます。

弥次喜多《やじきた》の会話はおたがいに遠慮《えんりょ》がなく、だじゃれや軽口も折りこまれています。現在《げんざい》の漫《まん》才《ざい》のかけ合いのようで、流れるようにおもしろく読み進んでいけます。

また狂歌《きょうか》は、和歌の形式でこっけいな話題をよみこむもので、江戸《えど》では十八世紀後半に流行しました。狂歌《きょうか》をよむことを専門《せんもん》にする狂歌師《きょうかし》もいました。

初めての職業《しょくぎょう》作家、十返舎一九《じっぺんしゃいっく》

『東海道中膝栗毛《とうかいどうちゅうひざくりげ》』の作者である十返舎《じっぺんしゃ》一九《いっく》は、こっけい本の作家としての活動のほか、人形浄瑠璃《にんぎょうじょうるり》の台本を書いたり、絵をかいたりしていました。

『東海道中膝栗毛《とうかいどうちゅうひざくりげ》』がたくさん売れたことで流行作家になりました。日本で初めて作家を職業《しょくぎょう》として生活できるようになった人と言われます。『東海道中膝栗毛《とうかいどうちゅうひざくりげ》』を書くために地方に取材旅行に出かけることもありました。ただし、こっけいな話を書くわりに、本人は気難《きむずか》しい性格《せいかく》だったようです。

死ぬ時には、「この世をばどりや《(や)》おいとまと線香《せんこう》のけぶりともに灰《はい》さや《(よ)》うなら（この世《よ》ともそろそろおさらばだ。線香《せんこう》のけむりといっしょに灰《はい》になる。『はい、さようなら』）」という、たいへんユーモラスな歌（狂歌《きょうか》）を残しました。

十返舎一九《じっぺんしゃいっく》の肖像《しょうぞう》。

写真＝東京大学国文学研究室

喜多《きた》「アイタタタタ弥次《やじ》さん、コリヤどふ《（う）》する

弥次《やじ》「どふ《（う）》するもんか。ぶちころすのだ

トうつ《（つ）》かりした所《ところ》をぐつ《（つ）》とつきたを《（お）》して、弥次郎《やじろう》

そのうへ《（え）》へのりかかりおさへ《（え）》る

喜多《きた》「あいたあいた

弥次《やじ》「いたかア性体《しょうたい》をあらは《（わ）》せあらは《（わ）》せ

現代語訳《げんだいごやく》

喜多《きた》「あ痛《いた》たたた。弥次《やじ》さん、どうしようってんだ」

弥次《やじ》「どうするだと。ぶち殺すんだよ」

と言って、喜多八《きたはち》が油断《ゆだん》したところをつきたおし、弥次郎兵衛《やじろべえ》が、上に乗っておさえる。

喜多《きた》「あ痛《いた》、あ痛《いた》」

弥次《やじ》「痛《いた》いと言うなら、正体を現《あらわ》せ」

東海道《とうかいどう》を西へ進む二人は、赤坂《あかさか》（愛知県）の宿近くにやってきました。喜多八《きたはち》は、宿を取るために先に向かいました。弥次郎兵衛《やじろべえ》が茶店で一服していると、店のおばあさんが「この先で人を化かすきつねが出る」と言います。弥次郎兵衛《やじろべえ》は「悪いきつねが出たらぶち殺してやる」と息巻《いきま》いて、街道を歩いていきます。

すると、先を行ったはずの喜多八《きたはち》の姿《すがた》が見えます。喜多八《きたはち》は「先に行こうと思ったが、ここらへんは悪いきつねが出ると聞いたので待っていたんだ」と言いますが、弥次郎兵衛《やじろべえ》は、これこそきつねが化かしているのだと思いこみます。喜多八《きたはち》がすすめるもちも、馬糞《ばふん》だと思って食べません。そして、化けの皮をはいでやるとばかりにおさえつけたのです（上の場面）。

この後、弥次郎兵衛《やじろべえ》は喜多八《きたはち》をしばって宿までつれていきますが、犬をけしかけても正体を現《あらわ》さないので、ようやく本人だと気づきました。

失敗やばかなかけ合いを続けながら伊勢《いせ》をめざす弥次喜多《やじきた》コンビ

二人のばかばかしい旅は続きます。三島《みしま》（静岡《しずおか》県）では、近づいてきた男（正体はどろぼう）と同じ宿に泊《と》まることになり、すっぽんにかまれる騒動《そうどう》の間に大金を持ちにげされます。また、浜松《はままつ》（静岡《しずおか》県）では、庭に干《ほ》してあったじゅばん（下着の着物）を幽霊《ゆうれい》と見まちがえてこしをぬかします。

単純《たんじゅん》でだまされやすく、欲《よく》が深く、エッチなところもある二人の性格《せいかく》は、江戸《えど》の庶民《しょみん》にとって身近に感じられたことでしょう。この二人のキャラクターを生き生きと描《えが》くことで、『東海《とうかい》道中膝栗毛《どうちゅうひざくりげ》』は大人気読み物となったのです。

伊勢《いせ》参りは庶民《しょみん》の観光旅行の口実　全国から参詣《さんけい》者が向かった

二人がめざした伊勢《いせ》（三重県）には、天照大神《あまてらすおおみかみ》をまつる伊勢《いせ》神宮があり、全国から信仰《しんこう》を集めていました。

江戸《えど》時代には、庶民《しょみん》が自由に旅をすることは許《ゆる》されず、許可《きょか》を取り、手形（通行証《しょう》）を持って出かけなければなりませんでした。江戸《えど》時代後半には、街道が整備《せいび》され、庶民《しょみん》が豊かになってきたこともあって、旅行がはやるようになりましたが、その際《さい》、伊勢《いせ》神宮への参詣《さんけい》であれば、信仰《しんこう》のためなので、たいてい許可《きょか》が出ました。弥次喜多《やじきた》のように、伊勢《いせ》参りのついでに、京都や大阪《おおさか》の見物をすることもよくありました。

『東海道中膝栗毛《とうかいどうちゅうひざくりげ》』の旅の道のり

江戸《えど》時代のそのほかの古典

金銭《きんせん》にふり回される町人の姿《すがた》を描《えが》く

日本永代蔵《にっぽんえいたいぐら》

◆内容《ないよう》

江戸《えど》時代前期の大阪《おおさか》の町人のようすを描《えが》いた「浮世草子《うきよぞうし》」と呼《よ》ばれる小説です。全六冊《さつ》で、商売に成功して富《とみ》をたくわえた商人の話や、逆《ぎゃく》に失敗して没落《ぼつらく》してしまう商人の話など、三十の話が書かれています。

江戸《えど》時代になって、平和な時期が訪《おとず》れると、町人が力をつけ、商売が盛《さか》んになりました。特に商人の町と呼《よ》ばれた大阪《おおさか》では、知恵《ちえ》を使って商売をし、資産《しさん》を築《きず》いた町人たちがいる一方で、失敗して財産《ざいさん》を失う人もいました。どちらも金銭《きんせん》へのこだわりが強く、お金が重要な役割《やくわり》をする世の中で、運命を変えられます。作者の井原西鶴《いはらさいかく》は、そうした商人たちの姿《すがた》を通して、世の中の実態《じったい》を描《えが》き出《だ》しています。

◆できた時期

江戸《えど》時代前期の一六八八年刊行《かんこう》。

◆作者

井原西鶴《いはらさいかく》（一六四二〜一六九三年）。大阪《おおさか》の豊《ゆた》かな町人の家に生まれたと言われています。十五歳《さい》ごろから俳諧《はいかい》（俳句《はいく》）に親しみ、自由で新しい作風の句《く》をつくりました。四十歳《さい》ごろから小説を書き始め、亡《な》くなるまでの約十年の間に、『好色《こうしょく》一代男《いちだいおとこ》』、『武道伝来記《ぶどうでんらいき》』、『西鶴諸国《さいかくしょこく》ばなし』、『世間胸算用《せけんむねさんよう》』など、社会の人々のようすを描《えが》く作品を書きました。

井原西鶴《いはらさいかく》

◆特徴《とくちょう》

お金という題材を取り上げ、現実《げんじつ》の社会のようすをありのままに描《えが》くと共に、お金についての教訓も述《の》べています。

江戸《えど》の町人の皮肉としゃれを表す

誹風柳多留《はいふうやなぎだる》

◆内容《ないよう》

江戸《えど》時代中期の川柳《せんりゅう》集。略《りゃく》して『柳多留《やなぎだる》（柳樽《やなぎだる》）』とも言います。

江戸《えど》時代前期から、七・七の句《く》に、五・七・五の句《く》をつける「前句《まえく》づけ」が流行していました。前句《まえく》づけの達人だった柄井川柳《からいせんりゅう》がつくった五・七・五の部分だけを集めたものが『誹風《はいふう》柳多留《やなぎだる》』です。七・七の部分がなくてもわかる内容《ないよう》であり、後にこれが川柳《せんりゅう》と呼《よ》ばれるようになりました。川柳《せんりゅう》は、五・七・五の形は俳諧《はいかい》（俳《はい》句《く》）と同じですが、季語がなくてもよいことなど、形式にとらわれず、内容《ないよう》も皮肉をこめた笑いをあつかうことが多く、庶民《しょみん》に流行しました。

『誹風柳多留《はいふうやなぎだる》』には、次のような川柳《せんりゅう》がおさめられています。

本降《ほんぶ》りになつ《(つ)》て出て行く雨宿り

（急な雨で、しばらくは雨宿りしていたが、やむのが待てず、かえって雨が激《はげ》しくなったころに出ていくことになった）

孝行のしたい時分に親はなし

（親孝行をしたいと思うころにはもう親は死んでいるものだ。早くしておけばよかった）

清盛《きよもり》の医者ははだかで脈《みゃく》をとり

（熱病にかかり高熱を出した平清盛《たいらのきよもり》の医者は、あまりにも熱いので、はだかで脈《みゃく》を取ったのだ）

◆できた時期

一七六五〜一八三八年。この間に、百六十七編《へん》が刊行されました。

◆編者《へんじゃ》

柄井川柳《からいせんりゅう》の弟子の呉陵軒可有《ごりょうけんあるべし》ほか。

◆特徴《とくちょう》

『誹風柳多留《はいふうやなぎだる》』が刊行《かんこう》されたことが、川柳《せんりゅう》という新しい文学の分野が生まれるきっかけになりました。また、江戸《えど》（東京）の人々の暮《く》らしぶりや、この時代のことばに関する資《し》料《りょう》としても貴重《きちょう》です。川柳《せんりゅう》は、現代《げんだい》でも楽しまれています。

英雄《えいゆう》たちが活躍《かつやく》する大長編《ちょうへん》

南総里見八犬伝《なんそうさとみはっけんでん》

◆内容《ないよう》

全九十八巻《かん》百六冊《さつ》からなる長編《ちょうへん》小説。室町《むろまち》時代末期、安房《あわ》（千葉県）の里見《さとみ》家を中心とする話です。

里見《さとみ》家の領主里見義実《りょうしゅさとみよしざね》が、城《しろ》にせまる敵《てき》の大将《たいしょう》の首を取ってきた犬の八房《やつふさ》を、自分の娘《むすめ》の伏姫《ふせひめ》の夫としたことが物語の発端《ほったん》です。その後、仁《じん》・義《ぎ》・礼《れい》・智《ち》・忠《ちゅう》・信《しん》・孝《こう》・悌《てい》の八つの玉をそれぞれに持つ八犬士《けんし》が各地に生まれ、さまざまな困難《こんなん》を乗りこえて集まり、里見《さとみ》家のために戦います。

中国の『水滸伝《すいこでん》』という、英雄《えいゆう》たちが活躍《かつやく》する話をもとに、善《ぜん》の心を持つ英雄《えいゆう》たちが、悪人たちを討《う》ちほろぼす展開《てんかい》となっています。また、よい行いをすればよい結果が生まれ、悪いことをすると、その報《むく》いがあるとする「因果応報《いんがおうほう》」や、武士《ぶし》のあるべき姿《すがた》も描《えが》かれています。

◆できた時期

一八一四～一八四二年。二十八年にわたって書き続けられました。

◆作者

曲亭《きょくてい》（滝沢《たきざわ》）馬琴《ばきん》（一七六七～一八四八年）。江戸《えど》（東京）の深川《ふかがわ》に、下級武士《ぶし》の子として生まれました。早くに父を亡《な》くし、ほかの武士《ぶし》の家で奉公《ほうこう》したこともあります。二十四歳《さい》で作家を志《こころざ》し、作品を次々に発表しました。三十六歳《さい》から、「読本《よみほん》」（→131ページ）と呼《よ》ばれる小説を書くようになりました。『南総里見八犬伝《なんそうさとみはっけんでん》』は、五十歳《さい》近くになってから書き始めた作品で、途中《とちゅう》で目が見えなくなりましたが、息子《むすこ》の妻《つま》に漢字を教え、話を書きとめさせて完成させました。

平安《へいあん》時代末期の武将《ぶしょう》、源為朝《みなもとのためとも》を主人公とする『椿説弓張月《ちんせつゆみはりづき》』も代表作の一つです。

◆特徴《とくちょう》

壮大《そうだい》な作品で、はらはらわくわくする展開《てんかい》により、明治時代から現代《げんだい》にまで続く、人気作品となりました。

歌舞伎《かぶき》の幽霊《ゆうれい》話の代表作

東海道四谷怪談《とうかいどうよつやかいだん》

◆内容《ないよう》

江戸《えど》時代後期の歌舞伎《かぶき》作品です。『いろは仮名四谷怪談《がなよつやかいだん》』など、多くの別題名があります。

四谷左門《よつやさもん》の娘《むすめ》お岩《いわ》は、浪人《ろうこん》、民谷《たみや》伊右衛門《いえもん》の妻《つま》でした。伊右衛門《いえもん》は、自分の悪事を知られたお岩《いわ》の父を殺してしまいます。また、伊右衛門《いえもん》を孫娘《まごむすめ》の夫にしたいと思っている伊藤《いとう》喜兵衛《きへえ》によって、お岩《いわ》は毒を飲まされ、うらみを残して死んでいきます。この時、お岩《いわ》は毒のせいで、髪《かみ》がぬけ、顔のようすが変わってしまいました。その後、お岩《いわ》の幽霊《ゆうれい》が現《あらわ》れ、伊《い》右衛門《えもん》にうらみ言を言います。伊右衛門《えもん》は次第に追いつめられ、最後には、お岩《いわ》の妹の夫に討《う》たれます。

歌舞伎《かぶき》では、毒を盛《も》られたお岩《いわ》がくしで髪《かみ》をすくと、髪《かみ》がぬけてしまう場面、戸板の両側にくくりつけられた死体など、観客を恐怖《きょうふ》におとしいれるしかけがあちこちに取り入れられています。

◆できた時期

一八二五年に、江戸《えど》（東京）で初めて上演《じょうえん》されました。

◆作者

四世鶴屋南北《つるやなんぼく》（一七五五～一八二九年）。江戸《えど》の日本橋《にほんばし》に職人《しょくにん》の子として生まれました。芝居《しばい》が好きで、作者の見習いをしました。約三十年もの下積み時代の後、四十九歳《さい》で出世作『天竺徳兵衛韓噺《てんじくとくべえいこくばなし》』が好評《こうひょう》となり、立作者（芝居《しばい》小屋に属《ぞく》する作家の中で第一の作者）としての地位を得始めました。その後、二十五年にわたり、作家として活躍《かつやく》し、名作と言われる『東海道四谷怪談《とうかいどうよつやかいだん》』を書きました。

◆特徴《とくちょう》

怪談《かいだん》として最もよく知られている作品の一つです。また、恐怖《きょうふ》、悲しみ、悪など、人間のさまざまな心理を描《えが》くと共に、当時の江戸《えど》の人々の社会のようすも生き生きとあらわしています。

古典を味わうブックガイド

古典に親しみ、より深く味わうための本を紹介《しょうかい》します。
ぜひ手に取って、古典のおもしろさにふれてください。

絵物語古事記《えものがたりこじき》

富安陽子／文　山村浩二／絵　三浦佑之／監修
偕成社

『古事記《こじき》』上巻《じょうかん》におさめられている日本の神話が、生き生きとした文章と、大きなさし絵で語られます。日本がどのようにできたのか、イメージしやすい構成《こうせい》です。

よみたい万葉集《まんようしゅう》

まつしたゆうり／絵・文　松岡文、森花絵／文
村田右富実／監修　阪上望／助手
西日本出版社

『万葉集《まんようしゅう》』におさめられている歌の鑑賞《かんしょう》のし方を会話形式で紹介《しょうかい》。コラムも充実《じゅうじつ》して、現代《げんだい》人と共通する気持ちや、当時の人だけが持つ感覚を感じることができます。

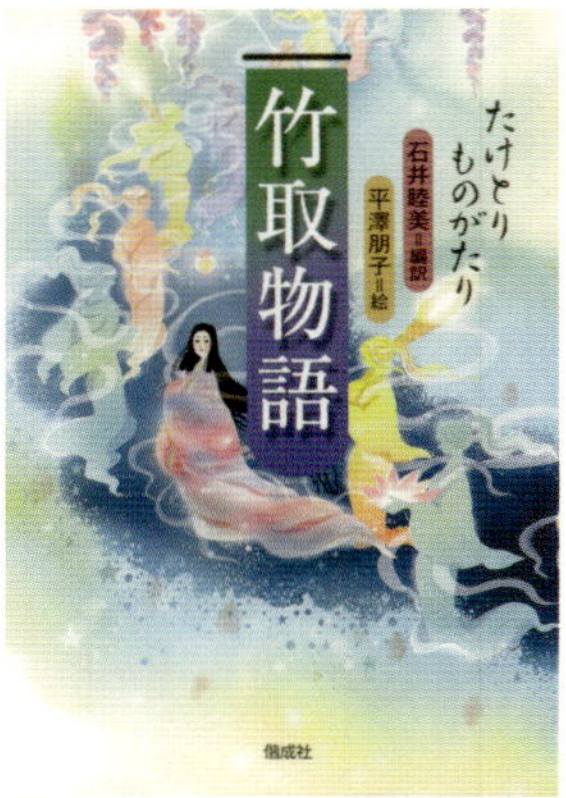

竹取物語《たけとりものがたり》

石井睦美／編訳　平澤朋子／絵
偕成社

日本で最も古いファンタジーとも言える『竹取物語《たけとりものがたり》』を、原作の雰囲気《ふんいき》を大切にしながら現代《げんだい》語に訳《やく》しています。物語の世界をイメージできるイラストも豊富《ほうふ》です。

青い鳥文庫
枕草子《まくらのそうし》　清少納言《せいしょうなごん》のかがやいた日々

時海結以／文　久織ちまき／絵
講談社

『枕草子《まくらのそうし》』から、私《わたし》たちが読んでも共感できる部分を選んでつなげることで、小説として読めるようにしています。作者、清少《せいしょう》納言《なごん》の宮中での生活がわかります。

角川つばさ文庫
源氏物語《げんじものがたり》　時の姫君《ひめぎみ》　いつか、めぐりあうまで

紫式部／作　越水利江子／文　Izumi／絵
KADOKAWA

『源氏物語《げんじものがたり》』の初めの部分を水妖《すいよう》「水鬼《すいき》」の目からわかりやすく紹介《しょうかい》します。十歳《さい》の「ゆかりの姫《ひめ》」を主人公に、美しく光りかがやく「光《ひかる》の君《きみ》」との出会いを描《えが》きます。

岩波少年文庫
今昔《こんじゃく》ものがたり

杉浦明平／著　太田大八／イラスト
岩波書店

大どろぼうの話、鼻の長い和尚《おしょう》の話、きつねや化《ば》け物《もの》との知恵比《ちえくら》べなど、平安《へいあん》時代の人々の生活と心を生き生きと伝える不思議で楽しい話を三十九話紹介《しょうかい》しています。

平家物語《へいけものがたり》　全2巻《かん》

小前亮／文　広瀬弦／絵
小峰書店

多くの富《とみ》と武力《ぶりょく》によって権力《けんりょく》の頂点《ちょうてん》に立った平清盛《たいらのきよもり》。しかし、諸国《しょこく》の源氏《げんじ》の武《ぶ》将《しょう》たちが、平家打倒《だとう》に立ち上がります。平《へい》氏《し》の絶頂《ぜっちょう》期から源義経《みなもとのよしつね》の最期《さいご》までを描《えが》きます。

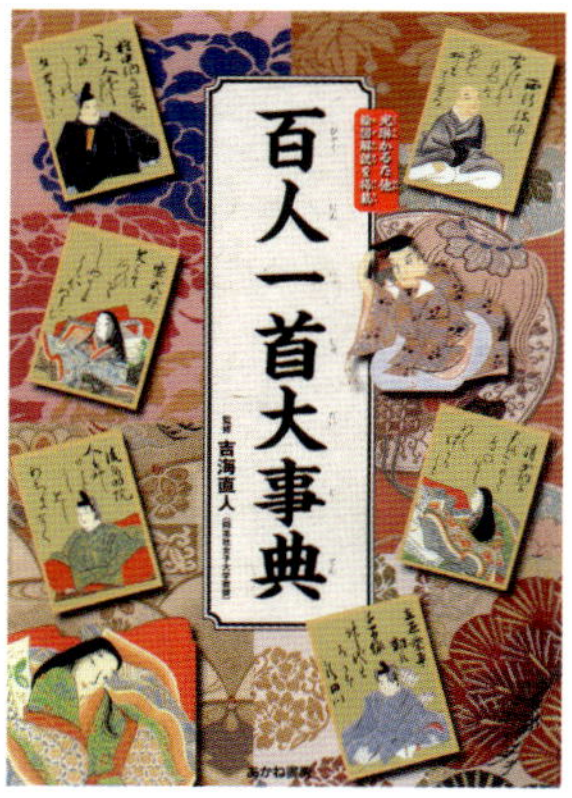

百人一首大事典《ひゃくにんいっしゅだいじてん》

吉海 直人／監修
あかね書房

『小倉百人一首《おぐらひゃくにんいっしゅ》』の百首の和歌について、内容《ないよう》、作者、当時の暮《く》らしなどを網羅《もうら》して紹介《しょうかい》しています。絵や写真の資料《しりょう》も豊富《ほうふ》で、歌の内容《ないよう》や背景《はいけい》を理解《りかい》しやすくなっています。

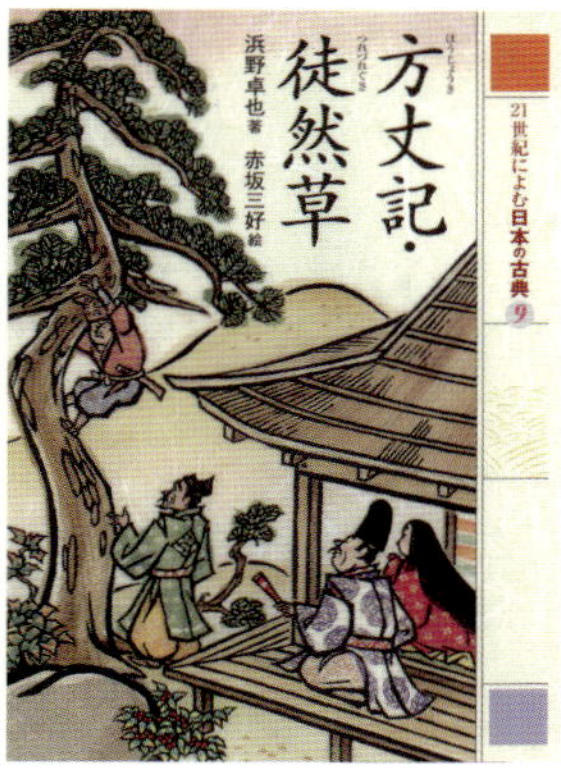

21世紀に読む日本の古典9（全20巻《かん》）
方丈記《ほうじょうき》・徒然草《つれづれぐさ》

浜野卓也／著　赤坂三好／絵　西本鶏介／監修
ポプラ社

この世の無常《むじょう》と命のはかなさを語る『方丈《ほうじょう》記《き》』、当時の社会のようすを描《えが》く『徒然草《つれづれぐさ》』。鎌倉《かまくら》時代の優《すぐ》れた随筆《ずいひつ》二作のおもしろさを伝えます。

岩波少年文庫
宇治拾遺《うじしゅうい》ものがたり

川端善明／著　川端健生／イラスト
岩波書店

こぶとりじいさんや腰折《こしお》れすずめ、鬼《おに》やきつねが活躍《かつやく》する話など、今も昔も変わらない人の心の不思議さを描《えが》く四十七の美しい話やこわい話を紹介《しょうかい》します。

ストーリーで楽しむ日本の古典17（全20巻《かん》）
おくのほそ道《みち》
永遠の旅人・芭蕉《ばしょう》の隠密《おんみつ》ひみつ旅

那須田淳／著　十々夜／絵　岩崎書店

俳句《はいく》界の巨匠《きょしょう》、芭蕉《ばしょう》は何者だったのか。芭《ば》蕉《しょう》の半生に焦点《しょうてん》を当て、『おくのほそ道《みち》』を、数々の名句《めいく》と共に、少女忍者嵐子《にんじゃらんこ》の目を通した物語として描《えが》きます。

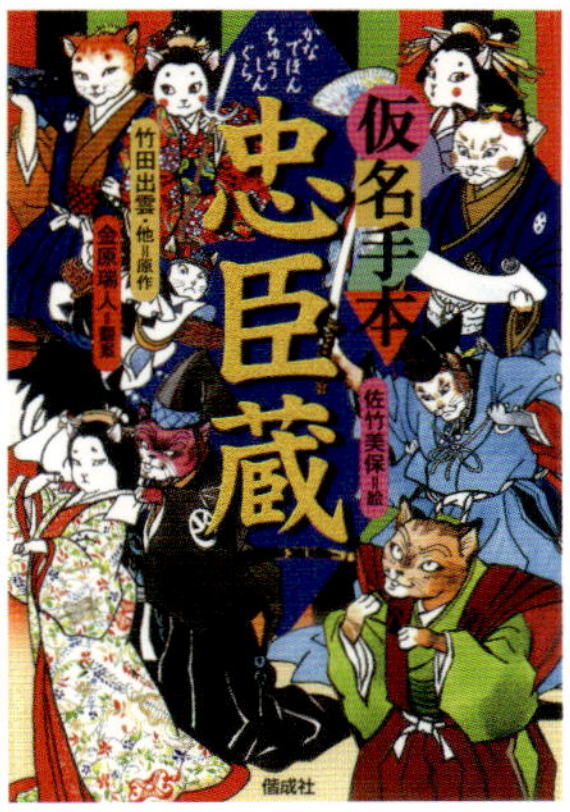

仮名手本忠臣蔵《かなでほんちゅうしんぐら》

竹田出雲・他／原作　金原瑞人／翻案
佐竹美保／絵
偕成社

『仮名手本忠臣蔵《かなでほんちゅうしんぐら》』を大胆《だいたん》に再構成《さいこうせい》しています。お軽《かる》の親しみやすいことばで語られる物語を、ネコ一座《ざ》の役者たちが演《えん》じる設《せっ》定《てい》になっています。

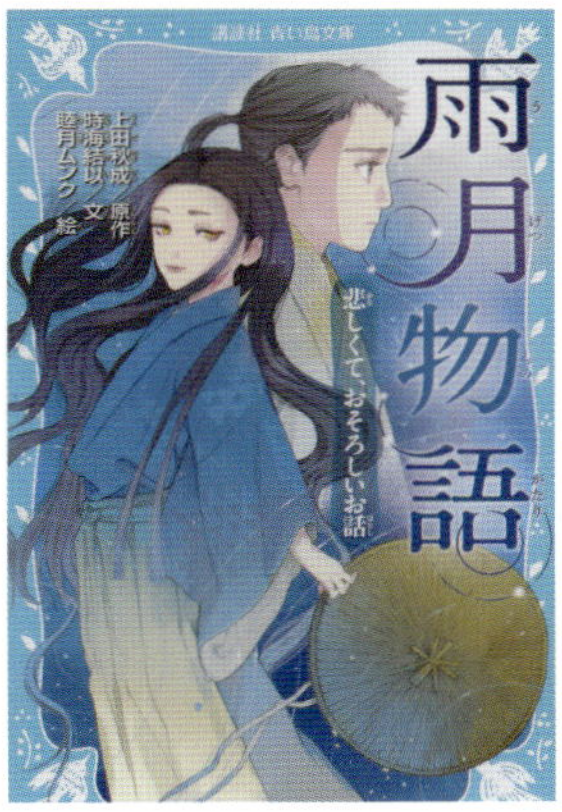

青い鳥文庫
雨月物語《うげつものがたり》　悲しくて、おそろしいお話

時海結以／文　睦月ムンク／絵
講談社

「菊花《きっか》の約《ちぎり》」、「吉備津《きびつ》の釜《かま》」など四話を選び、わかりやすい現代語訳《げんだいごやく》で紹介《しょうかい》しています。不思議で切ない話、あやしく恐《おそ》ろしい話の世界を楽しめます。

これだけは読みたい　わたしの古典（全11巻《かん》）
東海道中膝栗毛《とうかいどうちゅうひざくりげ》

来栖良夫／著　二俣英五郎／絵
童心社

江戸《えど》時代から読みつがれる弥次喜多珍道《やじきたちんどう》中《ちゅう》の有名なエピソードをダイジェスト。原作のおもしろさや調子、気分を伝える、生き生きとした語り口で描《えが》いています。

さくいん

あ

アイ……103
相生《あいおい》の松《まつ》……100
哀傷《あいしょう》……30
「青頭巾《あおずきん》」……126
赤穴宗右衛門《あかなそうえもん》……126・128
芥川龍之介《あくたがわりゅうのすけ》……60・65
『明烏《あけがらす》』……112
揚幕《あげまく》……101
赤穂事件《あこうじけん》……120
「浅茅《あさじ》が宿《やど》」……126
浅野内匠頭《あさのたくみのかみ》……120・123
葦原中国《あしはらのなかつくに》……13
東歌《あずまうた》……16・21
東下《あずまくだ》り……46
あだ討《う》ち……125
「敦盛《あつもり》」……102・103
アド……103
天叢雲剣《あめのむらくものつるぎ》……15
在原業平《ありわらのなりひら》……33・42・43・47
あは《(わ)》れ……51・54・55
阿倍御主人《あべのみうし》……27
安元《あんげん》の大火《たいか》……73
安珍《あんちん》……131
安徳天皇《あんとくてんのう》……79
池《いけ》の尾《お》……60・64
イザナギ……10・12・13
イザナミ……10・12・13
十六夜月《いざよいづき》……29
石作皇子《いしつくりのみこ》……27
和泉式部《いずみしきぶ》……37
『和泉式部日記《いずみしきぶにっき》』……6・37
イズモタケル……15
出雲《いずも》の阿国《おくに》……125
『出雲国風土記《いずものくにふどき》』……22
伊勢神宮《いせじんぐう》……137
『伊勢物語《いせものがたり》』……6・42〜47・98
石上麻呂足《いそのかみのまろたり》……27
石上宅嗣《いそのかみのやかつぐ》……22
一《いち》の谷《たに》の戦《たたか》い……79・102
井原西鶴《いはらさいかく》……131・138
居待月《いまちづき》……29
「芋粥《いもがゆ》」……65
『いろは仮名四谷怪談《がなよつやかいだん》』……139
因果応報《いんがおうほう》……59・139
韻文学《いんぶんがく》……5・6
初冠《ういこうぶり》……44・45
上田秋成《うえだあきなり》……126・127
浮舟《うきふね》……54
浮世草子《うきよぞうし》……131
『浮世床《うきよどこ》』……133
『浮世風呂《うきよぶろ》』……133
『雨月物語《うげつものがたり》』……7・126〜131
宇治川《うじがわ》の戦《たたか》い……79
『宇治拾遺物語《うじしゅういものがたり》』……6・80〜85
宇治十帖《うじじゅうじょう》……54
宇治大納言《うじだいなごん》……80・81
『宇治大納言物語《うじだいなごんものがたり》』……80
歌合《うたあわせ》……91
謡《うたい》……98
右大臣阿倍御主人《うだいじんあべのみうし》……27
歌物語《うたものがたり》……41・42・43・55
宇都宮頼綱《うつのみやよりつな》……87
『宇津保物語《うつほものがたり》』……6・27
海幸彦《うみさちひこ》……10
浦島太郎《うらしまたろう》……19
卜部兼倶《うらべかねとも》……93
卜部兼好《うらべかねよし》……92
『栄花物語《えいがものがたり》』……66
エウリュディケ……13
縁語《えんご》……47・89
円地文子《えんちふみこ》……59
塩谷判官《えんやはんがん》……120・122
『笈《おい》の小文《こぶみ》』……109
奥州藤原氏《おうしゅうふじわらし》……106・110
オウス……14
淡海三船《おうみのみふね》……22
大海人皇子《おおあまのみこ》……18
大石内蔵助《おおいしくらのすけ》……120
大歌所御歌《おおうたどころのおおんうた》……30
『大鏡《おおかがみ》』……66
オオクニヌシ……10
大阪三十三所観音《おおさかさんじゅうさんしょかんのん》めぐり……117
凡河内躬恒《おおしこうちのみつね》……30
大津皇子《おおつのみこ》……22
大伴家持《おおとものやかもち》……16・17・21
大伴黒主《おおとものくろぬし》……33
大伴旅人《おおとものたびと》……21
大友皇子《おおとものみこ》……22
大伴御行《おおとものみゆき》……27
太安万侶《おおのやすまろ》……10・11
大原《おおはら》……69
大星由良之助《おおぼしゆらのすけ》……120
大宅世継《おおやけのよつぎ》……66
大宅豊雄《おおやとよお》……130
大八島国《おおやしまぐに》……13
を《(お)》かし……51
お軽《かる》……120
「翁《おきな》」……98
『おくのほそ道《みち》』……7・106〜111
『小倉百人一首《おぐらひゃくにんいっしゅ》』……6・86〜91
『落窪物語《おちくぼものがたり》』……6・57
「男《おこと》」……42
小野小町《おののこまち》……30・32
お初《はつ》……114
お初天神《はつてんじん》……117
尾山神社《おやまじんじゃ》……99
『おらが春《はる》』……113
折《お》り句《く》……47
オルフェウス……13
女三《おんなさん》の宮《みや》……59

か

『懐風藻《かいふうそう》』……6・22
顔世《かおよ》……122
鏡板《かがみいた》……101
柿本人麻呂《かきのもとのひとまろ》……16・21
『花鏡《かきょう》』……104
かぐや姫《ひめ》……24・27・29
掛詞《かけことば》……89
『蜻蛉日記《かげろうにっき》』……6・37
『鹿島紀行《かしまきこう》』……109
柏木《かしわぎ》……59
歌聖《かせい》……21
片歌《かたうた》……16
かたかな……4
『花伝書《かでんしょ》』……104
『仮名手本忠臣蔵《かなでほんちゅうしんぐら》』……7・120〜125
金沢貞顕《かねざわさだあき》……93
歌舞伎《かぶき》……119・120・125・139
かぶきおどり……125
上《かみ》の句《く》……91・107
カムヤマトイワレビコ……10・15
鴨長明《かものちょうめい》……68・69
『鴨長明集《かものちょうめいしゅう》』……69
賀茂真淵《かものまぶち》……17・35
柄井川柳《からいせんりゅう》……138
軽《かる》み……106・107・111
河合曽良《かわいそら》……106
観阿弥《かんあみ》……98・99・104
『勧進帳《かんじんちょう》』……121
勘平《かんぺい》……120
祇王《ぎおう》……75
祇園精舎《ぎおんしょうじゃ》……76
『義経記《ぎけいき》』……7・77
きざはし……101
祇女《ぎじょ》……75
喜撰法師《きせんほうし》……33
木曽義仲《きそよしなか》……71・74
喜多八《きたはち》……132・134・136
義太夫節《ぎだゆうぶし》……115
「菊花《きっか》の約《ちぎり》」……126・128・129
紀貫之《きのつらゆき》……30・31・36・39
紀友則《きのとものり》……30・88
「吉備津《きびつ》の釜《かま》」……126
旧暦《きゅうれき》……5
狂歌《きょうか》……132・135
狂歌師《きょうかし》……135
競技《きょうぎ》かるた……91
狂言《きょうげん》……7・103
曲亭馬琴《きょくていばきん》……131・139
清原深養父《きよはらのふかやぶ》……49・88
清原元輔《きよはらのもとすけ》……49
清姫《きよひめ》……131
吉良上野介《きらこうずけのすけ》……120・123
ギリシャ神話《しんわ》……13
「桐壺《きりつぼ》」……56
羇旅《きりょ》……30
『金槐和歌集《きんかいわかしゅう》』……6・87
『金葉和歌集《きんようわかしゅう》』……31
草薙剣《くさなぎのつるぎ》……10・15
『草枕《くさまくら》』……73
国津神《くにつかみ》……13
熊谷直実《くまがいなおざね》……102
クマソタケル……14・15

「雲隠《くもがくれ》」……59
「蜘蛛《くも》の糸《いと》」……65
車持皇子《くらもちのみこ》……27
倶利伽羅峠《くりからとうげ》の戦《たたか》い……79
軍記物語《ぐんきものがたり》……74・75
景戒《けいかい》……61
『けいせい仏《ほとけ》の原《はら》』……117
劇文学《げきぶんがく》……5・6
玄恵《げんえ》……104
兼好法師《けんこうほうし》……92～97・119・120・125
源氏《げんじ》……74
『源氏物語《げんじものがたり》』……6・25・27・54～59・98
玄宗《げんそう》……57
元服《げんぷく》……45
元暦《げんりゃく》の大地震《おおじしん》……73
建礼門院《けんれいもんいん》……75
格子《こうし》……52
『好色一代男《こうしょくいちだいおとこ》』……138
高師直《こうのもろなお》……120・122・124
弘文天皇《こうぶんてんのう》……22
「高名《こうみょう》の木登《きのぼ》り」……97
香炉峰《こうろほう》……52・53
五右衛門風呂《ごえもんぶろ》……134
小面《こおもて》……99
『古今和歌集《こきんわかしゅう》』……6・17・31・30～35・86
国司《こくし》……36・39
『国性爺合戦《こくせんやかっせん》』……117
『古今著聞集《ここんちょもんじゅう》』……6・81
『古事記《こじき》』……6・10～15
小島法師《こじまほうし》……104
『後拾遺和歌集《ごしゅういわかしゅう》』……31
後白河法皇《ごしらかわほうおう》……66・75
『後撰和歌集《ごせんわかしゅう》』……31
後醍醐天皇《ごだいごてんのう》……104
こっけい本《ぼん》……132・133
古典文学《こてんぶんがく》……4
詞書《ことばがき》……43
後鳥羽上皇《ごとばじょうこう》……87
小林一茶《こばやしいっさ》……7・113
五番立《ごばんだて》……98
「こぶとりじいさん」……83
こぶとりじいさん……80
暦《こよみ》……5
呉陵軒可有《ごりょうけんあるべし》……138
『今昔物語集《こんじゃくものがたりしゅう》』……60～65・83

さ

『西鶴諸国《さいかくしょこく》ばなし』……138
西行《さいぎょう》……87・108・109・111・126
嵯峨野《さがの》……87
防人《さきもり》の歌《うた》……16・21
雑体《ざってい》……30
さび……107
『更科紀行《さらしなきこう》』……109
『更級日記《さらしなにっき》』……6・37
猿楽《さるがく》……99
散楽《さんがく》……99
『山家集《さんかしゅう》』……6・87
三十六歌仙《さんじゅうろっかせん》……90
三種《さんしゅ》の神器《じんぎ》……15
三条中納言《さんじょうちゅうなごん》……81
散文学《さんぶんがく》……5・6
地謡座《じうたいざ》……101
慈円《じえん》……87
しを《(お)》り……107
しかみ……99
『詞花和歌集《しかわかしゅう》』……31
式亭三馬《しきていさんば》……133
治承《じしょう》の辻風《つじかぜ》……73
地蔵菩薩《じぞうぼさつ》……63
時代物《じだいもの》……115・121
十返舎一九《じっぺんしゃいっく》……132・135
シテ……98・103
信濃前司行長《しなののぜんじゆきなが》……74
しのぶずり……44・45
寂滅為楽《じゃくめついらく》……118
「蛇性《じゃせい》の婬《いん》」……126・130・131
三味線《しゃみせん》……115
娑羅双樹《しゃらそうじゅ》……76
『拾遺和歌集《しゅういわかしゅう》』……31
修羅物《しゅらもの》……103
俊寛《しゅんかん》……75
盛者必衰《じょうしゃひっすい》……76・77
正徹《しょうてつ》……89・95
蕉風《しょうふう》……107・111
生仏《しょうぶつ》……74
浄瑠璃節《じょうるりぶし》……115
諸行無常《しょぎょうむじょう》……76・77
『続後撰和歌集《しょくごせんわかしゅう》』……86
式子内親王《しょくしないしんのう》……87
序破急《じょはきゅう》……103
初番目物《しょばんめもの》……98・101
白州《しらす》……101
「白峰《しらみね》」……126
『新古今和歌集《しんこきんわかしゅう》』……6・31・86・87
『心中天《しんじゅうてん》の網島《あみしま》』……117
心中物《しんじゅうもの》……119
『新勅撰和歌集《しんちょくせんわかしゅう》』……86
神武天皇《じんむてんのう》……15
『水滸伝《すいこでん》』……139
随筆《ずいひつ》……48・68・92
『菅原伝授手習鑑《すがわらでんじゅてならいかがみ》』……121
菅原孝標女《すがわらのたかすえのむすめ》……37
菅原道真《すがわらのみちざね》……121
スサノオ……10
すずめの恩返《おんがえ》し……81
世阿弥《ぜあみ》……98・99・104
清少納言《せいしょうなごん》……48・49・53
『世間胸算用《せけんむねさんよう》』……138
世俗説話《せぞくせつわ》……60・85
説話《せつわ》……60・80
説話文学《せつわぶんがく》……85
説話文学三大作《せつわぶんがくさんだいさく》……81
旋頭歌《せどうか》……16
瀬戸内寂聴《せとうちじゃくちょう》……59
世話物《せわもの》……114・115・121
『千載和歌集《せんざいわかしゅう》』……31
禅智内供《ぜんちないく》……60・64
川柳《せんりゅう》……138
草子《そうし》……48
僧正遍昭《そうじょうへんじょう》……24・33
相聞《そうもん》……19
『曽我物語《そがものがたり》』……77
『曽根崎心中《そねざきしんじゅう》』……7・114～119
『其雪影《そのゆきかげ》』……112

た

大納言大伴御行《だいなごんおおとものみゆき》……27
『太平記《たいへいき》』……7・104
太平記読《たいへいきよ》み……104
太融寺《たいゆうじ》……116
平敦盛《たいらのあつもり》……75・102・103
平兼盛《たいらのかねもり》……90・91
平清盛《たいらのきよもり》……71・74・75
平忠度《たいらのただのり》……79
平宗盛《たいらのむねもり》……75
たおやめぶり……17・35
「高砂《たかさご》」……100
高天《たかま》の原《はら》……13
滝沢馬琴《たきざわばきん》……131・139
竹田出雲《たけだいずも》……120・121
『竹取物語《たけとりものがたり》』……6・24～29
竹取物語絵巻《たけとりものがたりえまき》……25
橘成季《たちばなのなりすえ》……81
橘則光《たちばなののりみつ》……49
立待月《たちまちづき》……29
田辺聖子《たなべせいこ》……59
谷崎潤一郎《たにざきじゅんいちろう》……59
短歌《たんか》……16
壇《だん》の浦《うら》……79
壇《だん》の浦《うら》の戦《たたか》い……79
近松門左衛門《ちかまつもんざえもん》……114・115・117
中宮《ちゅうぐう》……49
中宮彰子《ちゅうぐうしょうし》……55
中宮定子《ちゅうぐうていし》……48・53
中納言石上麻呂足《ちゅうなごんいそのかみのまろたり》……27
長歌《ちょうか》……16
長句《ちょうく》……107
「長恨歌《ちょうごんか》」……57
長泉寺《ちょうせんじ》……94
勅撰和歌集《ちょくせんわかしゅう》……30・31
『椿説弓張月《ちんせつゆみはりづき》』……139
作《つく》り物語《ものがたり》……25・55
辻風《つじかぜ》……72
露天神社《つゆのてんじんじゃ》……117
鶴屋南北《つるやなんぼく》……139
ツレ……98
『徒然草《つれづれぐさ》』……7・92～97
手形《てがた》……137
田楽《でんがく》……99
天智天皇《てんじてんのう》……16・18
でんでん物《もの》……119
天武天皇《てんむてんのう》……16・18
『東海道中膝栗毛《とうかいどうちゅうひざくりげ》』……7・132～137
『東海道四谷怪談《とうかいどうよつやかいだん》』……7・139
童子《どうじ》……99
道成寺《どうじょうじ》……131
徳兵衛《とくべえ》……114
常世《とこよ》の国《くに》……13

『土佐日記《とさにっき》』……6・36〜41
杜甫《とほ》……110
トモ……98
巴《ともえ》……103

な

長屋王《ながやおう》……22
那須与一《なすのよいち》……78
夏目漱石《なつめそうせき》……73
夏山繁樹《なつやまのしげき》……66
並木五瓶《なみきごへい》……121
並木千柳《なみきせんりゅう》……120
なよ竹《たけ》のかぐや姫《ひめ》……27
『南総里見八犬伝《なんそうさとみはっけんでん》』……7・131・139
匂宮《におうのみや》……54
日記文学《にっきぶんがく》……37
『日本永代蔵《にっぽんえいたいぐら》』……7・138
ニニギ……15
二番目物《にばんめもの》……98・103
『日本国現報善悪霊異記《にほんこくげんぽうぜんあくりょういき》』……61
『日本書紀《にほんしょき》』……6・11
『日本霊異記《にほんりょういき》』……6・61
女房《にょうぼう》……49
人形浄瑠璃《にんぎょうじょうるり》……114・115・119・120
額田王《ぬかたのおおきみ》……16・18
寝待月《ねまちづき》……29
念仏《ねんぶつ》……71
能《のう》……7・59・98〜103・104
能衣装《のういしょう》……98
能舞台《のうぶたい》……101
能面《のうめん》……99
能役者《のうやくしゃ》……98
『野《の》ざらし紀行《きこう》』……109

は

俳諧《はいかい》……106・107
俳諧連歌《はいかいれんが》……107
俳句《はいく》……106・107
『誹風柳多留《はいふうやなぎだる》』……7・138
白居易《はくきょい》……31・53・57
白楽天《はくらくてん》……31・53・57
橋《はし》がかり……101
芭蕉《ばしょう》……106・109
長谷寺《はせでら》……83
丈部左門《はせべさもん》……126
八代集《はちだいしゅう》……31
「鼻《はな》」……65
囃子方《はやしかた》……98
早野巴人《はやのはじん》……112
『春雨物語《はるさめものがたり》』……127
挽歌《ばんか》……19
般若《はんにゃ》……99
稗田阿礼《ひえだのあれ》……11
光源氏《ひかるげんじ》……54
日野《ひの》……69
『百人秀歌《ひゃくにんしゅうか》』……87
平泉《ひらいずみ》……110
ひらがな……4・37
琵琶法師《びわほうし》……74・75
貧窮問答歌《ひんきゅうもんどうか》……21
「貧福論《ひんぷくろん》」……126
『風姿花伝《ふうしかでん》』……7・103・104
不易流行《ふえきりゅうこう》……107・111
葛井浩成《ふじいのひろなり》……22
富士川《ふじがわ》の戦《たたか》い……79
富士山《ふじさん》……29
藤壺《ふじつぼ》……57
不死《ふし》の薬《くすり》……29
藤原家隆《ふじわらのいえたか》……87
藤原兼家《ふじわらのかねいえ》……37
藤原公任《ふじわらのきんとう》……31
藤原定家《ふじわらのさだいえ》……86・87・89
藤原彰子《ふじわらのしょうし》……49
藤原定家《ふじわらのていか》……86
藤原定子《ふじわらのていし》……48・49
藤原俊成《ふじわらのとしなり》……87
藤原敏行《ふじわらのとしゆき》……35
藤原宣孝《ふじわらののぶたか》……55
藤原道隆《ふじわらのみちたか》……49
藤原道綱母《ふじわらのみちつなのはは》……37
藤原道長《ふじわらのみちなが》……49・66
藤原棟世《ふじわらのむねよ》……49
『蕪村七部集《ぶそんしちぶしゅう》』……112
仏教説話《ぶっきょうせつわ》……60・63・85
「仏法僧《ぶっぽうそう》」……126
『武道伝来記《ぶどうでんらいき》』……138
『風土記《ふどき》』……6・22
文屋康秀《ふんやのやすひで》……33
平曲《へいきょく》……75
『平家物語《へいけものがたり》』……6・74〜79・98
平氏《へいし》……74
『平治物語《へいじものがたり》』……6・77
『保元物語《ほうげんものがたり》』……6・77
「棒縛《ぼうしばり》」……103
『方丈記《ほうじょうき》』……6・68〜73
方丈《ほうじょう》の庵《いおり》……69・73
細《ほそ》み……107
発句《ほっく》……107
『発心集《ほっしんしゅう》』……69

ま

前句《まえく》づけ……138
『枕草子《まくらのそうし》』……6・48〜53
ますらおぶり……17・35
松尾芭蕉《まつおばしょう》……7・106・109
松《まつ》の廊下《ろうか》……123
末法思想《まっぽうしそう》……71
「幻《まぼろし》」……58
丸本物《まるほんもの》……119
万葉《まんよう》がな……11・16
『万葉集《まんようしゅう》』……6・16〜21・30・35
御格子《みこうし》……52
御簾《みす》……52
道行《みちゆき》……118
源実朝《みなもとのさねとも》……87
源順《みなもとのしたごう》……24
源隆国《みなもとのたかくに》……80
源融《みなもとのとおる》……24
源宗于朝臣《みなもとのむねゆきあそん》……89
源義経《みなもとのよしつね》……74・75
源義仲《みなもとのよしなか》……71
源頼朝《みなもとのよりとも》……75
「御法《みのり》」……58
壬生忠見《みぶのただみ》……90・91
壬生忠岑《みぶのただみね》……30
三好松洛《みよししょうらく》……120
「夢応《むおう》の鯉魚《りぎょ》」……126
昔男《むかしおとこ》……42
無形文化遺産《むけいぶんかいさん》……119
夢幻能《むげんのう》……101
無常観《むじょうかん》……68・71・92・95
『無名抄《むみょうしょう》』……69
紫式部《むらさきしきぶ》……37・49・53・54
『紫式部日記《むらさきしきぶにっき》』……6・37・53
紫《むらさき》の上《うえ》……54・57・59
『明月記《めいげつき》』……87
『冥途《めいど》の飛脚《ひきゃく》』……117
望月《もちづき》……29
本居宣長《もとおりのりなが》……35
ものづくし……51
もののあは《(わ)》れ……54
物見窓《ものみまど》……101
『桃李《ももすもも》』……112

や

八尺瓊勾玉《やさかにのまがたま》……15
弥次喜多道中《やじきたどうちゅう》……132
屋島《やしま》……78
屋島《やしま》の戦《たたか》い……79
弥次郎兵衛《やじろべえ》……132
八咫鏡《やたのかがみ》……15
八橋《やつはし》……46
『柳多留《やなぎだる》』……138
山幸彦《やまさちひこ》……10
ヤマタノオロチ……10
ヤマト政権《せいけん》……15
ヤマトタケル……10・15
『大和物語《やまとものがたり》』……6・43
山上憶良《やまのうえのおくら》……16・20・21
山部赤人《やまべのあかひと》……16・21
幽玄《ゆうげん》……98・104
楊貴妃《ようきひ》……57
養和《ようわ》の大《だい》ききん……73
八百万《やおよろず》の神《かみ》……13
与謝野晶子《よさのあきこ》……59
与謝蕪村《よさぶそん》……7・112
吉田兼倶《よしだかねとも》……93
吉田兼好《よしだけんこう》……93
吉田神社《よしだじんじゃ》……93
『義経千本桜《よしつねせんぼんざくら》』……121
『世継曽我《よつぎそが》』……117
よみの国《くに》……12・13
読本《よみほん》……131

ら

「羅生門《らしょうもん》」……65
李白《りはく》……108
『梁塵秘抄《りょうじんひしょう》』……6・66
良暹法師《りょうぜんほうし》……88
連歌《れんが》……107
蓮生《れんせい》……102
六歌仙《ろっかせん》……30・33

わ

和歌《わか》……43
和歌所《わかどころ》……69
和漢混淆体《わかんこんこうたい》……77
『和漢朗詠集《わかんろうえいしゅう》』……6・31
ワキ……98
忘《わす》れ貝《がい》……40
わたつみの宮《みや》……13
「わらしべ長者《ちょうじゃ》」……83
を《(お)》かし……51

監修＝加藤康子

元梅花女子大学教授（近代以前日本児童文学）。東京学芸大学大学院（国語教育・古典文学専攻）修士課程修了。『江戸の絵本―初期草双紙集成―』Ⅰ～Ⅳ（小池正胤・叢の会の共編著）、『幕末・明治の絵双六』（松村倫子との共編著）、『幕末・明治豆本集成』（単編著）（いずれも、国書刊行会）など。

◆参考文献
『新日本古典文学大系』（岩波書店）／『日本古典文学大系』（岩波書店）／『新編日本古典文学全集』（小学館）／『新潮日本古典集成』（新潮社）／『新装版　図説日本の古典』（集英社）／『現代語訳　学研版　日本の古典』（学習研究社）／『改訂新版最新国語便覧』（浜島書店）／『プレミアムカラー国語便覧』（数研出版）／『社会人のためのビジュアルカラー国語百科』（大修館書店）／戸矢学『三種の神器　天皇の起源を求めて』（河出書房新社）／三舟隆之『浦島太郎の日本史』（吉川弘文館）／倉田実編『ビジュアルワイド　平安大事典　図解でわかる「源氏物語」の世界』（朝日新聞出版）／五味文彦・櫻井陽子編『平家物語図典』（小学館）／小林保治・村重寧解説、チェスター・ビーティー・ライブラリィ監訳『宇治拾遺物語絵巻』（勉誠出版）／島内裕子監修、上野友愛訳・絵巻解説『絵巻で見る・読む徒然草』（朝日新聞出版）／中村雅之『日本の伝統芸能を楽しむ　能・狂言』（偕成社）／国立劇場監修『仮名手本忠臣蔵　上巻』（ぴあ）／河竹登志夫監修『伝統の美　仮名手本忠臣蔵』（立風書房）／橋本治文、岡田嘉夫絵『仮名手本忠臣蔵』（ポプラ社）／井筒雅風『原色日本服飾史』（光琳社出版）／増田美子編『日本服飾史』（東京堂出版）／笹間良彦編著『資料　日本歴史図録』（柏書房）／笹間良彦『復元　江戸生活図録』（柏書房）／若杉準治編『絵巻物の鑑賞基礎知識』（至文堂）／長崎盛輝『平安の美裳　かさねの色目』（京都書院）ほか

NDC910

監修　加藤康子
日本の古典大事典
あかね書房　2018
144P　31cm × 22cm

編集・制作協力　有限会社大悠社
装丁・本文デザイン　木村ミユキ
イラスト　飛鳥幸子
尾崎まさこ
倉本ヒデキ
古賀にこみ
瀬知エリカ
pon-marsh
山本祥子
渡辺潔
地図製作　アトリエ・プラン

日本の古典大事典

発　行　2018年12月25日　初版発行

監　修　加藤康子
発行者　岡本光晴
発行所　株式会社　あかね書房
〒101-0065
東京都千代田区西神田3-2-1
電話　03（3263）0641（営業）
03（3263）0644（編集）
ホームページ https://www.akaneshobo.co.jp/
印刷・製本　図書印刷株式会社

★落丁本・乱丁本はおとりかえします。
★定価はカバーに表示してあります。

ISBN978-4-251-07802-5